D1353482

LA PEUR DE L'OMBRE

Lisa Miscione est née à New York en 1970. Elle publie des thrillers à la fois sous son nom de jeune fille – Lisa Miscione – et sous son nom de femme mariée – Lisa Unger. Elle s'est fait connaître en France avec *L'Ange de feu* (Albin Michel, 2004). Elle vit actuellement en Floride.

LISA MISCIONE

La Peur de l'ombre

ROMAN TRADUIT DE L'ANGLAIS (ÉTATS-UNIS) PAR VALÉRIE MALFOY

ALBIN MICHEL

Titre original :

THE DARKNESS GATHERS

À mes grands-parents,
Carmella et Mario Miscione

La solide fondation sur laquelle tout est bâti
Les racines de l'arbre
La source originaire
Qui nous fit comme nous sommes
À jamais

PREMIÈRE PARTIE

Le large était barré par un banc de nuages noirs, et la paisible voie navigable qui menait aux confins de la Terre s'écoulait sous un ciel chargé pour nous conduire au cœur de ténèbres immenses.

Joseph Conrad,
Au cœur des ténèbres

1

C'était un filet de voix ténue et chevrotante. Lydia dut rembobiner la bande et augmenter le volume. Dans le fond, on distinguait des chuintements de pneus sur une chaussée mouillée et, à un moment donné, le coup de klaxon retentissant d'un camion.

– C'est Tatiana..., disait le message, suivi d'un petit bruit nerveux, entre gloussement et sanglot. T'es pas là... ? Elle peut pas m'avoir fait ça !

La fillette inspira douloureusement, comme pour contenir ses larmes, et enchaîna sur une autre langue, âpre et gutturale, puis reprit en anglais :

– Je devrais pas appeler. J'ai pas beaucoup de temps. Je suis quelque part dans...

La communication avait été coupée.

Beige et inoffensive, la pochette se trouvait dans la pile de courrier qui s'était accumulée pendant ses deux semaines d'absence. La petite enveloppe souple adressée à Mlle Strong via son éditeur ne se distinguait en rien de la masse de plis que lui envoyait ce que Jeffrey appelait son « fan-club » – détenus, familles de victimes, aspirants tueurs en série, et tout ce ramassis de psychotiques qu'elle attirait depuis qu'elle écrivait des livres et des articles sur certains crimes odieux et leurs auteurs. Ayant gagné le prix Pulitzer – et élucidé quelques affaires dans la foulée avec l'agence de détectives privés Mark, Hanley & Striker – elle personnifiait l'espoir pour une population désespérée ou tout simplement tarée.

Elle allait jeter l'enveloppe aux ordures avec le reste, quand, alors qu'elle soulevait la pile, le pli matelassé, plus lourd, tomba par terre avec un son mat et un infime cliquetis. Elle le considéra, se baissa pour le ramasser. L'adresse de l'expéditeur n'y figurait pas, mais le cachet de la poste indiquait qu'on l'avait expédié de Miami depuis plus de trois semaines. En lettres capitales, dans un coin, cet appel implorant : « LISEZ-MOI ! »

Elle laissa passer le moment où elle pouvait choisir soit d'ouvrir le paquet, soit de le balancer – sans jamais connaître son contenu. Mais les modestes dimensions de l'objet, son aspect innocent et le petit bruit indiquant qu'il s'agissait d'une cassette piquèrent sa curiosité.

De son tiroir, la jeune femme sortit des gants de chirurgie, un coupe-papier et une paire de brucelles. À l'aide du coupe-papier, elle fendit la pochette et, avec les pincettes, en tira une cassette et une note manuscrite. Le message avait été rédigé en grosses lettres rondes, d'une main malhabile.

Chère Mademoiselle Strong,

Vous êtes une brave femme de tête et d'honneur. Et vous devez aider Tatiana Quinn et toutes les autres filles qui ont besoin de secours. Tellement il y en a qu'on ne peut plus aider. Mais si vous commencez par Tatiana, vous pourrez en sauver beaucoup d'autres. Je ne peux pas vous dire qui je suis ni comment je sais cela, sous peine de mort. Mais je vous supplie de venir à Miami voir par vous-même. Rien n'est comme il paraît, mais je sais que vous verrez la vérité et que vous ferez quelque chose. Je prie pour cela.

Ça ressemblait au millier de lettres qu'elle recevait depuis des années, et elle éprouva la familière vague d'anxiété, de ressentiment et de curiosité qui la submergeait en général lorsqu'on sollicitait son aide. Mais celle-ci avait quelque chose de spécial. C'était peut-être le désespoir enfantin de cette voix, le ton grave de la lettre, ou bien l'insinuation que Lydia était *responsable* du sort de jeunes filles censées être en danger... et le fait qu'une part d'elle-même le croyait. Ou encore était-ce le souvenir obsédant de Shawna Fox ? En tout cas, elle ne froissa pas la lettre, ni ne détruisit la cassette, et se contenta de contempler fixement la naïve écriture, ses lettres rondes pleines d'espoir.

Reposant sa tête contre son fauteuil, elle ferma les yeux et poussa un long soupir. La fatigue avait beau peser sur ses muscles et ses paupières, son *buzz* faisait tout de même battre son cœur un peu plus vite. Des images dansaient dans sa tête : une jeune fille seule au coin d'une rue, blottie dans une cabine publique, jetant des regards anxieux autour d'elle ; les foules se pressant à ses séances de signatures pendant cette tournée médiatique qu'elle venait d'assurer pour promouvoir son dernier bouquin ; les traits de l'assassin, et elle à califourchon sur lui dans une église en flammes, lui ayant enfoncé le canon de son arme dans la bouche ; les yeux tendres de Jeffrey. Le magnétophone faisait entendre un sifflement prolongé ; elle s'en aperçut et l'éteignit. Comme elle décrochait son téléphone, elle entendit s'ouvrir la porte de l'ascenseur qui débouchait directement dans l'appartement. Elle se rendit compte qu'elle avait encore sa veste sur les épaules et son sac en bandoulière.

– Lydia ?

Bondissant de son fauteuil, elle quitta rapidement

son bureau et foula le parquet cérusé du vestibule pour se jeter dans les bras de Jeffrey.

– Salut, toi..., dit-elle, en se reculant pour le regarder.

Ses cheveux bruns avaient pris la pluie et elle perçut la note discrète de son eau de toilette.

– Tu m'as manqué..., dit-il en l'embrassant avec fougue.

– Et réciproquement...

Elle était étonnée par l'allégresse qu'elle ressentait, cette joie de le revoir et d'être au contact de son corps. Il la soulagea de son sac et l'aida à ôter sa veste.

– Alors, c'était comment... ?

– Comme d'habitude. Interviews bidon, séances de signatures dans des magasins noirs de monde, chambres d'hôtel minables. On ne m'y prendra plus ! Quelle torture...

– Air connu ! dit-il en levant les yeux au ciel. En fait, tu adores !

Elle sourit de se savoir percée à jour.

– Je n'aime pas être loin de toi...

Ils gagnèrent la cuisine où de nouveau ils s'embrassèrent. Par-dessus l'épaule de Jeffrey, Lydia voyait le panorama. Bon, ce n'était pas les montagnes Sangre de Cristo, comme à Santa Fe, mais rien ne lui plaisait autant que la vision des gratte-ciel de New York la nuit. L'imagination pouvait travailler à l'infini. Que se passait-il derrière chaque fenêtre éclairée ? Sauf qu'aujourd'hui, en fait, c'était ce qui se passait chez elle qui la passionnait plus que tout. Le *buzz*, qu'elle avait perçu avant le retour de Jeffrey, en écoutant la cassette, avait presque disparu de son esprit. Presque.

Jeffrey avait forgé ce terme de *buzz* pour désigner l'intuition hors du commun de Lydia – sa capacité à deviner s'il y avait quelque chose de louche, ou si

14

les apparences étaient trompeuses, s'il fallait enquêter. Parfois, la vérité était aussi subtile qu'une empreinte de pas dans le sable, un vague parfum porté par la brise. Et Lydia était étrangement douée pour décrypter les plus légers indices. Or, en entendant la voix de la fillette, elle l'avait eu, ce fameux *buzz* ! Elle était noyée sous un tas de lettres de cinglés, de fausses pistes, de supplications pressantes, mais en écoutant cette cassette, elle avait reconnu, sans aucun doute possible, l'accent de la peur, de la détresse. Un an plus tôt, elle se serait déjà jetée sur Internet pour chercher des articles traitant de la disparition d'une dénommée Tatiana Quinn à Miami. Et voilà qu'elle s'immergeait dans le bonheur d'être à la maison avec Jeffrey...

Au fil des ans, ils avaient été plus souvent séparés qu'ensemble. À l'époque de leur première rencontre, elle n'avait que quinze ans. Lui était un agent du FBI, enquêtant sur une affaire de meurtres en série ; la mère de Lydia était la treizième victime du tueur qu'il pourchassait, Jed McIntyre. Il s'était passé quelque chose entre eux au premier regard – un lien qui n'avait cessé de se renforcer avec les années. Son mentor, son collègue, son ami – il avait été tout cela pour elle. Puis, l'an passé, alors qu'ils collaboraient sur une autre affaire de tueur en série à Santa Fe, ils s'étaient finalement rendus à cette évidence qu'ils étaient amoureux l'un de l'autre.

Lorsque ce criminel avait été capturé, et que Lydia s'était remise de ses blessures, ils étaient rentrés à New York. Lydia avait donné son tapuscrit à son éditeur. Après quoi, au lieu de se lancer dans une nouvelle enquête, elle avait pris, peut-être pour la première fois, le temps de vivre en attendant la sortie de son livre. Elle s'était mise au yoga dans un centre branché de l'East Village, allait à Washington Square

Park composer de la poésie et regarder les joueurs d'échecs, recherchait des recettes sur epicurious.com et préparait de bons petits plats. Elle ne survolait pas la grande presse ni Internet à la recherche d'idées pour un article, du sujet rare. Elle se baladait, téléphonait et alla même rendre visite à ses grands-parents à Sleepy Hollow, consciente de les avoir injustement négligés. Elle ne discutait pas avec Jeffrey des affaires sur lesquelles il enquêtait avec son agence de détectives privés, Mark, Hanley & Striker, Inc. – agence pour laquelle elle travaillait comme consultante à temps partiel. Et elle avait été surprise de découvrir un jour, en faisant du lèche-vitrines sur la Cinquième Avenue, que jamais elle n'avait été aussi heureuse.

Les pensées qui l'obsédaient depuis la mort de sa mère étaient les échos d'une autre vie ; elles n'avaient pas entièrement disparu, mais elle ne cherchait plus à tout prix, comme avant, à pénétrer la mentalité des criminels, leurs motivations. Elle ne se sentait plus vouée à éliminer le Mal de cette terre à la façon de quelque super-héros de bande dessinée. Quand elle songeait à sa vie avant Santa Fe, elle retrouvait cette impression de trépigner dans une grande roue ; enfin, elle avait osé sortir de sa cage pour prendre pied sur la terre ferme – et, aujourd'hui, il lui arrivait de connaître des moments d'authentique paix intérieure.

Cependant, les vieilles habitudes ont la vie dure et, à la vérité, en dépit de son bonheur, elle avait un peu la bougeotte et s'était réjouie de sa tournée de promotion. Mais après quelques jours sur les routes, son emploi du temps surchargé, ses nuits sans Jeffrey, les réminiscences des événements de Santa Fe avaient commencé à la laminer... et elle avait eu hâte d'en finir. Ironie de l'histoire : elle qui méprisait toute forme de dépendance bénissait aujourd'hui la sienne, comme elle bénissait toutes ces choses nouvelles qu'elle découvrait, tous les sentiments qu'elle avait refoulés pendant si longtemps. Bonheur, tristesse, peur, désir et, pardessus tout, l'amour, étaient de puissantes forces intérieures qui lui rappelaient pour la première fois depuis la mort de sa mère qu'elle était vivante. Comme si elle s'était tuée affectivement parce qu'elle s'accusait de la mort de sa mère – et ressuscitait à présent.

Accoudée au plateau en verre de la table, pieds sous les fesses, elle regardait Jeffrey lui préparer une tisane. Elle aimait le voir s'affairer ainsi dans la cuisine, avec ses larges épaules, sa mâchoire carrée, ses grosses mains aux prises, non avec des armes, mais avec des maniques et une bouilloire.

– C'était notre première séparation depuis qu'on vit ensemble, dit-il en s'attablant à son côté.

Il lui présenta une tasse fumante de camomille, divinement parfumée au Grand-Marnier.

– Je sais... Quel bagne ! Jamais je ne m'étais autant languie de mon chez-moi. Avant, l'endroit où j'habitais – même ma maison de Santa Fe que j'adorais – ne servait qu'à entreposer mes affaires, dit-elle, en regardant dans sa tasse dont elle redessinait du doigt le contour. Mais ici... c'est notre foyer. Je ne supportais pas d'être loin d'ici. De dormir sans toi.

– Que ça ne devienne pas une habitude...

Sa main se posa délicatement sur la nuque de Lydia.

– Entendu !

Elle considéra la cuisine, éclairée par trois suspensions au-dessus du bloc central en granit noir, les tomettes au sol, les placards de bois cérusé et les appareils en inox. C'était une pièce douillette, l'endroit idéal pour discuter. Comme tout dans l'appartement, ils l'avaient conçue ensemble, se débarrassant de leurs vieux meubles et autres affaires pour ne garder que ce à quoi ils étaient vraiment attachés.

– Quand on tourne la page, on tourne la page ! avait dit Lydia, et Jeffrey l'avait approuvée.

D'ailleurs, il n'était pas très matérialiste de nature. Assez peu casanier, il n'avait jamais passé beaucoup de temps dans son appartement de l'East Village après sa démission du FBI. Il y avait lancé sa propre agence de détectives, dormant sur un canapé convertible. À présent, Mark, Hanley & Striker avait plus d'une centaine d'employés et occupait toute une suite de bureaux au dernier étage d'un building. Mais son appartement était resté quasi vide. Seuls comptaient pour lui l'alliance de sa mère, le vieux revolver de service de son père – et toute une garde-robe choisie.

L'appartement de Lydia sur Central Park était digne de la couverture de *House Beautiful* : lisse, moderne, impeccablement décoré mais, aux yeux de Jeffrey, parfaitement froid et impersonnel.

– Tu vis dans l'idée qu'on se fait d'un superbe appart new-yorkais, lui avait-il dit un jour.

Elle l'avait vendu en l'état, avec tout le mobilier, à un concepteur de logiciels juste avant l'effondrement de la « nouvelle économie ». Jeffrey avait vendu le sien aussi, jetant canapé convertible, tables et chaises bancales. Tous deux avaient cassé leur tirelire pour acquérir ce duplex de cinq pièces sur Great Jones Street, en centre-ville.

On pénétrait dans l'immeuble par un hall et sa batterie d'ascenseurs. Un authentique ascenseur industriel du dix-neuvième siècle ouvrait directement sur leur espace de deux cents mètres carrés – selon les critères de New York, un palais ! Le prix était exorbitant, bien entendu, car c'était un quartier à la mode, récemment réhabilité. Mais Lydia avait eu le coup de foudre dès qu'elle avait foulé le parquet cérusé. Le toit-terrasse, qui dominait la plupart des autres immeubles, avait achevé de la séduire. Du jardin, on avait toute la ville à ses pieds. La nuit, elle s'étalait autour d'eux comme une couverture d'étoiles – une bonne chose, étant donné qu'à New York les véritables étoiles sont quasi invisibles !

Aujourd'hui, c'était leur foyer, leur nid. Mais comme l'appartement semblait désert sans elle... ! Lydia était son foyer, avait compris Jeffrey pendant son absence. Il l'avait eue toute à lui depuis Santa Fe et s'y était habitué. Mais il avait bien senti qu'elle avait besoin de s'occuper avant même cette tournée de promotion et devinait que, d'ici peu, elle aurait repris le collier. En fait, il avait compris à la seconde où elle était rentrée qu'une chose avait captivé son intérêt. Cela l'attristait bien un peu, mais il savait qu'il ne fallait surtout pas la brider s'il voulait continuer à partager sa vie.

– Alors, que fabriquais-tu quand je suis arrivé ?

– Oh ! dit-elle en se levant. Viens ! J'ai un truc à te montrer...

– C'est bien ce que je redoutais, dit-il avec un petit rire.

– Ce n'est sûrement pas important...

– Mais d'abord..., dit-il en l'attirant contre lui.

– Oui... Chaque chose en son temps...

Elle l'entraîna vers leur chambre à l'étage.

2

Tout était calme dans Great Jones Street à trois heures du matin. Lydia n'avait entendu ni crier, ni chanter, ni klaxonner depuis au moins une heure tandis qu'elle écoutait la pluie crépiter aux carreaux et le souffle doux et régulier de Jeffrey. En général, elle sombrait dès que sa tête touchait l'oreiller, prise d'un sommeil de plomb dont on ne pouvait la tirer que difficilement – gare d'ailleurs à qui s'y risquait ! Mais ce soir, elle était nerveuse et le sommeil refusait de venir. Comprenant que c'était peine perdue, elle s'arracha aux bras de son amant et à la chaleur de l'édredon. Il se retourna avec un soupir au moment où elle ramassait son tricot de coton noir pour l'enfiler. Un instant, elle resta postée à la fenêtre. Les éclairages publics baignaient le quartier d'une lumière ambrée ; trois taxis filaient dans Lafayette Street comme s'ils faisaient la course. Un homme en manteau noir avançait tranquillement alors qu'il était trempé et que la pluie ruisselait sur son visage. Il venait peut-être d'en prendre son parti – jugeant que dans son état, ce n'était même plus la peine de courir se mettre à l'abri.

L'escalier hélicoïdal débouchait directement dans le living. Elle n'alluma pas et se rendit dans la cuisine, ouvrit la porte du frigo en inox. Un geste machinal, car elle n'avait pas faim. Jeffrey avait une hygiène de

vie draconienne – fruits, légumes, œufs durs, jus de
carottes, lait écrémé, barres protéinées. Au freezer, il
y avait toutefois une bouteille glacée de vodka Ketel
One.

– Miam !

Elle se servit un verre puis gagna son bureau, réé-
couta la cassette tout en relançant son ordinateur.
« C'est Tatiana. T'es pas là... ? »

– Qui êtes-vous, Tatiana Quinn ? murmura-t-elle,
ses doigts dansant sur le clavier.

Elle se connecta sur son très puissant moteur de
recherche et entra le nom de Tatiana Quinn puis attendit, aussitôt sensible aux effets de la vodka, car elle
n'avait rien mangé depuis son lunch tardif, ni bu d'alcool depuis plusieurs semaines. Le son de cette voix
enregistrée – l'appel provenait manifestement d'une
cabine publique –, jeune, vulnérable, la touchait de
façon excessive. Depuis Shawna Fox, Lydia avait un
faible pour les ados perdues ou tourmentées.

Une liste d'articles classés selon leur ordre de paru-
tion dans la presse s'inscrivit à l'écran. Elle les fit
défiler jusqu'au plus ancien, publié dans le *Miami
Herald* le 15 septembre : DISPARITION DE LA FILLE D'UN
IMPORTANT HOMME D'AFFAIRES DE MIAMI. La photo représentait une femme de petite stature pleurant contre
l'épaule d'un monsieur aux cheveux gris, très distingué, arborant un costume classique et une expression de douleur stoïque. Quelque chose dans cette
photo était étrange. À la réflexion, c'était sa qualité
artistique : l'objectif cadrait le couple au centre d'une
foule mouvante de policiers et de badauds. Il en éma-
nait une impression de souffrance et de grâce malgré
la tension, le chaos du moment. C'était très beau. Si
beau, en fait, qu'on aurait pu croire à une mise en
scène publicitaire.

L'article rapportait que Tatiana Quinn, quinze ans, d'origine albanaise, ayant émigré avec sa mère aux États-Unis en 1997, avait disparu dans la nuit du 13 au 14 septembre alors qu'elle était censée passer la soirée à la maison. Son sac à dos, les cent soixante dollars conservés dans son coffret à bijoux et ses vêtements préférés avaient également disparu, si bien que la police pensait à une fugue. L'article révélait aussi que Tatiana était en fait le fruit du premier mariage de Jenna Quinn, l'éplorée de la photo. Les Quinn offraient un million de dollars au détenteur d'une information permettant de retrouver leur fille saine et sauve. C'était beaucoup d'argent, songea Lydia tout en continuant à faire défiler les articles. Les semaines passant, ils devenaient plus brefs ; l'un rapportait que la police avait interrogé un chauffeur d'autocar qui assurait une liaison avec New York et prétendait avoir vu la jeune fille monter dans son véhicule ; un autre indiquait que les Quinn avaient engagé un détective privé. Le dernier, daté du 17 octobre, était un article de fond sur les disparitions de jeunes filles, assorti de terribles statistiques sur leur sort, avec mention de Tatiana « dont on reste, et restera peut-être, sans nouvelles ». Apparemment, elle avait cessé d'intéresser les médias. Un mois après sa disparition, c'était déjà de l'histoire ancienne, une triste photo dans les journaux, une énigme qui mettait mal à l'aise.

Aucun article ne signalait la cassette, ce qui signifiait que nul n'en connaissait l'existence, ou que personne n'en avait parlé à la police. Cette cassette, si c'était bien Tatiana qui parlait, présentait un intérêt majeur. Donc, soit les parents en ignoraient l'existence, soit ils n'en avaient pas tenu compte – ce qui était peu probable. Enfin, ce n'était pas logique : si quelqu'un voulait vraiment aider Tatiana, pourquoi ne pas remettre la cassette directement à la police ?

Les gens n'agitent pas la promesse d'un million de dollars pour la frime. Et d'ailleurs, des parents affligés auraient forcément fait mettre leur téléphone sur écoute pour le cas où la jeune fugueuse aurait appelé dans un moment de panique. Ou bien, Tatiana avait-elle laissé ce message à un tiers ? Non vraiment, c'était bizarre.

– Lydia, il est quatre heures et demie du matin..., dit doucement Jeffrey dans son dos.

– Je sais... Je n'arrivais pas à dormir.

– Qu'est-ce que tu fiches ? reprit-il en se penchant par-dessus son épaule.

Lydia avait zoomé sur le visage de Tatiana. Elle était ravissante pour une gamine de quinze ans – flots de cheveux d'un noir de jais et insondables yeux bleu-vert, pommettes hautes et traits délicats. C'était une Lolita, avec ce sourire sexy, aguichant, que contredisait le regard. Quelque chose dans ses yeux rappelait ces fillettes de concours de beauté moulées dans un body scintillant, qui posent, provocantes, sans savoir ce qu'elles sont censées provoquer, malsaine combinaison de baby-doll et de prostituée. Son regard était vide, comme si elle eût préféré être ailleurs.

– Voici ce que je voulais te faire entendre..., dit Lydia en rembobinant la bande.

Elle lui tendit la lettre, qu'il lut en plissant les yeux car il n'avait pas ses lunettes et la lumière était tamisée, puis il alla s'asseoir dans le divan de cuir, les pieds posés sur le plateau en acajou du bureau. L'espace de travail de Lydia, qu'elle avait reproduit plus ou moins à l'identique de celui à Santa Fe, occupait la plus grande partie de la superficie du premier niveau. Le mur donnant sur la rue était percé de quatre grandes fenêtres. Un autre était occupé du sol au plafond par une bibliothèque contenant, entre autres, les livres dont elle était l'auteur.

– En quelle langue parle-t-elle ?

– En albanais, je suppose...

– Tu as quels éléments, pour le moment... ?

Elle lui raconta ce qu'elle avait trouvé sur Internet.

– C'est bizarre..., conclut-elle.

– Ah ?

– Une adolescente des beaux quartiers disparaît. Battage médiatique. Les parents offrent un million de dollars à qui la retrouvera. Les semaines passent et l'intérêt s'épuise. Ce n'est qu'un fait divers banal, qui alimentera les statistiques. Rien d'extraordinaire, mis à part ce million. Mais il y a cette cassette, qui n'est nulle part mentionnée. Une piste sérieuse pour une affaire qui n'est sûrement pas encore classée, surtout que les parents sont des gens riches, en vue. Des parents désespérés iraient aussitôt à la police et dans les rédactions avec ce truc. Mais ils ne l'ont pas fait. Donc, j'en déduis qu'ils n'en connaissent pas l'existence. Quant à celui qui me l'a envoyée, pourquoi n'est-il pas allé à la police ?

– Et si c'était un canular ?

– Mais pourquoi ? Si quelqu'un s'est donné la peine de confectionner un enregistrement bidon, pourquoi ne s'en sert-il pas pour toucher la récompense ? Pourquoi me l'adresser ?

– Il a pu penser que ce serait plus crédible, venant de toi, hasarda Jeffrey, bien que ce fût une hypothèse un peu tirée par les cheveux.

– Mais l'envoi était anonyme...

– C'est vrai. Nathan Quinn... Ce nom ne m'est pas inconnu. Qui est-ce ?

Lydia entra le nom dans le moteur de recherche.

Une liste de plus de cent cinquante articles pour la seule année écoulée apparut à l'écran. Elle en lut les titres à voix haute.

– Voyons... « Nathan Quinn fait don d'un million et demi de dollars au National Endowment for the Arts » ; c'est plus que pour le retour de sa fille adoptive... « Nathan Quinn lauréat du Ernst & Young Entrepreneur de l'Année... import-export » ; « L'investisseur Nathan Quinn : héros des réfugiés albanais ». La liste est longue. C'est le genre « homme de l'année ».

Jeffrey s'était levé pour se placer à nouveau derrière elle.

– Il est très médiatisé. Voilà sans doute pourquoi son nom m'est familier. Mais j'aurais juré l'avoir entendu citer dans un autre contexte...

– Quelqu'un de l'agence a peut-être évoqué l'affaire devant toi. Tiens, sa photo... Tu le reconnais ?

– Non. Mais vise un peu cette mâchoire ! Il ne déparerait pas sur un billet de mille...

Le type avait de l'allure, même sur les photos au rendu médiocre d'Internet. Très grand ; épaules carrées, sourire inflexible, goût vestimentaire impeccable. Un roi.

– Quelqu'un veut peut-être sa perte ? suggéra Jeffrey.

– Pourquoi ne pas s'adresser à la police ou aux médias ?

– Justement, les médias, c'est toi... !

– Je ne suis pas le journal de vingt heures !

Elle se mit à pianoter avec son stylo sur la table, tic qu'elle lui avait piqué quelques années plus tôt.

– Le *buzz* ? dit-il.

– Ben voyons !

– Alors... quoi ?

Elle pivota dans son fauteuil, pencha la tête sur son épaule et lui lança un sourire enjôleur.

– Tu sais qu'on a beaucoup bossé, dernièrement ?

– Tu trouves ? Au contraire, les affaires sont calmes, ces temps-ci...

– Je t'assure ! Et franchement, Jeffrey, tu es tout pâlichon. L'hiver ne te réussit pas...

– On n'est que fin octobre !

– Je crois qu'on a besoin de vacances.

– Quoi ?

– Parfaitement.

– Attends, que je devine...

– Il paraît que Miami, c'est superbe en cette saison !

3

Parce que le monde en général cédait à ses caprices, il ne perdait son sang-froid que rarement – mais quand cela se produisait, alors gare... Il prit une profonde inspiration et ferma les yeux afin de refouler sa colère, puis fixa son vis-à-vis, qui transpirait copieusement sous son blouson de cuir.

– Je ne comprends pas comment c'est possible, dit-il doucement, un sourire patelin sur son visage aux traits agréables, comme s'il *s'efforçait* de comprendre, en effet.

– Je vous le répète, monsieur. Sa trace se perd..., répondit l'autre, reculant d'un pas et se rapprochant insensiblement de la porte ; son intuition semblait l'avertir de l'énervement de son client que rien, cependant, ne trahissait.

– Les gens ne s'évanouissent pas tout seuls dans la nature, monsieur Parker. C'est un mythe. (Il se leva et contourna son bureau.) On les fait disparaître... Ou bien les familles n'ont ni les moyens ni la volonté de retrouver le disparu. Mais ce n'est pas le cas ici, n'est-ce pas, monsieur Parker ?

– Non, monsieur, répondit le détective, qui se sentait rapetisser devant la stature écrasante de cet homme.

Ses mains étaient comme des pattes d'ours, grosses, menaçantes, capables de donner la mort sans effort.

– Alors, de quoi s'agit-il, monsieur Parker ? Puis-je vous appeler Steve ? Lorsqu'une fille dotée de la beauté insigne de Tatiana – une beauté véritablement stupéfiante – fait le trottoir, ça se remarque !

– Mes collaborateurs et moi-même avons ratissé Miami. On a pris le même car qu'elle pour New York. Là-bas, j'ai interrogé le personnel de la compagnie, des sans-logis, des usagers. Personne ne l'a vue ni n'a entendu parler du chauffeur qui l'avait soi-disant repérée. Je suis allé dans de vrais taudis... rien ! Elle s'est volatilisée. Vous ne la retrouverez que lorsqu'elle le voudra bien. Je regrette...

– Vous regrettez..., répéta Nathan Quinn d'une voix sans timbre.

Il lui tourna le dos et alla se rasseoir, prit la photo de Tatiana sur son bureau. La vue de cette frimousse le remplissait de rage. N'eût été l'éclairage diffus qui baignait cet espace luxueux – bureau en séquoia, sièges de cuir, divans profonds et spots intégrés –, personne n'aurait pu prendre son expression pour celle d'une profonde affliction.

– Oui, monsieur. Je regrette...

La porte s'ouvrit derrière le détective et deux hommes, encore plus baraqués que Nathan Quinn, des hommes qui devaient avaler des stéroïdes tous les matins au petit déjeuner, entrèrent discrètement et refermèrent derrière eux, puis se placèrent de chaque côté de cette unique issue. Tous deux avaient le crâne rasé et portaient des complets noirs et des chemises blanches à col mao. Parker se demanda comment on avait pu les prévenir, puis se rappela avec consternation qu'il avait dû déposer son arme avant de pénétrer dans ce sanctuaire. *Et merde !*

– Un verre, Steve ?

– Heu... non, merci, monsieur Quinn. Je dois m'en aller... Sachez cependant que je renonce à mes honoraires. J'ai échoué. Donc, si vous consentiez à régler uniquement mes notes de frais, nous serions quittes...

Parker tâcha de dominer sa panique. Après tout, il n'avait aucune raison de craindre Nathan Quinn – c'était simplement un homme qui recherchait sa fille. Lui-même avait fait de son mieux, sans parvenir à rien. Ce n'était pas comme si Quinn avait été un gangster, un truand, qui allait le buter parce qu'il était tombé malencontreusement sur des infos compromettantes. Nathan Quinn était un honorable homme d'affaires. Mais il avait beau se répéter cela, son cœur n'en tambourinait pas moins dans sa poitrine et son gosier était sec comme du parchemin. Le bon sens est une chose, l'instinct en est une autre.

– Non, Steve... Ce ne serait pas juste. Vous avez fait tout votre possible, j'en suis sûr. Si vous voulez bien revenir demain, ma secrétaire vous remettra un chèque du montant convenu – minoré, bien entendu, du bonus qu'on vous aurait versé si vous m'aviez ramené ma fille...

– Bien entendu, dit Parker avec empressement.

Il était heureux de constater que pour Nathan Quinn, il y aurait un « demain ». Mais il ne se sentirait tout à fait dans son assiette que lorsque l'entretien aurait pris fin et qu'il serait encore en un seul morceau.

– Quant à cette autre information qui est apparue au cours de mon enquête, ajouta Parker, pour s'assurer qu'ils s'étaient bien compris, ce sera notre petit secret...

L'espace d'un instant, Nathan Quinn lui jeta un regard noir, puis son expression maussade fit place à un sourire cordial.

– Je n'en espérais pas moins d'un professionnel de votre calibre, dit-il avec une rondeur complice.

Le privé lui rendit son sourire, puis regarda les deux costauds qui se tenaient derrière lui, bras croisés et gueules inexpressives.

– Je dois m'en aller..., répéta-t-il.

Son malaise ne s'était pas entièrement dissipé.

– Mais oui, naturellement...

Quinn se leva et lui tendit la main. Comme on pouvait s'y attendre, il avait une poigne à vous broyer les os. Ayant recouvré sa liberté, le privé se précipita vers la porte, qu'il claqua derrière lui.

Nathan Quinn garda le silence un moment, le regard vide, puis alla se servir un gin.

4

Jeffrey dormait contre l'épaule de Lydia grâce au Tylenol PM et aux deux petits whiskies qu'il s'était envoyés avant de s'envoler pour Miami. Jeffrey avait la phobie de l'avion. Sa respiration était oppressée. Elle lui baisa le front, contente de ne pas le voir s'agiter, ce qui aurait pu être fâcheusement communicatif. La première classe était presque vide. Dans la pénombre, un jeune cadre pianotait furieusement sur son ordinateur. Il y avait aussi une Asiatique d'un certain âge, en tunique de soie noire, qui portait en pendentif un remarquable lion de jade fu sur des perles de prière – la chevelure soyeuse et la beauté intemporelle de ces femmes-là avaient toujours fait l'admiration de Lydia... Quant aux autres voyageurs, ce n'étaient que des formes vagues.

Trop à cran pour lire ou dormir, elle repensa à Tatiana. Une si lumineuse beauté vous expose à bien des ennuis. Les femmes dans la moyenne, doutant de leurs charmes, se comparant sans cesse aux images idéalisées des magazines, devaient la considérer avec une jalousie confinant à la haine. Ce qu'elles ne savaient pas, ne pourraient jamais savoir, c'est que la beauté ne garantit pas le bonheur. Une certaine catégorie d'hommes pourraient la désirer, mais ne pas se sentir à la hauteur et la détester alors, jusqu'à devenir agressifs. D'autres ne l'approcheraient même pas, la trouvant trop bien pour eux. Les femmes seraient en apparence aimables mais la maudiraient en secret. Les êtres humains vénèrent la perfection physique tout en la méprisant ; c'est une chose à laquelle ils aspirent infatigablement, mais qu'ils ne supportent pas de voir chez autrui, car cela leur rappelle leurs propres défauts.

Dieu sait pourquoi, Lydia ne cessait de penser au meurtre de Gretchen Corley, une affaire exemplaire à propos de laquelle Jeffrey et elle-même avaient été consultés. La mère, Kristen, ancienne finaliste au concours Miss Amérique, avait inscrit Gretchen à des concours de beauté dès que l'enfant avait été en âge de marcher, l'élevant comme on l'avait elle-même élevée.

Lydia avait la conviction que c'était elle l'assassin, même si on n'avait inculpé personne. L'affaire n'avait jamais été élucidée. Lydia était persuadée que Kristen avait formé Gretchen pour en faire une petite aguicheuse, tout en l'exécrant pour sa jeunesse et sa beauté qui ne soulignaient que trop son propre déclin, pourtant inévitable. Et c'était cette Kristen-là qui avait un jour découvert que son époux abusait de leur fille.

Au lieu d'être saisie d'une fureur vengeresse à l'encontre de cet homme, elle avait jalousé la gamine qui, malgré son jeune âge, était la plus belle. Sans doute, au fond de son cœur, jugeait-elle que sa fille lui avait volé son mari. Son tempérament narcissique devait l'avoir poussée à éliminer cette menace. Lydia se demanda s'il y avait quelque chose de cet ordre dans le cas de Tatiana.

Les femmes comme Kristen Corley, qui admirent leur propre beauté et croient que c'est leur unique atout, vont au-devant de bien des difficultés en abordant l'âge mûr, surtout si elles sont déjà affectivement fragiles. Quand la beauté extérieure se fane, il ne reste plus que la personnalité. Les belles femmes frivoles n'ont souvent aucune estime pour elles-mêmes parce qu'elles n'ont jamais exploré leurs qualités intérieures. Elles ne connaissent que leur reflet dans un miroir. Ce n'est pas tout à fait leur faute. Personne ne leur a appris à faire autrement. Lydia avait toujours été reconnaissante à sa mère de lui avoir évité cet écueil-là.

— Ne compte pas sur tes charmes pour t'en sortir dans la vie, lui disait-elle. Ça ne dure pas. Utilise ta cervelle.

C'était l'une de ses plus agaçantes exhortations. Lorsque Lydia lui demandait : « Tu me trouves belle ? », elle répondait : « Oui, tu es belle... au-dedans comme au-dehors. Mais c'est le dedans qui compte. L'extérieur, c'est de la poudre aux yeux. » Ainsi, même si Lydia se trouvait un rien superficielle, aimait la mode, les cosmétiques et se regarder dans le miroir, elle savait que la poursuite de la perfection est une bataille perdue d'avance, de celles qui font de gros dégâts, voire détruisent votre santé mentale.

La beauté de Tatiana représentait un danger, ça crevait les yeux. Quel rapport entretenait-elle avec sa mère, son beau-père ? Sa beauté avait-elle déclenché la jalousie de sa mère, les avances de son beau-père ? Avait-elle quitté la maison parce qu'elle s'y sentait mal à l'aise ? Ou sa beauté avait-elle attiré quelqu'un qui l'aurait séduite et enlevée en faisant croire à une fugue ?

Jusque-là, la police de Miami n'avait pas réagi. Lydia avait laissé deux messages au directeur de l'enquête, dont elle avait trouvé le nom sur Internet, l'inspecteur Manuel Ignacio. La presse avait surnommé ce dernier « Le Saint des enfants disparus » ; il avait vingt-cinq ans d'expérience et la réputation de retrouver pas mal de gosses dans les premières quarante-huit heures – les heures critiques. Les statistiques montrent en effet que si un gamin n'a pas été retrouvé dans ce délai, les chances de jamais le récupérer vivant déclinent ensuite de façon exponentielle d'heure en heure.

Elle avait parlé d'une « piste éventuelle », mais sans mentionner ni la cassette ni la lettre qui se trouvaient dans son sac. Certes, avec un million de dollars à la clé, l'inspecteur Ignacio devait sans doute passer son temps à filtrer les infos pour écarter les fausses pistes et éviter ainsi de faire perdre son temps à la brigade. Elle lui avait laissé son numéro de portable dans l'espoir qu'il la contacterait.

Jeffrey remua dans son sommeil, à la recherche d'une position confortable. Elle savait qu'il se réveillerait avec un torticolis... et la gueule de bois.

– Si seulement tu pouvais, pour une fois, nous faire gagner de l'argent... ! avait-il dit en faisant ses bagages.

En réalité, elle savait bien qu'il plaisantait. Mark, Hanley & Striker Inc. acceptait assez de dossiers lucratifs – escroqueries à l'assurance, filatures d'épouses adultères, boulots en sous-traitance pour le gouvernement (sur lesquels Lydia ne savait pas grand-chose et dont elle était censée tout ignorer) – pour qu'elle puisse se permettre de suivre ses intuitions. Théoriquement, elle était rémunérée par l'agence comme consultante. On la sollicitait sur des affaires où on l'estimait susceptible d'apporter quelque chose ; elle disposait des moyens logistiques et du petit personnel de l'agence ; la publicité autour de ses livres attirait les clients. C'était une association dont tout le monde profitait.

Malgré tout, Jacob Hanley ne la portait pas tellement dans son cœur. Il ne s'était pas réjoui, en outre, de ce voyage à Miami. En fait, il avait même un peu pâli en apprenant la nouvelle, quand ils étaient passés par l'agence avant de se rendre à l'aéroport.

– Vous vous croyez plus malins que la police locale ? leur avait-il lancé.

– Je ne sais pas. On verra. Lydia se fie à son *buzz*...

Pour toute réponse, Jacob, qui les avait suivis jusque dans le bureau de Jeffrey, émit un ricanement.

– Parfait ! Faites comme bon vous semble...

– Pas de panique, mon vieux. C'est plutôt des vacances...

– C'est ce que tu disais l'an dernier, en allant à Santa Fe...

Lydia sentit la moutarde lui monter au nez, mais retint sa langue, même s'il lui en coûtait. Jeffrey et Hanley étaient amis depuis leur jeunesse et elle n'avait donc jamais dit ce qu'elle pensait de lui – que c'était un boulet pour l'agence, que c'était surtout Jeffrey et Christian Striker qui avaient fait la réputation de cette boîte.

– Et alors... ? dit Jeffrey, avec un accent de colère inattendu.

– Eh bien, vous avez failli y laisser votre peau !

Le ton de la contrariété était remplacé par celui de la sollicitude – une subtile marche arrière. Un silence gêné s'ensuivit et Jacob leva les mains en signe de capitulation.

– Je vous demande seulement de ne pas vous mettre dans le pétrin...

– Merci pour le conseil, dit Jeffrey.

De sa place sur le beau divan beige – elle avait déniché elle-même les coussins en chenille chez Crate & Barrel –, elle voyait qu'il était très mécontent.

Ses mâchoires étaient contractées et il évitait de regarder son associé.

– C'est tout ? ajouta-t-il.

– Gardons le contact. Qu'on puisse vous aider au besoin, dit l'autre, penaud.

Jeffrey ne répondit pas, et au bout d'un moment Hanley se leva pour partir. Lydia garda le silence tandis que son compagnon flanquait des dossiers dans les tiroirs et examinait une liasse de fiches roses – elle savait que son irritation aurait besoin d'un exutoire et préférait ne pas lui en tenir lieu.

– Quant à moi, bougonna-t-il, j'ai bien l'intention de flemmarder sur la plage... et non de filer des gens, de me mettre en planque devant des ruelles, ou de me faire canarder, comme d'habitude...

– Bon, bon... Qu'y a-t-il entre vous ?

– Rien. C'est... n'y pense plus.

Elle n'insista pas, sachant qu'il lui dirait tout dès qu'il aurait démêlé ses pensées. Mais la conversation avait eu un drôle d'effet sur elle. Assise près de leurs valises, quelques heures avant leur vol pour Miami, elle avait eu envie de rentrer à la maison. L'espace d'une seconde, elle regretta d'avoir ouvert l'enveloppe beige.

Le fait est qu'elle *non plus* n'avait pas envie de se risquer dans des coupe-gorge ou d'essuyer des coups de feu. Deux ans plus tôt, elle n'aurait pas hésité une seconde avant de partir, avec l'espoir de lever un très gros lièvre. Mais ces temps-ci, elle ne se sentait pas exagérément encline à se mettre en danger. Et cela, depuis qu'elle avait mis le tueur en série de Santa Fe dans le coma où il était encore, semblait-il. Elle se ramollissait peut-être... Aujourd'hui, rien n'avait plus autant d'attrait que l'idée d'être au coin du feu avec Jeffrey. Mince, qu'est-ce que je deviens *bonne femme*, songea-t-elle, dégoûtée. Bientôt viendrait le moment de se mettre au macramé...

– Pourquoi cette tête ? avait dit Jeffrey.

– Quelle tête... ? Je réfléchissais. Bon, en route ! Qu'est-ce que tu fabriques ?

– J'envoie des messages électroniques à Christian et Craig pour leur demander de faire des recherches. L'un des articles que tu as trouvés signalait qu'on avait vu Tatiana dans un car allant à New York.

– Super. On y va ?

– Oui... Y a pas le feu ! Le vol est dans quatre heures.

– Je suis un peu anxieuse...

Il marcha vers elle, lui saisit les mains et l'aida à se remettre debout.

– Ne t'en fais pas. On découvrira ce qu'elle est devenue.

– Je sais, dit-elle, un peu gênée car elle n'était pas certaine que c'était là le motif de son anxiété. Mais d'abord, allons prendre un verre...

Ils étaient allés au pub irlandais où Jeffrey avait commandé deux whiskies tandis que Lydia prenait un Ketel One-martini. Puis ils avaient hélé un taxi qui s'était traîné sous un crachin grisâtre jusqu'à l'aéroport – car c'était le rush du vendredi soir – dans un océan de klaxons et d'invectives. Jeff était groggy quand ils avaient embarqué de justesse, presque vingt-quatre heures après que Lydia avait entendu pour la première fois la voix apeurée de Tatiana.

Le discret *ping* de l'interphone l'interrompit dans ses pensées. La voix étudiée du pilote ne lui parvint qu'amortie car elle avait toujours les oreilles bouchées en altitude.

– Nous avons amorcé notre descente sur Miami. La température est de vingt-cinq degrés. Nous atterrirons avec quelques minutes d'avance sur l'horaire prévu, à vingt-deux heures quinze. Nous vous prions de rester à votre place et de garder votre ceinture de sécurité attachée et votre tablette rabattue jusqu'à l'immobilisation complète de l'appareil. Le personnel de bord est prié de se préparer à l'atterrissage. Nous vous souhaitons un agréable séjour à Miami ou, s'il s'agit d'une escale, une bonne continuation de votre voyage.

5

Tout dans cette affaire avait été bizarre. Et ça promettait de l'être encore davantage. L'inspecteur Manuel Ignacio griffonna les coordonnées de Lydia Strong sur son bloc-notes et conserva son message dans sa boîte vocale. Une faible lueur d'espoir perçait à travers le brouillard de ces six semaines de fatigue. Vingt-deux heures quinze au cadran éraflé de sa montre : sa bourgeoise le tuerait. Il était censé être à la maison à vingt heures et n'avait même pas appelé.

Le service était calme ; un économiseur d'écran simulait des bruits de vagues et le téléphone sonnait inlassablement au bout du couloir. Les autres étaient partis depuis longtemps ; ils n'avaient pas renoncé à retrouver Tatiana, mais se montraient réalistes. Six semaines d'enquête sans aucune piste, aucun témoignage oculaire ni tuyau valable – ça s'annonçait mal. Franchement, on aurait enterré officieusement l'affaire si Nathan Quinn n'avait surveillé de près le maire et le chef de la police qui, à leur tour, le surveillaient, lui. L'inspecteur Ignacio savait qu'on ferait de lui un bouc émissaire s'il ne trouvait rien.

Dès le premier soir, il avait eu un mauvais pressentiment. C'était parfois ainsi dans ce genre d'affaire : on sentait que tout se terminerait bien, ou au contraire que c'était déjà fichu – le gosse était tombé aux mains de dealers ou d'un maniaque sexuel et les parents devraient vivre jusqu'à la fin de leurs jours sans savoir la vérité. Parfois il devinait qu'on finirait par repêcher un cadavre dans un fossé, au fond d'un lac. Ici, il n'avait pas eu d'impression aussi définie, juste le sentiment que c'était mal parti.

En arrivant chez eux, ce qu'il avait d'abord *entendu*, c'étaient des sanglots féminins – il y avait quelque chose d'obsédant dans ces pleurs, quelque chose de résigné. Ce n'était pas les cris désespérés et furieux d'une femme qui vient d'apprendre la disparition de son enfant. Ça, il connaissait – l'habituelle réaction un peu primitive, qui lui donnait le frisson, mais où il y avait de l'espoir, le farouche besoin de croire que tout finirait bien. Les pleurs qu'il entendit en pénétrant dans le magnifique vestibule étaient l'expression d'une douleur totale et inconsolable. Quant à ce qu'il vit d'abord, ce fut la caméra de surveillance à l'entrée. Il n'avait pas eu le temps de se renseigner auprès du premier agent à s'être rendu sur place, que Nathan Quinn se ruait sur lui.

– Elle est partie ! lâcha-t-il de but en blanc. Retrouvez-la !

Sa façon de s'exprimer, son regard l'avaient impressionné désagréablement. Il y avait une colère froide dans sa voix, de la rage dans ses yeux. Puis ce géant s'était effondré, en larmes, et Ignacio avait estimé que ce n'était que la douleur et la peur. Mais il en revenait sans cesse à cette première impression.

La splendide demeure de style espagnol était d'une opulence incroyable ; le sol en marbre avait sans doute coûté plus d'un an du salaire d'un inspecteur. Jenna Quinn ne s'était pas levée quand, ayant gravi l'escalier spectaculaire et emprunté un large couloir tapissé d'œuvres d'artistes cotés, il était entré dans la chambre de Tatiana. Elle ne l'avait pas regardé avec espoir comme la plupart des mères dans cette situation ; elle ne pleurait plus mais ses yeux étaient rouges et gonflés, et elle étreignait un Snoopy défraîchi, prostrée sur le lit de sa fille.

– Ça va s'arranger, madame Quinn, dit-il en lui touchant l'épaule.

Elle sursauta, mais ne répondit rien. Toutefois, elle n'avait pas le regard absent d'une femme en état de choc ; elle était sur le qui-vive et semblait mal à l'aise.

C'était une chambre de rêve pour une adolescente. Sur le lit extralarge, la parure Laura Ashley rose et blanc dont sa propre fille avait rêvé mais qu'il n'avait pas pu lui offrir – trop chère. Le papier peint assorti était presque caché par des posters des Backstreet Boys, de NSYNC et autres idoles des jeunes. Un ordinateur Sony Viao était posé sur le bureau blanc ; manuels scolaires et cahiers y formaient une pile bien nette et un sac à dos rouge, constellé d'autocollants, pendait de son siège. Le home vidéo comprenait une télévision grand écran, des lecteurs DVD et CD, surmontés de petites enceintes Bose surpuissantes. La collection de DVD allait de *Blanche-Neige* et des *101 Dalmatiens* à *Crouching Tiger, Hidden Dragon* et *Chocolat*. La penderie intégrée était plus vaste que la chambre de sa propre fille et aussi fournie qu'un rayon de magasin, avec une collection de chaussures à faire pâlir Imelda Marcos.

On pouvait se faire une idée de l'occupante des lieux d'après cet environnement : une fillette sur le point de devenir une femme, sans trop savoir si elle en avait vraiment envie – comme toutes les ados. En regardant les parents assis sur le lit – Nathan Quinn entourait les épaules de sa femme et lui chuchotait quelque chose à l'oreille –, il s'était demandé pour quelle raison une jeune fille voudrait quitter un foyer pareil. En tout cas, ce devait être grave – soit elle avait été kidnappée, emmenée contre son gré, soit il y avait une histoire de drogue, une mauvaise fréquentation. Ou pire encore.

Avec l'aide de la mère, qui parut se réanimer, ils notèrent qu'il manquait aussi la petite valise de Tatiana, et quelques-uns de ses vêtements favoris, son Walkman et ses CD préférés, ainsi que les cent soixante dollars qu'elle conservait dans sa boîte à bijoux. La caméra avait été coupée à vingt et une heures, une heure après le départ des Quinn qui se rendaient à une fête chez feu Gianni Versace. Et c'était tout. Pas d'empreintes digitales, aucun signe de lutte ou d'effraction, les voisins n'avaient pas entendu de bruits suspects. Personne n'avait vu Tatiana quitter la maison.

Le million de dollars de récompense avait en vérité plutôt gêné l'enquête. Après l'émouvant appel à témoins des Quinn aux actualités, le téléphone n'avait cessé de sonner. On avait perdu beaucoup de temps à suivre ces fausses pistes. Puis, deux semaines après le début de l'enquête, un conducteur de cars Greyhound s'était présenté pour affirmer qu'une jeune fille correspondant au signalement avait pris le car de minuit cinq en direction de New York la nuit de sa disparition. Il était venu au commissariat faire sa déposition et donner ses coordonnées à l'un des membres de la brigade. On avait repris espoir. Mais le lendemain, lorsque Ignacio avait appelé, l'information s'était révélée fausse et l'entreprise de transport nia avoir un employé de ce nom-là. Les médias locaux avaient déjà divulgué la chose ; avec toute cette pression, la police n'avait jamais révélé à la presse qu'on l'avait bernée. Vraiment, comment des gens pouvaient-ils s'amuser à cela ?

Et ce n'était pas tout... Pourquoi, par exemple, lorsqu'il fourrait son nez dans les activités de Nathan Quinn, le commissaire en personne l'appelait-il pour lui assurer qu'il faisait complètement fausse route ? Pourquoi la bonne, Valentina Fitore, qui d'ordinaire passait la nuit sur place quand ses patrons s'absentaient, était-elle rentrée de bonne heure chez elle ? Qui avait coupé la caméra, puisque Tatiana n'était pas censée savoir s'en servir ? Et maintenant, l'appel de Lydia Strong... Jusqu'à présent, les médias nationaux ne s'étaient pas intéressés à l'affaire, justement parce que tout suggérait qu'il s'agissait d'une fugue. Quelle info cette femme détenait-elle ? Elle avait déclaré qu'elle séjournerait au Delano Hotel, sur South Beach, et n'y arriverait qu'en fin de soirée.

Il composa le numéro de portable qu'il avait noté et tomba sur la messagerie.

– Mademoiselle Strong, ici l'inspecteur Ignacio... J'ai bien reçu votre appel. Vous pouvez me joindre ici demain matin. Ou, si ce message vous parvient cette nuit, n'hésitez pas à me contacter sur mon portable.

Il laissa son numéro et raccrocha, songea à appeler sa femme, mais mieux valait rentrer directement. S'il appelait, elle l'engueulerait deux fois : au téléphone et à la maison. Ôtant son veston du dossier de sa chaise, il l'enfila, nota qu'il avait un peu de ketchup sur la manche, éteignit son ordinateur, sa lampe, et partit.

6

Il était presque onze heures du soir quand ils se présentèrent à la réception du prestigieux Delano Hotel, sur South Beach. Lydia raffolait des établissements de luxe, de leur atmosphère chic et de la qualité du service. Jeffrey trouvait le personnel obséquieux et cela le mettait mal à l'aise. Peu lui importait la catégorie de l'hôtel, du moment que le matelas était confortable. Sur ce point, ils étaient d'accord – seulement, ça lui restait sur l'estomac, le prix à payer pour avoir un matelas vraiment confortable... Le chasseur les escorta sous d'ondulants rideaux blancs qui tombaient d'un plafond haut de six mètres pour former un pli élégant sur le sol, puis devant une série impressionnante de meubles anciens disparates. Une méridienne blanche était mise en valeur par une peau de bête synthétique, des lis blancs montraient toute leur séduction dans leurs vases de cristal, posés sur des consoles de marbre veiné, et chacune des grosses colonnes qui bordaient le long couloir dissimulait une niche douillette.

Le chasseur, en short et polo blanc, porta leurs bagages, à travers le très blanc et très long couloir, jusqu'à leur chambre.

– Qui paie ? demanda Jeffrey comme ce dernier s'éclipsait avec les cinq dollars de Lydia.

– Jacob Hanley ! répliqua-t-elle en ouvrant la porte-fenêtre.

La brise gonfla les voilages de tulle blanc. Il la suivit sur le balcon et la prit dans ses bras. Les palmiers tout bruissants étaient éclairés par une lueur ambrée et la piscine, immense, était bleu azur. Au loin, on entendait les échos d'une fête. Un *boum-boum* de batterie, émis par l'autoradio d'un péquenaud, retentissait telles des pulsations cardiaques ; des cris perçants, qui pouvaient être de joie ou de terreur, se réverbéraient comme ceux des mouettes. Quelque part, une vitre vola en éclats et une alarme de voiture se déclencha en guise de protestation. La nuit battait son plein.

– On va prendre un verre ? lui demanda-t-elle, d'un ton volontairement enjoué.

Leurs dix années d'écart se trahissaient d'ordinaire à cette heure, quand il était prêt à se coucher tandis qu'elle aurait bien aimé aller danser.

– Pourquoi pas ? répondit-il, jetant un regard résigné au lit tentateur. Allons-y !

Elle prit sa besace.

– Tu n'as pas besoin de ça...

– Je ne m'en sépare jamais, Jeffrey... Tu sais bien. Il contient mon carnet d'adresses, mon calepin...

– Bon ! Mais ne compte pas sur moi pour le trimballer, dit-il, sachant très bien qu'il le ferait si elle le lui demandait.

Ocean Drive était un défilé permanent de mannequins, drag queens, culturistes et touristes rondouillards qui jetaient de tous côtés des regards ébahis. C'était à qui serait le plus superbe, le plus exubérant. Pour Lydia, entourée de tenues extravagantes, de coiffures volumineuses et de grosses voix, South Beach était l'enfant bâtard de l'East Village et de mardi gras sous ecstasy. Fascinant carrousel... Passant devant une interminable enfilade de restaurants où des hôtesses les invitaient à entrer, ils finirent par choisir un établissement mexicain de style Arts déco avec orchestre mariachi et se glissèrent sur une banquette en façade avant de commander des margaritas.

Le téléphone de Jeff sonna.

– Craig a envoyé un SMS...

Lydia appelait Craig « Le Cerveau » à son insu. Il faisait une bonne tête de plus que Jeffrey mais était moins épais que la cuisse de ce dernier. Le jeune homme portait invariablement un jean informe, un T-shirt blanc sous une chemise de flanelle et une paire de Doc Martens, et ses poches débordaient de bidules électroniques et autres gadgets sonores – téléphones cellulaires, messageur, Palm Pilot... Une paire de lunettes rondes, presque cachées par une tignasse de cheveux d'un blond oxygéné, encadrait ses yeux bleu-vert. Craig prétendait être un « cybernavigateur », même si son titre officiel dans l'agence de Jeffrey était celui de « spécialiste en information ». Il connaissait tous les outils de recherche sur ordinateur ; avant d'être recruté par Mark, Striker & Hanley, c'était un infâme « hacker » recherché par le FBI. À dix-huit ans, il avait été arrêté et aurait sans doute dû purger une longue peine de prison si son oncle n'avait été Jacob Hanley. Tous trois anciens agents du FBI, avec plus de connexions entre eux qu'une carte mère, Mark, Striker et Hanley avaient pu lui trouver un arrangement : il travaillerait pour l'agence, se tiendrait à carreau et se présenterait régulièrement à son contrôleur judiciaire pendant trois ans.

À présent, plus ou moins branché sur Internet et les systèmes du FBI – dans une semi-légalité – vingt-quatre heures sur vingt-quatre et sept jours sur sept, le jeune homme pouvait dégoter presque n'importe quelle information à toute heure du jour ou de la nuit. Lydia se demandait quand il dormait et prétendait pour rire qu'il serait un jour absorbé par ses ordinateurs tel un personnage des romans de William Gibson.

– Il dit que lui et Christian commenceront à faire des recherches pour nous demain, à New York. Il dit aussi qu'il espère qu'on va retrouver Tatiana, parce qu'elle est « canon ».

– Hé ! Je croyais qu'il avait le béguin pour moi !

– Ah, l'inconstance de la jeunesse...

– Hum...

– Il dit aussi que son oncle Jacob nous en veut d'être partis. Du moins c'est comme ça que j'ai traduit son : « Tonton flippe à mort ! »

– Heureusement que c'est *ton* agence à toi et que tu n'as pas de comptes à lui rendre !

– Exactement.

Elle attendit qu'il s'explique sur cette mésentente, mais il n'en fit rien. Un beau serveur de type hispanique, yeux de braise et longs cheveux noirs, leur apporta deux énormes margaritas. Elle se mit aussitôt à siroter le sien. Il était aigrelet et très corsé – juste à son goût.

– Bon, quel est le programme ?

– L'inspecteur Ignacio a rappelé. Je crois qu'au lieu de téléphoner, il faudrait aller demain matin lui faire entendre la cassette... Il se disait impatient de savoir ce qu'on avait comme info, mais m'a paru crevé. Il a peut-être besoin d'aide.

– Que penses-tu de tout cela ? Qu'espères-tu découvrir ?

Les musiciens mexicains, qui s'étaient interrompus pour fumer et boire des tequilas au bar, entamèrent une nouvelle ballade.

– Je n'en sais rien. J'ai seulement l'impression que

c'est plus qu'une simple fugue. Quelque chose dans cette lettre a fait tilt en moi. Je me trompe peut-être...

Pendant un instant, il ne dit rien, se contenta de prendre une gorgée de sa boisson, dont l'âpreté le fit grimacer. Il était clair qu'il hésitait à exprimer le fond de sa pensée, et elle piocha dans la corbeille de chips en attendant qu'il se décide.

– Ce n'est pas par rapport à Shawna Fox, n'est-ce pas ? Ce n'est pas elle que tu voudrais sauver à travers Tatiana ?

Elle ne le nia pas. Shawna n'avait jamais eu de chance dans la vie. Son sort avait été scellé avant même que Lydia et Jeffrey ne s'intéressent à cette affaire où l'assassin avait finalement été traduit en justice. La pauvre était en train de trouver sa voie après des années de maltraitance dans des foyers d'accueil quand un fou l'avait supprimée. Trop de jeunes filles sur cette terre connaissent une fin sordide et injuste – peut-être que Tatiana pouvait encore être sauvée. Peut-être y avait-il encore de l'espoir pour elle et les autres gamines auxquelles la lettre faisait allusion. Mais ce n'était pas seulement cela. Il y avait le *buzz* qui la poussait à s'occuper de cette affaire. Cet instinct auquel elle ne pouvait se dérober.

– S'il avait été facile de la retrouver, on l'aurait fait. Si tout était banal, je n'aurais pas reçu cette cassette, dit-elle en se penchant, reprise par sa passion professionnelle. C'est notre spécialité, non, de regarder là où personne ne regarde ? De suivre notre intuition ? N'est-ce pas la raison pour laquelle nous faisons ce boulot ?

– Non, *toi*, tu suis ton intuition, dit-il en souriant, sensible à sa ferveur. Moi, je me contente d'analyser les faits et d'essayer de te faire entendre raison !

– On forme une bonne équipe...

– La meilleure !

Ils trinquèrent. Jeffrey observa un silence et détourna les yeux.

– Au fait, dit-il lentement, j'ai bien réfléchi pendant ton absence...

– Ah ?

– À nous...

– Quoi, « nous » ?

Il la regarda se trémousser, mal à l'aise, et lisser sa serviette blanche. Le moment était très mal choisi, évidemment. Mais il retournait cette question dans son esprit depuis le soir où elle était partie pour sa tournée de promotion. Et maintenant, c'était comme s'il ne pouvait plus se retenir. S'il attendait une heure ou un jour de plus, ce serait trop tard.

– À notre avenir...

– Pourquoi s'inquiéter de l'avenir quand le présent est parfait ? répondit-elle trop vite, repliant sa serviette en un triangle bien net.

– Je ne m'inquiète pas, dit-il en chassant ce mensonge d'un haussement d'épaules. Je me demandais seulement ce que tu désirais...

Elle cessa de s'intéresser à sa serviette pour braquer son regard sur lui. Il ressentait toujours ce regard dans ses reins, l'intensité de ce regard, la froide beauté de son visage.

– C'est toi que je désire. Je veux qu'on soit ensemble. Pour l'éternité.

Amour n'était pas un mot assez fort pour qualifier ce qu'elle éprouvait pour lui. L'« amour », c'était les fleurs, les bonbons et le champagne. Ce qu'elle éprouvait était tellement plus violent : le feu, le tonnerre, l'ouragan ! Elle était prête à tout pour Jeffrey, l'adorait et lui resterait éternellement fidèle, mais cette conversation parfaitement normale entre deux êtres qui vivent ensemble lui donnait le frisson. Elle n'aimait pas penser à l'avenir, ni en parler. Comme si c'eût été tenter le diable. Elle avait longtemps résisté à l'amour qu'elle ressentait pour lui, de crainte d'être terrassée si jamais il lui arrivait quelque chose. Quoi de plus naturel chez quelqu'un qui avait été abandonné par son père de bonne heure et avait perdu sa mère, assassinée ? Comme s'il y avait quelque chose de naturel dans tout cela... Elle se contentait de remercier la Providence pour chaque instant de bonheur, sans se soucier du lendemain.

L'orchestre continuait à jouer ; les voix mélodieuses remplissaient la salle et nimbaient leur conversation d'une sorte d'énergie larmoyante qu'elle ne méritait pas. L'atmosphère était feutrée et chaleureuse. Des banquettes de velours rouge longeaient les murs et chaque table était éclairée par une suspension de couleur : bleu cobalt, vert jade, orange. Il y avait des nappes blanches à franges sur les tables en forme de haricot. Des effluves de tabac arrivaient de la table voisine, qui, ajoutées au stress de cette conversation, donnaient à Lydia une envie folle de fumer, alors qu'elle avait arrêté depuis plus d'un an.

Jeffrey sentit qu'elle se détachait de lui. Il savait que l'idée de mariage la terrifiait. « C'est promettre l'impossible. Les gens changent, la vie est cruelle. C'est tenter le sort », lui avait-elle dit avant même le début de leur liaison. Il n'y avait plus fait allusion jusqu'à ce soir-là – l'endroit était si mal choisi qu'il se serait donné des claques. C'était une conversation à avoir chez soi – mais qui était absolument nécessaire. Il désirait fonder une famille.

– O.K., dit-il, sans plus insister. Marché conclu ! Tu es à moi pour toujours !

– Ah oui ?

– À partir de maintenant...

Elle l'observa tandis qu'il regardait s'écouler le flot des badauds derrière la vitre. Elle espérait ne pas l'avoir vexé et qu'il comprenait. Un moment se passa dans un agréable silence, à savourer leurs verres. L'alcool commençait à produire ses effets soporifiques et, comme elle s'appuyait contre lui, il lui entoura les épaules.

– On rentre ?

Elle lui répondit d'un petit bâillement.

– Vous nous donnerez l'addition, dit-il au serveur.

– C'est déjà payé, monsieur...

Jeffrey fronça les sourcils.

– Quoi ? Par qui ?

Le jeune homme se retourna vers le bar et secoua sa belle crinière.

– Il est parti !

– Comment était-il ? demanda Lydia.

– Balèze – pas très musclé, mais costaud. (Il dessina dans le vide une respectable bedaine.) Chauve. Costume noir. Je ne l'avais jamais vu.

– Qu'a-t-il dit ?

– Il avait un fort accent d'Europe centrale... Il a pris un bourbon, m'a tendu un billet de cent dollars en vous désignant et m'a dit de garder la monnaie.

– Il a prononcé nos noms ?

– Non, monsieur.

– Merci, dit Lydia en saisissant son sac.

Ils sortirent main dans la main, accompagnés par les échos de l'orchestre. La musique les suivit jusque dans la rue et la marée humaine qui paradait sur Ocean Drive. À leur droite, l'océan ouvrait un vaste espace noir tandis que les palmiers géants oscillaient de l'autre côté de la rue.

– C'est bizarre, dit Lydia qui s'appuyait contre Jeffrey, observant les véhicules et les gens qui les entou-raient, et se demandant par qui ils étaient épiés.

Elle plaqua son sac contre elle, soudain consciente de sa vulnérabilité.

– Seuls mes collaborateurs nous savent à Miami, dit Jeffrey, qui pensait tout haut.

– Et l'inspecteur Ignacio..., ajouta-t-elle, songeuse.

Ils se frayaient un chemin à travers la foule, sans aller trop vite pour ne pas avoir l'air suspect, mais sans lambiner non plus. Jeffrey lui enlaça les épaules.

– Tu as ton arme ?

Elle hésita.

– Dans ma valise, dit-elle en glissant la main dans son sac. Et toi ?

– Idem.

– On devient peut-être paranos, ajouta-t-elle en regardant tranquillement autour d'elle, sans toutefois se retourner. Ce n'est peut-être qu'un chic type qui joue au Père Noël.

– Personne n'est gentil à ce point.

– Cynique !

Jeffrey regarda droit devant lui et ralentit le pas. Il survola son horizon du regard, cherchant quelqu'un qui répondrait au signalement donné par le serveur. Il vit au moins trois hommes dans la cohue qui auraient fait l'affaire.

– Je doute que celui qui nous suit dans la Mercedes noire veuille seulement s'assurer qu'on rentre bien à l'hôtel.

– Tu as des yeux dans le dos ?

– Non, mais je vois son reflet dans les rétros des voitures en stationnement.

– Astucieux !

– Ne t'arrête pas...

Ils remontèrent tout un pâté de maisons et tournè-rent promptement à gauche tandis que la Mercedes était retenue par un feu, puis sautèrent dans un taxi qui attendait au coin.

– Faites demi-tour, remontez cette rue et prenez la route touristique en direction du Delano Hotel, décida Jeffrey.

Lydia savait qu'à sa place, elle se serait fait envoyer sur les roses, mais personne ne s'opposait à Jeffrey – sauf elle, bien entendu. On pliait naturellement devant son autorité. Il avait l'œil sur le rétro latéral, et, s'étant assuré qu'on ne les avait pas suivis, demanda à être conduit directement à l'hôtel.

Ils s'engouffrèrent dans le hall puis l'ascenseur. Lorsqu'ils atteignirent leur chambre, la porte était entrouverte.

– Merde ! dit Jeffrey, qui craignait de s'être fait voler son arme.

Lydia lui tendit le Glock qui était dans son sac à main.

– Je croyais que c'était dans ta valise ?

Elle haussa les épaules.

– Tu ne voulais pas que je te mêle à des fusillades...

– Reste là !

Il se glissa à l'intérieur. Lydia le suivit. La chambre était vide et les draps avaient été rabattus. Deux petites boîtes de chocolats Godiva reposaient en toute candeur sur les oreillers. Les lampes de chevet étaient allu-mées, diffusant une apaisante lueur rose ; de la musique classique filtrait par d'invisibles enceintes. Mais leurs valises étaient ouvertes sur le lit et sem-blaient avoir été fouillées puis refaites.

– Pleins de tact, ces cambrioleurs, dit Jeffrey en se rapprochant.

– C'est ainsi dans les cinq étoiles !

Il retira de sa valise une boîte en cuir noir et fit jouer les fermoirs. Son Glock était bien là, astiqué et démonté.

– Incroyable !

Il passa en revue le contenu de son bagage à elle.

– Ont-ils pris la cassette ?

Il se retourna pour la voir tirer de son sac à main l'enveloppe matelassée sous housse transparente.

– Je ne sors jamais sans mon sac à malices !

7

Il était évident que tout avait été soigneusement orchestré. Payer leurs consommations était une
manière de leur souhaiter la bienvenue. Les suivre, un
message. Et pénétrer dans leur chambre sans rien
déranger, un avertissement. Nous savons que vous êtes
ici, nous savons pourquoi, et ça ne nous plaît pas. Mais
qui était ce « nous » et comment « ils » avaient su que
Jeffrey et Lydia étaient à Miami, au Delano Hotel, cela
restait un mystère. Les collègues de Jeffrey étaient au
courant. L'inspecteur Ignacio aussi.

— Si les flics voulaient nous harceler, ils auraient
été moins subtils..., dit Jeffrey. Ils auraient débarqué
ici, fait du foin pour les armes, saisi la cassette. On
n'aurait pas eu à essayer de deviner.

— Cela signifie donc que le téléphone de l'inspecteur est sur écoute... ou le mien.

— Exact ! Mais qui écoute, et pourquoi ?

— Ils se sont donné du mal. C'était pour nous
effrayer ?

— En ce cas, c'est mal te connaître !

— Parce que maintenant, je ne mettrai que plus d'ardeur à découvrir la vérité...

— En attendant, mon ardente, viens donc..., dit-il en
l'attirant dans le lit.

Ils n'avaient pas prévenu la police, sachant qu'elle

n'aurait rien pu faire. Jeffrey avait verrouillé la porte, bloqué l'ouverture avec une chaise et cherché des micros. Seul un héros de *Mission impossible* aurait pu accéder au balcon. Les Glock, chargés, étaient sur les tables de chevet. Ils se sentaient relativement en sécurité, du moins pour la nuit.

D'un doigt, Jeffrey dessina les contours des pommettes de Lydia et regarda au fond de ses yeux gris d'orage, écarta une boucle d'un noir bleuté. Elle sourit, et il en fut chamboulé. Dans ces instants-là, quand ils étaient réunis, l'avenir ne comptait plus. Ces moments étaient si magiques, si parfaits, que tout le reste paraissait lointain et négligeable.

Le corps de Lydia était mince et musclé ; ses jambes cherchaient les siennes. Il inspira son odeur animale, tandis que ses petites mains tièdes prenaient possession de ses reins. Il leur suffisait d'être ainsi pour avoir l'impression de faire l'amour, quand il n'y avait plus d'espace entre eux, et que leurs respirations étaient aussi sonores que la rumeur de l'océan.

8

Il transpirait dans sa Porsche Boxster noire, malgré le souffle glacial du climatiseur. À presque une heure du matin, Alligator Alley était aussi sombre et calme qu'un cimetière. Il la poussa un peu. La voiture était si bouillante, si rapide, que c'était dommage de devoir respecter plus ou moins les limitations de vitesse. Il se sentit plus calme en voyant le compteur monter à cent cinquante, les cadrans bleus ou rouges luisant dans l'obscurité. D'une main, il agrippait le volant gainé de cuir, l'autre reposait sur le levier de vitesses comme sur le genou d'une bien-aimée. Il était sur le point d'accélérer encore mais il se dégonfla et ralentit.

– Lève le pied, merde ! bougonna Boris avec son fort accent anglais. Si on se fait arrêter...

– Si on se fait arrêter... quoi ? Quoi, Boris ? Quoi ?

Boris lui jeta un long regard furieux, puis se tourna vers sa vitre, ne montrant plus que son crâne rasé. Sacha était plus coulant avec lui qu'avec n'importe qui. C'était le seul à oser lui parler sur ce ton. Comme Boris était plus âgé, qu'il était le cousin de son père, et avait d'ailleurs généralement raison, Sacha le laissait parler. Mais même lui savait qu'il y avait une limite à ne pas franchir. Surtout quand Sacha était fatigué, sur les nerfs, et qu'il devait se rendre là où il n'avait aucune envie d'aller.

Il avait hâte de quitter les Everglades pour retourner à South Beach. Tout ce silence, cette obscurité, ces cadavres grisâtres et boursouflés qui flottaient là où nul ne les retrouverait jamais – ça le rendait nerveux. Il songea aux milliers d'yeux ouverts sur le néant, à la peau fripée, décomposée, au sang se répandant dans les marais... La radio, allumée, ne captait que des parasites. Il était content d'avoir emmené quelqu'un. Même si ce n'était que Boris.

– Hé, Boris, c'est toi qui y vas... ? Tu me fais une fleur, ce soir ? dit-il en regardant son compagnon dont la carrure massive semblait encore plus impressionnante dans cet habitacle réduit – il devait croiser les bras pour caser ses larges épaules.

– Lâche-moi, Sacha...

Mais il n'y avait pas de conviction dans sa voix, peut-être un peu de tristesse, ou de peur. Personne n'avait envie d'aller là-bas, même les durs comme Boris.

Boris puait la vodka et la sueur. Avec ses yeux de poupée luisants, bordés de longs cils féminins, ses cernes noirs, sa peau d'une blancheur malsaine et l'ombre de barbe bleuissant son double menton, il avait quelque chose d'un Bibendum sinistre. Au lieu de glousser, si vous lui tapiez sur le bide, il vous éclatait la cervelle.

Boris secouait la tête, perdu dans ses pensées, pris par cette toux quinteuse qui lui venait toujours quand il était contrarié.

– C'est toi qu'il veut voir, dit-il enfin, d'une voix irritée par les glaires. Ils ne verront que toi. Sinon, tu ne serais pas venu...

Sacha ne broncha pas. C'était la vérité, et tous deux le savaient.

Il fut soulagé de quitter la nationale pour emprunter

la petite route obscure qui les rapprochait de leur destination. Déjà, il apercevait les lumières d'une maison, alors qu'il restait des kilomètres à parcourir – c'était à ce point sombre, à ce point isolé. Le ciel scintillait d'un million d'étoiles et le moteur de la Porsche grondait comme celui d'un avion à réaction.

Au portail, un homme avec un costume gris minable, une cravate bleu marine froissée et des lunettes noires reliées à une oreillette lui fit signe de s'arrêter. Son haleine envahit la voiture comme un brouillard polluant quand Sacha abaissa sa vitre.

– Sacha Fitore, dit-il sans attendre la question.

Comme le type répétait son nom dans un talkie-walkie, Sacha réprima une envie de lui tirer une balle. Il ne pouvait pas saquer ceux qui tentaient d'exercer sur lui leur autorité. Et encore moins ceux qui portaient des lunettes noires la nuit.

L'homme s'écarta, les vantaux pivotèrent et la Porsche monta en douceur une longue allée sinueuse bordée d'épais feuillages. Boris émit un léger ronflement et Sacha lui flanqua un coup de coude. L'autre se redressa aussitôt et glissa la main sous sa veste, en alerte. La majestueuse demeure était dominée par ses colonnes blanches et ses grandes baies vitrées. Artistement mise en scène par des palmiers éclairés, elle était plus grandiose et bien plus isolée que la maison de Snug Island et donc nettement mieux adaptée aux besoins de son client ce soir-là. Nul ne pouvait soupçonner ce qui s'y passait.

Sacha trouva une place de stationnement. Plus d'une vingtaine de berlines ou limousines noires étaient garées là. Certains chauffeurs fumaient ou causaient devant leur véhicule. En sortant de la voiture, Sacha dénombra au premier coup d'œil trois plaques diplomatiques et deux gouvernementales.

Il gravit les marches au pas de gymnastique, sonna et fut introduit par un majordome portant un masque de cuir, puis se laissa guider en gardant la tête basse – il ne souhaitait pas faire de rencontres embarrassantes. Un gloussement aviné retentit derrière lui. Au cœur de la maison, il entendit un gémissement déchirant qui pouvait exprimer le plaisir ou la douleur – ou les deux.

Au bout du couloir, le majordome tourna la poignée de cuivre de la lourde porte de chêne. À l'intérieur, le client caressait les seins gonflés au silicone d'une grande et superbe femme dont le visage disait vaguement quelque chose à Sacha. Une rousse flamboyante à la peau d'un blanc de neige. Sa bouche était aussi rouge et reluisante qu'un bonbon à la cerise, et elle adressa une moue boudeuse et perverse à Sacha, qui en fut remué. Elle enfourchait le client, tout habillé, sur le sofa. Il la touchait au moment où Sacha était entré, et elle ne fit rien pour se couvrir. Sacha s'efforça de ne pas regarder.

– Vous êtes en retard, dit simplement Nathan Quinn, repoussant doucement la femme pour se tourner vers lui.

– Oui, répondit Sacha. Il a fallu faire une longue halte en chemin.

Il ne s'excusa pas. Tous deux savaient qui tenait l'autre, en dépit des apparences.

– Je vois. Mais vous l'avez, bien entendu...

– Bien entendu, dit-il, tirant le DVD de dessous son blazer en cuir.

Il alla remettre le boîtier noir au client ; dans ses grosses mains, on eût dit une carte à jouer. L'homme contempla fixement l'objet, une expression vorace passant sur son visage déjà intimidant. Un grognement sourd s'échappa de sa gorge et il reporta ce regard féroce sur Sacha qui résista à l'envie de reculer vers la porte.

– Serez-vous des nôtres, ce soir ?

– Non, merci, dit Sacha, avec un sourire de regret qui n'avait rien de sincère.

Sur ce, il sembla disparaître de la conscience de Quinn. Ce dernier tendit la main à la femme et ils s'en allèrent – Sacha remarqua qu'elle n'avait toujours pas rajusté le haut de sa robe rouge. Le majordome, qui l'avait attendu, le raccompagna à la porte. En descendant du perron, Sacha entendit une explosion de hourras. Le spectacle commençait.

Allumant une cigarette avec son Zippo en argent massif, il retourna à la voiture, en sueur ; une bêtise d'avoir pris cette veste par cette chaleur... Boris avait réussi à s'extraire du véhicule et était appuyé au capot.

– C'est bon ?

Sacha opina. Boris regarda ailleurs. Sacha se mit au volant et attendit que son compagnon daignât ôter son cul du capot, puis la Porsche repartit dans un crissement de pneus.

9

L'opulente demeure des Quinn était sise à Snug Island, une enclave de propriétés huppées sur le front de mer, près de South Beach, un bijou niché sous les palmiers géants. C'était un cadre magnifique dont la sérénité n'était troublée que par le murmure des frondaisons et les carillons éoliens, fleurant bon l'océan et le gazon fraîchement tondu. Cette beauté et ce calme tranchaient si bien avec le caractère un peu pouilleux de son propre quartier que Lydia en vint à se demander pourquoi ils restaient à New York. Leur duplex, le quart en surface des splendides manoirs croisés sur la route – en calculant large – avait sans doute coûté aussi cher. Enfin, c'était probablement la rançon à payer pour vivre au cœur de l'univers...

Il était presque midi et son estomac commençait à gargouiller lorsque leur Jeep Grand Cherokee noire de location remonta l'allée en pente bordée de gros palmiers. Ils suivaient la Taurus bordeaux de l'inspecteur Ignacio qui, quoique bien entretenue, semblait avoir connu des jours meilleurs. Lui aussi, d'ailleurs. Bel homme, presque quinquagénaire, il avait déjà de très légers cernes bleuâtres et une ombre de barbe, mais portait une tenue correcte, quoique modeste : chemise blanche amidonnée, cravate bleu marine et costume anthracite, et n'avait qu'un soupçon de brioche. Ses cheveux grisonnants étaient bien coupés et coiffés avec rigueur. Son allure était celle d'un homme qui trime et connaît son boulot, mais le stress de cette affaire commençait visiblement à l'affecter. La dépression le guettait.

En arrivant au commissariat, juste après huit heures du matin, avec un grand gobelet de café et le *Miami Herald*, il les avait découverts tous les deux à la porte de son bureau. Lydia était habituée à être traitée en intruse quand elle tentait de s'insinuer dans une enquête, mais lui les avait au contraire accueillis avec une vigoureuse poignée de main et en leur offrant du café. Son bureau était remarquablement propre et rangé pour un bureau de flic.

– Ancien militaire ? lui lança-t-elle.

– Marines, répondit-il, sans marquer d'étonnement. Comme mon père. J'ai dû faire mon lit au carré dès ma prime enfance ! Les autres se foutent de moi, mais s'ils savaient le temps qu'on perd, faute d'organisation ! Et quand il s'agit de disparitions d'enfants, chaque minute compte...

Lydia prit place sur un siège en métal chromé et similicuir orange, coordonné à la moquette à bouclettes jaune d'or et à la frisette au mur. Très années soixante-dix.

– Après six, presque sept semaines d'enquête, quel est votre sentiment ? Vous allez la retrouver ?

– Franchement, je n'en sais rien. Dans toute autre affaire, je dirais non, mais quelque chose me pousse à continuer – et pas seulement le fait que Nathan Quinn a le bras très long. Je n'en dors plus...

Il entra dans les détails en commençant par la première nuit, les fausses pistes induites par la prime d'un million de dollars, puis le mystérieux chauffeur de car. Il paraissait de plus en plus las. Lydia et Jeffrey, très attentifs, suivaient ses explications en s'aidant du tableau où figuraient tous les événements, pistes et infos que sa brigade avait explorés, en espérant que leur regard neuf y relèverait quelque chose qui avait échappé aux policiers. Mais Lydia n'était pas optimiste, ayant déjà compris qu'il était homme à ne rien négliger. Elle avait vu en lui le flic consciencieux à sa façon de les recevoir. La plupart des enquêteurs redoutaient de se faire piquer la vedette ; ils ne lui disaient donc pas tout, de peur qu'elle ait une idée lumineuse. Mais l'inspecteur Ignacio, ça se sentait, espérait qu'elle en aurait une. Il mettait Tatiana au-dessus de sa propre gloriole et c'était réconfortant.

– Vous m'avez dit avoir quelque chose pour moi, mademoiselle Strong, dit-il au terme de son exposé. Croyez-moi, je ne cracherais pas sur une piste !

Elle posa le sac transparent sur le bureau.

– Vous avez un magnétophone ?

Il sortit un vieux Radio Shack déglingué. Lydia hésita.

– Il n'est pas beau, mais il fonctionne !

– Je n'en doute pas. Mais je n'ai pas de copie et si jamais la bande se déchirait...

– Compris ! Venez avec moi...

Il partit dans un couloir tapissé de moquette grise, longeant des bureaux vitrés, traversant des cagibis, avant d'accéder à une impressionnante salle audiovisuelle. Ils passèrent devant des rangées d'ordinateurs haut de gamme, des travées contenant des moniteurs avec lecteurs de vidéos et DVD, et finirent par atteindre une pièce entièrement vitrée qui contenait bon nombre de magnétophones et de lecteurs de CD. Des casques étaient accrochés au mur. L'inspecteur referma la porte.

— Eh bien, la police de Miami n'est pas en retard sur son époque, remarqua Jeffrey en s'installant.

— Nous avons des problèmes, mais pas celui-là... À propos, vous n'auriez pas été agent du FBI, monsieur Mark ?

— En effet. J'ai démissionné pour ouvrir ma propre agence de détectives, Mark, Hanley & Striker, Inc.

— Je connais, naturellement ! Vous savez, on cite toujours en exemple à Quantico cette affaire dont vous vous êtes occupés. J'ai eu le privilège d'y suivre des cours... Quelle veine d'avoir eu à traiter à vos débuts l'une des affaires de meurtres en série les plus médiatisées !

— Le succès n'est pas à mettre à mon actif. C'est celui de Lydia, fit Jeffrey, en lançant un coup d'œil gêné dans sa direction.

Il fut soulagé de ne pas lui voir ce regard vide qu'elle prenait en général quand ce sujet était évoqué, ce regard qui disait qu'elle s'était émotionnellement déconnectée.

— Ah oui, dit l'inspecteur après un silence embarrassé. Mademoiselle Strong, veuillez me pardonner...

— Ce n'est rien, dit-elle, et Jeffrey devina qu'elle ne mentait pas ; elle était bien plus à l'aise avec son tragique passé depuis l'affaire de l'Ange de Feu[1]. Appelez-moi Lydia.

— Et vous, appelez-moi Manny. Quant à l'affaire de l'an dernier, dit Ignacio, comme s'il pensait tout haut, vous étiez tous les deux sur le coup.

— Là encore, c'est Lydia qui a presque tout fait...

— On forme une bonne équipe ! fit cette dernière en

---

1. Voir *L'Ange de feu*, du même auteur, Le Livre de Poche, n° 37170.

souriant – ce qui lui arrivait beaucoup plus souvent, à présent.

Elle sortit la cassette de son sac protecteur avec des pincettes et réussit à la glisser dans l'appareil sans la toucher. Ils écoutèrent le message et Lydia crut voir s'embuer les yeux de l'inspecteur, qui rembobina la bande pour la réécouter.

– Que dit-elle ? C'est de l'albanais ?

– Sans doute. Et voici..., ajouta-t-elle en lui tendant la lettre jointe à la cassette.

Il la lut.

– Ça pourrait être la bonne, Valentina Fitore, qui vous l'a envoyée. Elle maîtrise mal notre langue et j'ai toujours eu le sentiment qu'elle nous cachait quelque chose... mais quand je l'ai interrogée, rien. Vous savez, les méthodes utilisées pour soutirer des informations au citoyen américain ne marchent pas toujours avec les ressortissants d'un pays comme l'Albanie, contrôlé par le crime organisé. Pour eux, les policiers américains sont des boy-scouts ; nos prisons, c'est le Club Med comparées à l'enfer qu'ils ont vécu dans les Balkans. J'avais l'impression qu'elle voulait parler mais qu'elle avait peur. Quand avez-vous reçu ceci ?

– Je l'ai trouvé dans mon courrier, avant-hier. Mon éditeur me l'a fait suivre. Le cachet sur l'enveloppe date du 1er octobre. Gardez-la, si vous voulez. Faites-la analyser.

– Absolument ! Empreintes, ADN, cheveux, fibres, analyse graphologique – le grand jeu. On va en faire une copie et l'apporter à Mme Quinn pour voir sa réaction. Il est possible aussi que ce ne soit pas Tatiana, mais une autre fausse piste...

Il se renversa dans son fauteuil et contempla le plafond, puis sortit une bande vierge pour dupliquer le message. Un sifflement aigu émana de l'appareil pendant cette opération.

– Si Valentina parle mal notre langue, observa Lydia, elle n'a pas pu écrire cette lettre.

– C'est vrai... On l'a peut-être aidée.

– Pourrais-je lui parler ?

– Vous aurez sûrement plus de succès en la voyant ailleurs que chez les Quinn...

– Pourquoi donc ?

– Ils la terrorisent...

– Les croyez-vous mêlés à la disparition de leur fille ?

Il secoua lentement la tête en soulevant ses sourcils fournis. Elle remarqua qu'il faisait courir ses doigts sous la table.

– Je l'ignore, répondit-il ; mais son regard disait autre chose.

Elle ne le bouscula pas.

– Et vous, poursuivit-il, quel est votre intérêt dans cette affaire ? Vous êtes ici pour un moment ou vous souhaitiez seulement satisfaire votre curiosité ? Parce que, si vous voulez embarquer, je ne demande pas mieux...

Jeffrey jeta un regard d'avertissement à Lydia, et dit :

– On étudie la question...

– À la bonne heure ! fit Ignacio en se levant. Toutes les bonnes volontés sont les bienvenues. Vous m'accompagnez chez les Quinn ?

– Bien sûr !

– Quels renseignements avez-vous pris sur eux ? demanda Lydia quand ils furent revenus dans son bureau, où il devait prendre ses clés de voiture.

– On a fait les choses à fond, dit-il en gribouillant

sur un morceau de papier qu'il glissa sur le bureau :
« Momentanément absent. »

Lydia et Jeffrey échangèrent un regard, et elle hocha la tête.

– Nous avons eu une mauvaise surprise hier, inspecteur...

– Ah oui ? dit l'autre, qui regarda son téléphone, puis sa montre. Ne tardons pas – Jenna Quinn a son rendez-vous hebdomadaire chez sa manucure dans deux heures. Vous me raconterez en chemin.

Dehors, l'inspecteur s'installa à l'arrière de leur Jeep et Jeff lui relata en détail leur mésaventure de la veille. À son tour, l'inspecteur leur raconta que toutes ses recherches sur Nathan Quinn avaient été étouffées dans l'œuf.

– C'est peut-être de la paranoïa, mais je me sens surveillé. D'un côté, les huiles me pressent d'élucider cette affaire, de l'autre, elles tentent de m'empêcher de découvrir ce qui est arrivé à la petite, dit-il, trahissant toute la frustration qu'il contenait au commissariat.

– Maintenant, on va pouvoir s'entraider, inspecteur, dit Lydia.

Il eut un sourire lugubre, hocha la tête et ouvrit sa portière.

– Ne me faites pas faux bond comme le privé que Nathan Quinn avait engagé ! Il était toujours sur mon dos, courant après toutes les pistes, montant à New York pour chercher ce chauffeur de car ; et puis... envolé ! Il a cessé de répondre à mes coups de fil il y a quelques jours... Finalement, avant-hier, il a laissé un message disant qu'il n'arrivait à rien et avait mieux à faire.

– Étrange, dit Lydia. Vous avez enquêté ?

– Non, dit-il avec un gloussement sans joie. J'ai déjà assez de boulot sans courir après Steven Parker.

Il sortit de la Jeep et les guida au volant de sa Taurus vers le domicile des Quinn. En chemin, Lydia contacta Craig à New York.

– Une chose de plus..., lui dit-elle. Trouve ce que tu peux sur Nathan Quinn, ses connexions, associations, etc. Éventuelles affaires louches. Tu connais la chanson...

– C'est comme si c'était fait !

Elle l'entendait qui pianotait déjà.

– Ton oncle est toujours en rogne ?

– Il n'est même pas là, aujourd'hui.

– Ah oui ? Où est-il ?

– Je ne sais pas, dit-il en soupirant. Je m'en fiche, tant qu'il n'est pas sur mon dos.

– Jacob n'est pas là aujourd'hui, dit Lydia à Jeffrey après avoir raccroché.

– Sa femme a des problèmes. Jacob est resté très vague.

– Problèmes de santé ?

– Il me semble.

La conversation prit fin quand ils quittèrent la nationale pour s'engager sur le pont menant à Snug Island. Les eaux miroitaient de toutes parts et Lydia baissa sa vitre pour s'oxygéner.

Une Valentina Fitore nerveuse, aux yeux écarquillés, faillit s'étrangler en voyant Lydia entre les deux hommes. Cette petite femme, qui approchait la soixantaine, conservait un peu de sa beauté et aurait pu être encore avenante, mais on devinait des années de vie difficile, de tristesse et de lutte dans ses yeux fatigués et sa peau ridée. D'être toujours penchée sur son ouvrage, elle avait gardé les épaules voûtées en permanence, et ses mains étaient sèches et gercées ; mais il y avait quelque chose de délicat et de distingué dans sa personne, au point que Lydia lui aurait bien tendu la main pour la réconforter. Elle portait une tenue de servante à l'anglaise – jupe et corsage noirs, tablier de coton blanc plissé. L'idée que quelqu'un se faisait d'une tenue d'employée de maison, songea Lydia, quelqu'un de superficiel et de dominateur.

– Bonjour, Valentina, lança aimablement l'inspecteur. Mme Quinn est là ?

Son ton indiquait qu'il connaissait déjà la réponse.

– Oui, je vais voir... Attendez ici, dit-elle d'une voix hachée, en tentant de refermer la porte.

– Il fait affreusement chaud. Ça vous ennuie qu'on attende dans le vestibule ? demanda l'inspecteur, gentil mais ferme, qui entra d'autorité.

– Oh...

Elle recula, confuse.

– Savez-vous qui est cette demoiselle ? poursuivit l'inspecteur en désignant Lydia.

La bonne baissa la tête et répondit avec détermination :

– Non. Non.

– O.K. Allez chercher votre patronne. Dites que c'est important.

Vingt minutes s'écoulèrent dans le vestibule rond. Lydia faisait les cent pas pendant que les deux hommes causaient tranquillement du stage de l'inspecteur à Quantico. Elle contourna la table en verre et fer forgé au milieu de la pièce, s'arrêta pour contempler une copie du *David* de Michel-Ange dans une petite niche, au pied de l'escalier. Elle jeta un coup d'œil à ce grand escalier qui lui rappela *Autant en emporte le vent*, s'attendant presque à en voir descendre une belle en robe de bal. Au plafond, un énorme lustre en cristal. Malgré cette opulence, l'endroit manquait de classe. Chaque objet avait été choisi pour signifier la richesse mais faisait concurrence aux autres – le luxe d'avant la guerre de Sécession de l'escalier, la grandeur Renaissance du *David*. Coûteux mais clinquant. Les objets que les gens choisissent pour décorer leur foyer en disent aussi long sur eux que les mots qu'ils emploient. L'auteur de cette décoration entendait faire comprendre immédiatement au visiteur que les Quinn étaient riches comme Crésus.

– Ohé ! braila soudain l'inspecteur, la faisant sursauter, puis rire un peu – Lydia l'aimait bien. Ohé, madame Quinn ! Inspecteur Ignacio... Je voudrais vous parler.

La bonne surgit, sourcils froncés, un doigt sur les lèvres.

– Chut, inspecteur... Un instant. Mme Quinn vient tout de suite.

– Quel genre de femme fait lanterner celui qui vient lui donner des nouvelles de sa fille ? chuchota Lydia à l'adresse de Jeffrey.

Jenna Quinn apparut en haut des marches. Radieuse en tailleur Chanel rose et escarpins vernis noirs, cheveux laqués et relevés en chignon, ongles et maquillage impeccables, Jenna affichait en arrivant en bas un air absolument navré. Mais ce n'était qu'un masque ; ses yeux étaient aussi froids et inhumains que des pierres.

– Veuillez m'excuser, inspecteur. J'étais sous la douche. Je vous en prie, entrez, dit-elle en les conduisant dans la bibliothèque, à droite du vestibule, avant de leur indiquer un divan et des fauteuils en cuir.

Elle était sous la douche, mais avait pris le temps de se sécher et de se coiffer, de se maquiller, de choisir une Rolex, un bracelet en diamants et des boucles assorties, songea Lydia au moment où l'inspecteur faisait les présentations. Elle lui serra la main du bout des doigts, mollement, chose que Lydia avait en horreur. Censé véhiculer l'idée d'une délicatesse toute féminine, ce geste dénotait au contraire une défiance mesquine ainsi qu'une personnalité passive-agressive.

Jenna battit des paupières et sourit timidement à Jeffrey en lui abandonnant l'extrémité de ses doigts. Jeffrey la salua comme il saluait tout un chacun, avec respect mais réserve, circonspection. Il était indifférent aux tentatives de manipulation, ce que Lydia appréciait. Ses avances subtiles n'étant payées d'aucune réaction notable, Jenna reporta son attention sur l'inspecteur.

— Des nouvelles de ma fille, inspecteur ? fit-elle en écarquillant exagérément les yeux pour se donner un air de circonstance.

Puis elle alla s'installer derrière l'immense bureau d'acajou, entre deux lévriers d'onyx dont la musculature avait été soigneusement rendue et qui montraient les dents.

Le plafond devait faire six mètres de haut. Un gigantesque lustre en cuivre et verre dépoli était suspendu au centre d'une coupole en trompe-l'œil. Un petit escalier en colimaçon permettait d'accéder à une galerie et à la bibliothèque bourrée de volumes reliés.

— Possible, répliqua le policier, qui se leva pour s'approcher du bureau, raccourcissant la distance qu'elle avait mise entre eux.

Comme il tirait la cassette de sa poche, Lydia remarqua qu'il tenait au creux du bras le magnétophone qu'elle avait vu dans son bureau, dissimulé sous son veston.

— Mlle Strong a reçu cela au courrier. D'un expéditeur anonyme. Je voulais vous la faire entendre pour voir si vous pouviez éclairer notre lanterne.

– Mais certainement...

Lydia avait du mal à comprendre cette femme. Elle leur jouait la comédie, sans doute son numéro habituel de châtelaine. À son regard papillonnant et sa façon de lisser sans arrêt sa jupe, on voyait qu'elle était nerveuse, mal à l'aise, mais le fond de sa personnalité restait soigneusement dissimulé. Peut-être qu'elle-même ignorait la véritable femme cachée sous les cosmétiques et les luxueuses toilettes.

L'inspecteur posa son magnétophone sur le bureau. Lorsque la bande défila, tous trois observèrent leur hôtesse. Jenna restait aussi statique et parfaitement coiffée qu'un mannequin. À la fin, il y eut un silence.

– Ce n'est pas ma fille...

– En êtes-vous sûre ?

– Je connais la voix de mon enfant, inspecteur !

Elle posa un regard froid sur Lydia, qui lui rendit la pareille, et lui demanda :

– D'où sort cette cassette ?

– Lorsqu'elle parle en albanais, que dit-elle ? s'enquit l'inspecteur, ignorant la question.

– C'est difficile à comprendre...

– Allons donc, madame ! Un petit effort...

Elle garda le silence un instant.

– Il est question de sa mère. Elle dit que sa mère est une femme faible et idiote, que les hommes mènent par le bout du nez, et qui croit à leurs mensonges.

– Dur ! dit l'inspecteur avec une grimace appuyée. Y a-t-il une part de vérité là-dedans ?

– Je vous le répète, ce n'est pas ma fille. Je ne fais que traduire les paroles de cette inconnue, comme vous me l'avez demandé, protesta-t-elle, indignée. D'où sort cette cassette ?

– L'inspecteur vous a dit que je l'avais reçue par la poste. Un envoi anonyme, dit Lydia, perchée sur le canapé.

– Nous pensions qu'elle pouvait provenir de votre répondeur.

– Nous n'avons pas de répondeur, mais une messagerie vocale. Notre téléphone est sur écoute. Si Tatiana avait appelé, vos hommes s'en seraient aperçus, n'est-ce pas ?

– Qui d'autre aurait-elle pu contacter ?

– Comment le saurais-je ! Vous ne comprenez pas ? Tatiana me détestait, comme elle détestait son beau-père. Elle nous cachait tout... pensées, sentiments, fréquentations. Elle s'est enfuie et ne reviendra que lorsqu'elle aura besoin de quelque chose.

Il y avait un étrange désespoir dans cet éclat. Pendant une seconde, Lydia vit poindre une authentique émotion dans ces yeux d'un bleu froid.

– Auriez-vous perdu espoir, madame Quinn ? demanda-t-elle, tâchant de comprendre cette femme. Est-ce pour cela que vous êtes si en colère ?

– J'ai perdu espoir il y a longtemps, mademoiselle. Autre chose ?

– Cette lettre, dit l'inspecteur, en lui tendant le document. Que pouvez-vous nous en dire ?

Son visage resta inexpressif pendant sa lecture, mais Lydia vit sa poitrine se soulever légèrement et crut détecter un tremblement dans sa main.

– Rien. Une autre fausse piste. Si c'est tout, inspecteur, j'aimerais mettre un terme à cette conversation...

– Reconnaissez-vous l'écriture ? poursuivit-il, indifférent à son agitation croissante.

– Non.

– J'aimerais voir sa chambre, dit Lydia.

– À moins que vous n'ayez un mandat, c'est non... Inspecteur, dois-je appeler mon avocat ?

– Mlle Strong et M. Mark sont là pour vous aider, madame Quinn. Ils sont venus de leur plein gré. Ils s'efforcent de retrouver votre fille...

– Tatiana ne souhaite pas être retrouvée, inspecteur. Personne ne lui a fait du mal. Elle s'est enfuie et nous a détruits, malgré tout ce que nous avons fait pour elle...

Elle se détourna et contempla le plafond, passant un mouchoir au bord de ses yeux, en veillant à ne pas faire couler son eye-liner.

– M. Quinn, lui, n'est pas tenté de renoncer... et moi non plus ! dit l'inspecteur.

Sur le coup, Jenna Quinn ne répondit pas. Elle resta figée derrière son bureau, à contempler un point au plafond. Puis elle se leva.

– En ce cas, je vous conseille d'aller le voir. S'il n'y a rien d'autre, j'ai un rendez-vous...

Sur ce, elle sortit de la bibliothèque, traversa le vestibule et alla se camper à la porte.

– Si vous changez d'avis, madame, appelez-moi...

– Ou moi, dit Lydia, lui tendant sa carte.

– Merci, fit Jenna, avec une politesse glaciale.

Elle claqua la porte derrière eux.

– Eh bien, bravo ! dit Jeffrey, qui n'avait pas encore pris la parole.

L'inspecteur sourit.

– C'est la première fois que je la vois si bouleversée. Elle ne s'était jamais montrée sous ce jour-là...

– Que faut-il en penser, à votre avis ?

– Qu'on tient quelque chose...

10

Lydia, Jeffrey et l'inspecteur Ignacio se trouvaient dans un restaurant cubain, à cinq minutes du domicile de Valentina Fitore, à siroter un *café con leche* et à se régaler de mets relevés : *ropa vieja*, riz jaune et haricots noirs. Cette gargote, qu'on remarquait à peine de la rue, embaumait le café fraîchement moulu et le porc épicé. Une femme au sourire radieux, bien qu'édentée, les cheveux ramassés dans une résille, avait accueilli l'inspecteur à la porte en le serrant énergiquement dans ses bras et, d'un grand geste chaleureux, les avait invités à entrer – « *Venga, venga. ¡ Siéntate !* » Il y avait, en tout et pour tout, trois tables rustiques peintes en rouge vif, et ils s'installèrent du côté de la vitre. Le détective commanda en espagnol et la femme alla en clopinant dans sa cuisine, visible par l'embrasure de la porte, se mettre à ses fourneaux. Malgré l'aspect et l'odeur alléchants des tendres lanières de viande, Lydia jouait avec sa nourriture. Elle avait perdu l'appétit et garda le silence pendant que l'inspecteur parlait du chauffeur de car Greyhound qui avait disparu. Il aurait fallu l'écouter attentivement, mais elle était incapable de se concentrer.

Ses vieux fantômes se réveillaient. Un sombre pressentiment l'avait envahie en quittant la demeure des Quinn et, malgré sa volonté de réagir, elle le sentait s'infiltrer dans ses os comme un refroidissement qui annonce la grippe. Elle s'était enfoncée dans le silence tout en tâchant de mettre des mots sur ce qu'elle avait éprouvé là-bas, de trouver un sens à cette atmosphère de malveillance et de crainte qu'elle avait sentie sourdre des murs. Jenna Quinn l'avait troublée. En général, le fond d'une personnalité lui apparaissait au bout de quelques secondes. Les êtres émettent une énergie qui est positive ou négative, attirante ou repoussante ; mais cette femme était à ce point réservée, ou à ce point rusée que Lydia ne voyait pas clair dans sa personnalité ni dans ses intentions. Elle savait pour qui Jenna voulait qu'on la prenne – Mme Quinn, la mère toujours très en beauté, mais éprouvée, trahie par sa fille ; la belle épouse triste. Mais autre chose perçait sous cette façade. Quoi ? Lydia n'arrivait pas à le définir. C'était irritant.

À leur insu, les individus communiquent leur vérité à travers leurs paroles et leurs gestes. Lydia savait depuis longtemps que le geste furtif, le regard fuyant sont extrêmement révélateurs. Elle avait le don de saisir intuitivement les vérités cachées, même quand les autres n'avaient rien remarqué. Toute sa vie, elle avait eu ce talent, mais n'en avait pris conscience qu'après le meurtre de sa mère.

Deux jours auparavant, Lydia avait vu l'assassin sur le parking d'un supermarché. Elle attendait sa mère partie acheter du lait. Seule dans la vieille Buick, l'adolescente tapait sur les touches de l'autoradio, zappant sur les stations présélectionnées à la recherche d'un programme convenable. Soudain, elle sentit sa nuque se hérisser et une vive chaleur lui parcourut l'échine à la vitesse de l'éclair. La peur la prit au ventre. Elle se retourna pour regarder par la lunette arrière.

Les vitres étaient baissées et l'air déjà frais de l'automne sembla se refroidir tandis que la nuit tombait plus rapidement. L'homme se tenait jambes écartées, une main dans la poche de sa veste en jean, l'autre sur le rétro extérieur de sa voiture rouge et blanche qui rappelait celle de *Starsky et Hutch*. Ses cheveux carotte étaient frisés et ébouriffés ; le vent les rabattait devant ses yeux. Il ne faisait rien pour y remédier, mais se contentait de la regarder fixement, en se balançant sur ses talons. On lisait de la méchanceté dans ces yeux durs, de la perversité dans sa façon de caresser le rétroviseur. Elle se pencha pour verrouiller les portières et remonter les vitres.

Lorsque sa mère revint, Lydia lui désigna ce type. Il souriait. Marion eut beau dire que ce n'était rien, elle vit que sa mère avait peur à sa manière de jeter le carton de lait sur la banquette et de se battre ensuite avec sa clé de contact. L'homme les suivit à l'extérieur du parking, mais, Marion ayant bifurqué brusquement, il ne se lança pas à leur poursuite. Elles en rirent ; c'en était fini de la menace, réelle ou imaginaire. Lydia s'était dit ensuite qu'à cet instant précis elle aurait pu sauver la vie de sa mère. Elle avait noté le numéro de la plaque minéralogique sur un bout de papier. Ceci avait permis l'arrestation de Jed McIntyre, un tueur en série de treize femmes célibataires dans le secteur de Nyac, New York... Sa dernière victime avait été Marion Strong, dont le corps, battu et violé, avait été retrouvé par sa fille en rentrant de l'école.

Certes, elle savait aujourd'hui que, même si elles avaient signalé l'incident du parking, la police n'aurait rien pu faire, tant qu'il n'y avait pas eu d'agression ; mais désormais, quand cette sensation-là lui venait – ce *buzz,* comme Jeffrey et elle-même l'appelaient –, elle se demandait toujours quelle serait la prochaine victime et en était obsédée.

Elle regarda Jeffrey, le débit monocorde de l'inspecteur se fondant dans le décor. Il avait fini son assiette et entamait la sienne. Ses oreilles bourdonnaient et elle repoussa une anxiété croissante. Il y avait longtemps qu'elle n'avait pas ressenti cela ; depuis Santa Fe, quand elle s'était mise à voir l'œuvre d'un tueur en série derrière plusieurs meurtres. Aujourd'hui, c'était plus compliqué. Avant, quand le *buzz* se manifestait, elle passait à l'action ; cela lui donnait un but. Chaque fois, l'espoir grandissait en elle, comme si une nouvelle chance lui était donnée de sauver sa mère. Elle avait risqué sa vie, et celle de Jeffrey, sans hésiter. Mais ensuite, quand l'affaire était élucidée et le livre écrit, il ne lui restait qu'un grand vide intérieur et la conscience que sa mère ne ressusciterait pas. À présent qu'elle allait mieux sur un plan personnel et avait compris ce mécanisme, elle se demandait si son altruisme n'était pas une forme sublimée d'égoïsme. Peut-être toute sa carrière n'avait-elle été qu'une tentative manquée pour sauver sa mère et se disculper.

– À quoi penses-tu, Lydia ? demanda Jeffrey, rompant le fil de ses pensées.

– Quelqu'un aurait l'adresse ?

En fait, elle avait écouté, mais avec seulement une infime partie de son cerveau. Il était question de la fausse adresse laissée par le chauffeur de car.

– On a cherché... La rue n'existe pas.

– Quelqu'un cherchait à vous détourner de sa piste, on dirait...

– On n'avait pas de piste !

– Vraiment ?

– Je vous le répète, dit l'inspecteur, prenant une

gorgée de *café con leche*. L'enquête était au point mort...

– Ou alors, on voulait vous remotiver... Nathan Quinn essayait peut-être de vous remettre en selle...

– En nous égarant ?

Lydia haussa les épaules.

– On a vu des choses plus étranges... C'était stupide, mais s'il était désespéré...

– Les caméras du commissariat l'ont-elles pris en photo ? s'enquit Jeffrey.

– Oui, ce n'est pas une très bonne photo, comme s'il s'était détourné exprès... Mais avec notre tout nouveau logiciel de reconnaissance faciale, s'il était fiché, on l'aurait su.

– À quoi ressemblait-il ?

– Gros, baraqué, l'air costaud. Crâne rasé. Soi-disant originaire de l'ex-Yougoslavie, de Macédoine – un de ces pays-là...

– Ça correspondrait à la description par le serveur du type qui a réglé nos consommations, dit Jeffrey. Si on allait lui montrer cette photo après avoir vu Valentina Fitore ?

– Qui l'a interrogé ?

– Un petit jeune, Charlie Sutton. Il aurait dû prendre le maximum de renseignements sur ce type tant qu'on le tenait. Il était si content qu'il a tout gâché...

– Qu'est-ce que vous en avez fait, exactement, de cette indication ?

– On a contacté la police de New York qui a mis une équipe sur le coup. Nous, on a passé deux jours à la gare routière d'ici, à montrer la photo de Tatiana, à interroger guichetiers, chauffeurs, sans-abri. Steven Parker, le privé recruté par Quinn, s'est envolé pour New York et a fait pareil là-bas. Beaucoup de temps perdu, sans résultat, dit l'inspecteur, qui paraissait découragé. La pression a été maximale. J'apparaissais comme le responsable, j'avais laissé échapper une piste. Les médias se sont emballés à nouveau, avant de se désintéresser de la chose...

– C'était peut-être le but : raviver l'attention des médias, faire parler de l'affaire.

– Peut-être, fit l'inspecteur sans grand enthousiasme.

On voyait qu'il était à bout. Il était déjà passé par toutes ces acrobaties mentales et il n'en pouvait plus. Comment lui en vouloir ?

– Qui est-elle, inspecteur ? s'enquit Lydia en espérant que ce sujet lui redonnerait du tonus. A-t-elle le profil d'une fugueuse ? Avait-elle un petit ami ? Qui fréquentait-elle à l'école ? Avez-vous trouvé un journal intime... lu son courrier électronique ?

Il sourit vaguement et croisa son regard.

– Parfois, j'en viens à l'oublier... Elle est devenue une abstraction, comme si elle n'existait que dans l'ombre du désir de Nathan Quinn de la retrouver.

Lydia acquiesça, ayant déjà connu ce sentiment.

– Elle n'avait pas beaucoup d'amis. Elle était très belle, voyez-vous. Cela isole un enfant. Les gosses sont encore plus mesquins, cruels et jaloux que les adultes, parce qu'ils n'ont pas appris à le cacher. Je crois qu'elle était timide, en plus. Ses camarades m'ont dit qu'elle n'ouvrait guère la bouche en classe et ne se mêlait pas aux autres. J'ai eu l'impression qu'ils la jugeaient snob – je ne les ai pas trouvés très « peuple » non plus...

« C'était une élève moyenne, pas géniale, mais pas une enfant à problèmes. Elle s'accrochait, mais semblait avoir du mal à se concentrer, selon ses enseignants. Je n'ai pas trouvé de journal. Elle n'avait pas de courrier électronique... c'est sans doute la seule gamine dans ce cas ! Ses parents n'en voulaient pas et ne lui laissaient pas avoir le téléphone dans sa chambre, même pas un simple poste.

Il s'interrompit, comme porté par ses souvenirs, prit une gorgée de café, s'essuya la bouche.

– Elle avait tout... mais on n'a pas une impression de bonheur quand on pénètre dans sa chambre. Ma propre fille, quand on entre chez elle, c'est un joyeux désordre, un capharnaüm plein de vie... Chez Tatiana, tout est pour la galerie, on croirait une image dans un livre. L'adolescente modèle. Mais sous cette image il y avait quelque chose que personne n'a vu, n'avait le droit de voir. Je ne suis pas plus avancé sur ce point depuis ma première visite. Pour des gens apparemment si parfaits, ils n'ont pas l'air tellement heureux. C'est comme si cette baraque était un décor de film et leur vie une comédie... Dieu seul sait ce qui se passe quand la caméra est éteinte.

– Celui qui m'a envoyé la cassette sait... Se pourrait-il que ce ne soit pas Valentina ?

– On ignore si elle avait un ami proche ou un fiancé. Je crois qu'elle passait du temps avec la fille de Valentina, Marianna, qui a presque dix-huit ans, mais il s'agissait plutôt de baby-sitting, quand Valentina ne pouvait pas rester.

L'inspecteur se massa les tempes.

– Et pourtant, je n'ai pas renoncé. Vous savez, je pourrais feindre de continuer à enquêter tout en la croyant morte, simplement parce que en haut lieu on ne m'a pas dit d'arrêter. Mais vous connaissez ce film, *Poltergeist...* ? Il y a cette fillette qu'on ne voit pas mais dont on entend la voix. Voilà ce que je ressens...

Il se tut, et une sirène gémit quelque part, au-dehors. Une jeune femme grondait une enfant au passage protégé et un gamin d'une dizaine d'années s'éloignait furtivement, sa planche à roulettes sous le bras. Le ciel se badigeonnait de gris derrière des amoncellements de cumulo-nimbus menaçants.

– Et si vous alliez montrer cette photo au barman, tous les deux, pendant que je vais voir Valentina ? dit-elle enfin. Elle a peur de vous, inspecteur, mais si c'est elle qui m'a envoyé la cassette, je pourrai peut-être la faire parler ?

Elle sentait que Jeffrey n'aimait guère cette idée, mais il hocha la tête. Il la respectait trop pour agir comme un fiancé protecteur, ce qui la dévaloriserait dans un milieu professionnel dominé par les hommes. Ils demandèrent l'addition à la vieille serveuse cubaine qui tapota la joue de l'inspecteur Ignacio.

– *Gracias, mi amor*, dit-elle en lui baisant la main.

Puis elle décampa en gloussant comme une écolière.

– Vous venez souvent ? demanda Lydia, en lui arrachant la note.

– C'est la première fois ! J'ai la cote auprès des dames cubaines, dit-il en souriant.

Lydia appela Craig de la Jeep une fois les deux hommes partis chercher au commissariat la photo qu'ils voulaient montrer au serveur du restaurant mexicain. L'inspecteur avait promis de leur obtenir un rendez-vous avec Nathan Quinn dans les meilleurs délais, et elle voulait avoir le plus d'infos possible d'ici là.

Si l'on entendait des grondements de tonnerre dans le lointain, l'orage qui avait semblé imminent prenait son temps, allait de-ci de-là, chargeant l'atmosphère d'humidité. Lydia était garée devant chez Valentina Fitore, sur le trottoir d'en face, et attendait son retour du travail. Selon l'inspecteur, elle arrivait en général à dix-huit heures.

Le modeste bungalow jaune et blanc, entouré de haies rectilignes et d'hibiscus en fleur, était l'un des cinq modèles que Lydia avait observés en traversant le quartier. L'immobilier n'était pas bon marché à Fort Lauderdale et on ne voyait guère comment une employée de maison – originaire d'Albanie, par-dessus le marché – pouvait se loger dans ce repaire de la haute bourgeoisie, à moins d'être très, très bien payée. La Porsche Boxster noire dans l'allée se remarquait parmi les récents modèles de Toyota ou de Volkswagen. Elle se demanda à qui elle appartenait et pourquoi Valentina n'était pas encore là. Il était presque dix-huit heures trente.

– Qu'est-ce que tu as pour moi ? demanda-t-elle à Craig.

– Voyons, fit-il avec un soupir. Nathan Quinn est un aristo. Héritier de la fortune de son père, Reginald Quinn, enrichi dans l'immobilier, il va à Groton, puis à Yale, dont il sort diplômé en 1963. Ensuite, il se lance dans le secteur bancaire international à la Chase Manhattan, obtient son diplôme de gestion à la Columbia University et, après avoir bossé à la Chase pendant presque quinze ans, déploie ses ailes et monte sa propre boîte : Quinn Enterprises.

– Ça consiste en quoi ?

– Tout ce que je sais pour le moment, c'est qu'il s'agit d'une compagnie qui avance des capitaux. Elle prête de l'argent à des entrepreneurs, des pays en difficulté, des projets où le risque est jugé raisonnable. Ensuite, soit elle tire d'énormes dividendes sur ses parts si c'est une réussite, soit elle prend le contrôle de l'entreprise si c'est un échec. C'est difficile à dire. La compagnie est entièrement privée. En règle avec le fisc. Elle a dégagé presque un billion de dollars de bénéfice dans les années quatre-vingt-dix, mais le plus étrange c'est qu'elle a retiré ses billes de la « nouvelle économie » quelques mois avant le krach boursier. Ses dirigeants n'y ont pas perdu leur chemise comme tant d'autres...

– Intéressant...

– Ce n'est pas tout...

– Raconte !

Un jeune blond, joli garçon, bien sapé, sortit de la maison. À première vue, il avait l'air d'un moderne James Dean, en plus maigre, avec ses cheveux gominés. Son dos rond et sa démarche coulante, désinvolte, évoquaient le voyou qui se prend pour un homme. À la façon dont sa veste coûteuse était déformée, on voyait qu'il portait une arme à feu – un très gros calibre.

– Jenna, sa fille et la bonne sont bien albanaises, non ? Quinn Enterprises a beaucoup investi dans le « gouvernement albanais » – si le terme s'applique – qui a pris les rênes du pouvoir juste après la chute du communisme. Tu sais ce que c'est, le schéma pyramidal qui a détruit toute l'économie du pays ?

– Heu... non.

Craig avait le chic pour vous donner l'impression d'être l'individu le moins informé de la planète, alors qu'elle lisait davantage que la plupart des gens et étudiait les journaux religieusement. Il était toujours riche d'une somme d'informations qui semblait incroyable compte tenu de sa jeunesse.

– Au défunt régime communiste succéda une situation d'anarchie propice au développement du crime organisé. L'Albanie était déjà le pays le plus pauvre d'Europe, mais ce fut encore pire en 1997. Une occasion de placement, dans laquelle des centaines de milliers de citoyens avaient englouti les économies de toute une vie, se révéla frauduleuse. Le gouvernement, selon ses détracteurs, était complice. S'ensuivirent des émeutes, lorsque la population albanaise s'avisa que l'argent avait disparu pour toujours.

– Quel merdier !

– Là aussi, Nathan Quinn a gagné beaucoup d'argent...

– Comment ?

– Ce n'est pas clair. Je suis tombé par hasard sur cette info. J'étais en train d'entrer dans un moteur de recherche les noms des compagnies dans lesquelles Quinn Enterprises avait investi, que j'ai tiré de la base de données du fisc...

– Craig ! Tu as infiltré le fisc ? N'en parle surtout pas à Jeffrey, il nous tuerait !

– O.K., je les ai eus grâce à mon « contact » au fisc. L'une de ces sociétés s'appelait American Equities. J'ai une liste d'articles sur le krach. Il apparaît que Quinn Enterprises a fondé la compagnie qui a détruit l'économie albanaise. Le président d'American Equities, patron présumé de la mafia albanaise, un genre de John Gotti qui s'appelait Radovan Mladic, s'est suicidé. Quinn s'en est sorti sans le moindre bobo, et même plus riche de presque cent millions de dollars, selon le fisc.

– Il y avait bien quelque chose d'illégal, là-dedans ? Il n'y a pas de lois ?

– Pas pour certains..., répondit Craig avec un rire supérieur.

Lydia se demanda s'il parlait de Quinn ou de lui-même. Elle ne comprenait pas comment il pouvait s'infiltrer dans les ordinateurs du gouvernement sans se faire prendre. Et elle ne souhaitait pas le savoir.

Elle vit le jeune type monter dans la Porsche et

reculer dans la rue. Il s'arrêta juste à sa hauteur, mais grâce aux vitres teintées et au fait qu'elle s'était baissée, il ne la remarqua pas. Allumant la lumière, il se concentra sur son reflet dans le rétro et lissa sa chevelure déjà impeccable. Ses yeux étaient d'un bleu extraordinaire. Puis il fit ronfler son moteur, hurler sa vitesse et disparut.

– C'est tout pour le moment. Je creuse encore...

– Merci, Craig !

Elle raccrocha et contempla les traces de pneus laissées par la Porsche. Elle commençait à se demander qui était ce jeune quand une limousine noire extralongue se rangea le long du trottoir. Valentina Fitore en descendit, toujours en tablier. Elle s'approcha du conducteur, échangea avec lui des paroles sans doute amicales et il repartit.

Lydia mit pied à terre.

– Madame Fitore !

Valentina ne parut pas étonnée de la voir et la regarda avec un mélange de résignation et de crainte. Elle recula en jetant des regards gênés autour d'elle.

– Madame Fitore, reprit doucement Lydia, s'appuyant au capot. J'ai à vous parler...

– Je ne peux pas parler à vous, mademoiselle Strong ! J'ai fait horrible erreur !

Ses paroles étaient claires et son accent prononcé. Sa bouche affichait un pli dur et des rides profondes marquaient son front. C'était le visage même de toute une vie de labeur et de lutte.

– Je vous en prie ! Je suis là pour aider Tatiana, dit Lydia, faisant appel aux sentiments qui devaient avoir été les siens si cette femme était bien à l'origine de la lettre et de la cassette.

Une bataille intérieure parut se livrer en Valentina. Puis son regard s'adoucit et elle fit un pas ; mais comme elle ouvrait la bouche, ses paroles furent couvertes par un crissement de pneus qui ressemblait à un cri humain. Le temps parut se ralentir et s'enrouler sur lui-même, alors qu'une Mercedes noire aux vitres teintées fondait sur elle comme un rapace. Presque instantanément, sous les yeux de Lydia, impuissante, elle fut percutée par la calandre avec un craquement sinistre et impitoyablement projetée par le pare-chocs. Un son inhumain, qui était de la fureur et du désespoir, jaillit de la gorge de Lydia qui, sans réfléchir, se mit à courir après la Mercedes. Quand le véhicule s'arrêta, elle se pétrifia et, pendant une éternité, la rue parut retenir son souffle. Une volée de petits perroquets verts, quittant leur perchoir, poussèrent des cris stridents par-dessus sa tête. Alors le chauffeur passa brutalement la marche arrière. Lydia réussit à l'esquiver d'un bond et rampa derrière sa Jeep. Son arme était restée dans son sac, sur la banquette. Pendant qu'elle se traînait vers la portière, la voiture poursuivait son chemin jusqu'au bout de la rue, avant de repartir à vive allure. Après être restée un moment immobile, hors d'haleine, Lydia se releva. Les voisins commençaient à sortir.

— Ça va ? lança une voix effrayée.

— Appelez une ambulance ! répondit une voix encore plus effrayée – la sienne.

Elle s'élança vers Valentina, qui n'était plus qu'un tas d'os brisés dans une mare de sang. Ses yeux exprimaient une surprise horrifiée et ses lèvres étaient entrouvertes.

— Mon Dieu ! chuchota Lydia en se mettant à genoux, assaillie par les remords et les regrets. Mon Dieu !

11

Il eut un choc en la voyant avec son jean ensanglanté. Elle était assise toute seule dans la pièce aux cloisons vitrées et se tenait la tête dans les mains. Coudes sur les cuisses, elle se massait le front comme pour gommer de son cerveau la vision d'horreur. Il oubliait toujours que c'était un petit gabarit, à peine un mètre soixante-cinq pour une soixantaine de kilos. Si elle dégageait cette impression de force et de puissance, c'était à cause de sa formidable énergie. Il se rappela la première fois qu'il l'avait vue, perchée sur le perron de son domicile à Sleepy Hollow, enlisée dans sa douleur, traumatisée. Cela faisait longtemps qu'il n'avait plus repensé à cette nuit-là.

Apprenant la nouvelle par un appel radio, l'inspecteur Ignacio et lui-même étaient retournés au commissariat à toute allure et le trajet avait duré une éternité, même s'il savait que Valentina était l'unique victime. Il avait bien senti qu'elle n'aurait pas dû y aller seule, mais s'était tu, pour ne pas se faire engueuler. Elle aurait pu se faire tuer. Il mettrait du temps à se le pardonner.

Elle leva les yeux, le vit approcher et lui adressa un faible sourire. Il aurait aimé qu'elle se jette à son cou, mais constata en s'avançant qu'elle avait le regard absent, froid, qui lui permettait de se protéger dans ce genre de circonstances, et cela lui fut insupportable. Il souffrait de penser à ce qu'elle avait dû endurer dans sa vie pour apprendre ainsi à se protéger, et souffrait aussi de constater qu'elle avait encore besoin de recourir à ce subterfuge. Eux qui avaient passé une année si paisible, sans meurtre ni violence... Il commençait à se dire qu'ils leur fallait changer de métier.

— Ça va ? lui demanda-t-il en entrant.

Elle se leva et le laissa la prendre dans ses bras, s'accrocha même à lui imperceptiblement.

— Moi, ça va. Valentina Fitore est morte, dit-elle en allant se rasseoir.

Les deux hommes se mirent autour de la table.

— Que s'est-il passé ?

— On était dans la rue, quand une Mercedes noire surgie de nulle part l'a fauchée. Le choc était inévitable. Je n'ai rien vu venir.

— Délit de fuite..., dit l'inspecteur.

— Ce n'était pas un accident. Le conducteur l'a visée et s'est enfui, sa mission accomplie.

— Vous avez fait votre déposition ?

— J'ai dit ce que j'avais vu.

— Et la raison de votre présence sur place ? s'enquit l'inspecteur, qui se demandait comment présenter la situation à sa hiérarchie.

— Plus ou moins. J'ai dit que j'étais là pour une interview à propos d'un courrier que j'avais reçu de Mme Fitore. En ma qualité d'écrivain, bien entendu...

Le policier sourit.

— Avez-vous eu le temps de lui parler ? A-t-elle dit quelque chose avant de mourir ?

— Ça s'est passé trop vite.

Lydia s'efforçait de ne pas revivre ce moment sans arrêt, mais son cerveau était comme pris dans un cercle vicieux. Sans arrêt, elle revoyait Valentina sou-

levée par le pare-chocs, réentendait l'horrible craquement ; mais cette attente lui avait permis de réfléchir.
Qui soupçonnait Valentina de détenir des informations
qu'elle n'aurait pas dû avoir et s'apprêtait à communiquer ? Comment pouvait-elle se permettre de vivre
dans ce quartier cossu et pourquoi l'inspecteur n'avait-
il pas trouvé cela suspect ? Qui était le jeune au volant
de la Porsche ?

Elle regarda le policier, qui avait la tête baissée,
une main sur le front, et tapotait la table de l'index. Il
nous cache quelque chose, lui disait sa voix intérieure,
une voix qui lui donnait la chair de poule. Il y a une
pièce du puzzle qu'il ne nous a pas montrée.

– Je me disais, inspecteur... c'est une très belle maison pour une bonne. Et j'ai vu un jeune homme qui
partait en Porsche.

L'index s'immobilisa, mais l'inspecteur ne leva pas
les yeux.

– Quoi, inspecteur ? J'ai l'impression que vous en
savez plus sur elle que vous ne voulez en dire...

Il parut un peu gêné. Une rougeur monta à la nais-
sance de son cou pour s'étaler sur ses joues.

– Valentina vivait avec sa fille. Marianna n'est
qu'une enfant, comme je vous l'ai dit. En deuxième
année de fac... mais le frère de Valentina, Sacha, passe
beaucoup de temps dans cette maison. Sacha... appartient à la pègre albanaise ; il aurait des responsabilités
importantes. Enfin, ce n'est pas mon problème...

– Celui des fédéraux ? lança Jeffrey.

– Oui, et ils sont très chatouilleux sur la question.
Quand nous avons commencé notre enquête au sujet
de Tatiana, ils nous ont plus ou moins dit de lâcher les
Fitore. Ils ne voulaient pas qu'on compromette leurs
investigations. J'espérais vaguement qu'il n'y avait

pas de rapport entre lui et la disparition de Tatiana. À tort...

– Est-ce pour cela que vous l'avez laissée y aller seule ? demanda Jeffrey. Vous aviez peur de vous faire taper sur les doigts... ?

L'inspecteur contemplait la table.

– Désolé, Lydia. Je ne croyais pas vous mettre en danger...

– Je sais...

Elle ne lui en voulait pas d'avoir saisi cette occasion d'en savoir un peu plus sur les Fitore – mais Jeffrey, si.

– Je n'avais jamais entendu parler de la mafia albanaise, avant..., dit-il en regardant Lydia mais évitant Jeffrey. Apparemment, le FBI les a eus dans le collimateur à partir de 1994. On les appelle les YACS – Yougoslaves, Albanais, Croates et Serbes, même si ce sont surtout des Albanais. Ils se spécialisaient dans le vol en tout genre – distributeurs automatiques de billets, téléphones cellulaires... petits risques, gros profits. Ils étaient super-organisés, avec un entraînement paramilitaire qui les préparait à tout... y compris à être arrêtés. Et quand un type était pris, il ne parlait jamais. Je vous le répète, la police et les prisons de chez nous, c'est le Club Med pour eux... Bref, le FBI a piétiné pendant des années. Puis, à partir de 1997, c'est l'escalade. Les fédéraux les voient dans toutes sortes de combines – drogue, prostitution, esclavage – et ces types-là sont des méchants ! À côté, les Italiens sont des enfants de chœur. Pas de code de l'honneur chez eux... femmes et enfants sont des proies faciles. Ils ne connaissent ni « famille » ni « parrain » comme Cosa Nostra. Donc, les coincer était difficile. J'imagine qu'ils ont aujourd'hui quelque chose contre Sacha et ne veulent pas le lâcher, fût-ce au prix de la vie d'une fillette.

Jeffrey connaissait fort bien les méthodes du FBI – c'était l'une des raisons de sa propre démission. Quand il s'agissait de boucler une enquête, les fédéraux faisaient bon marché de la vie d'innocents du moment qu'ils procédaient aux arrestations... sauf s'ils risquaient un scandale médiatique.

– Je suis sûr qu'on aura bientôt de leurs nouvelles, dit-il.

– Tant mieux, commenta Lydia. J'ai quelques questions à leur poser, moi aussi...

Elle marqua une pause et se pencha vers l'inspecteur.

– Si vous voulez toujours de notre aide, il faudra jouer franc jeu, dorénavant. Plus de cachotteries...

Jeffrey ne pipait mot, mais sa froideur exprimait assez son mécontentement.

– Vous avez ma parole, dit le policier, qui leva les mains et lâcha un petit rire.

Il semblait soulagé, comme s'il s'était tiré d'un mauvais pas.

– C'est quoi son business, Manny ? lança Jeffrey.

– À qui... Sacha ?

Jeffrey se contenta de le regarder.

– Je ne sais pas exactement. Prostitution, proxénétisme...

Lydia remarqua que sa rougeur revenait. Jeffrey secoua la tête.

– Non, ça ne serait pas assez important...

– Vraiment, je ne sais pas exactement, répéta l'inspecteur avec gravité. (Il observa un silence, comme s'il cherchait comment tourner sa phrase.) Ça impliquerait des films...

Les mots semblaient amers dans sa bouche.

– Des films très spéciaux. Du porno sadomaso qui finit par une mise à mort...

– Du *snuff* ? dit Lydia, incrédule.

L'autre acquiesça. Sa réponse resta en suspens, tandis que les esprits prenaient la mesure de ses implications. Lydia repensa à la lettre qu'elle avait reçue, avec l'allusion aux jeunes filles qu'on ne pouvait plus sauver.

– Et, sachant cela, vous avez pu vous convaincre qu'il n'y avait pas de rapport entre Sacha Fitore et la disparition de cette jeune fille ? reprit-elle, tout en regrettant son ton accusateur.

Un voile passa sur le visage du policier.

– On m'avait ordonné de laisser tomber... Je dois respecter les ordres ou je perds mon emploi. Je ne suis pas un indépendant, moi ! Si je perds mon boulot, ma fille ne va pas à la fac, ma femme ne soigne plus son diabète. Vous comprenez ?

Elle comprenait. Elle comprenait que c'était pour cela qu'il avait été si heureux de bénéficier de leur concours, parce qu'ils pourraient suivre des pistes qui lui étaient interdites, prendre des risques qu'il ne pouvait – ou ne voulait – pas assumer.

– Valentina aurait été tuée parce qu'elle en savait trop ? Ou était-ce un message pour Sacha ?

– Je ne sais pas.

– Étrange qu'elle ait été tuée après notre visite à Jenna, observa Jeffrey.

Lydia opina, en se demandant s'ils avaient une part de responsabilité dans cet assassinat. Et si oui, qu'en déduire sur Jenna Quinn ?

– Et le barman ? dit-elle, se rappelant la course de Manny et Jeff au moment du meurtre.

– En nous voyant passer la porte, ce mignon a failli mouiller son froc ! dit Jeffrey. Enfin, il a retrouvé la mémoire grâce à cinquante dollars... mais quand on lui a montré la photo, il s'est dit incapable d'identifier formellement le type qui avait réglé nos consomma-tions. C'était peut-être lui, mais il n'en était pas sûr à cent pour cent...

— Il mentait, affirma l'inspecteur. On l'a acheté.

Jeffrey acquiesça et se tourna vers Lydia.

— Et maintenant, je te ramène à l'hôtel. Tu as besoin de repos.

Son ton était sans réplique — le ton neutre et dur qu'il adoptait quand il cherchait à dissimuler son inquiétude, ou de la crainte mêlée de colère, et, comme elle était fatiguée, elle se leva.

— Lydia, je regrette de ne pas vous avoir tout dit. Je ne vous croyais pas menacée, dit le détective en lui tendant la main.

— Je comprends, Manny.

Jeffrey observait un silence circonspect et l'autre lui adressa un regard piteux.

— Manny, quand aurons-nous ce rendez-vous avec Nathan Quinn ? dit-elle une fois à la porte.

— Je vous appellerai demain à votre hôtel. Ne vous risquez pas à vous pointer à son bureau sans prévenir. Nathan Quinn ne reçoit que sur rendez-vous.

12

L'océan murmurait et un enfant riait. Une mouette cria et la brise feuilleta les pages du magazine que Lydia lisait avant de s'assoupir, ce qui la réveilla à demi. En regardant autour d'elle, elle vit la plage à travers ses lunettes ambrées qui conféraient une certaine irréalité à l'après-midi, comme si elle avait un aperçu d'une quatrième dimension à travers une lanterne magique. La chape de tristesse qui pesait sur ses épaules depuis la mort de Valentina, deux jours plus tôt, commençait à s'alléger. La serviette de bain de Jeffrey, toute froissée, s'était imprimée dans le sable... le portable était éteint. Comme elle ne le voyait pas, elle se redressa dans son transat et chercha la bouteille. L'eau était chaude, mais elle en but quand même. Jeffrey l'avait eu finalement, son après-midi de farniente, en attendant le rendez-vous du lendemain avec Nathan Quinn...

Elle réprima une bouffée d'anxiété en survolant de nouveau la plage des yeux, cherchant sa silhouette familière dans la foule. Le long d'Ocean Drive, les bâtiments Arts déco – roses, lavande, jaunes ou blancs – dressaient leur architecture pimpante parmi les palmiers géants et le défilé incessant des flâneurs en tout genre. Au loin, des résidences cossues en copropriété s'élevaient dans un ciel céruléen. C'était un paysage de carte postale, mais si fragile... En un instant, le ciel pouvait s'obscurcir, le vent se lever, les gens courir. Les voix débitant d'aimables bavardages prendraient un ton alarmé, la musique diffusée par les gros magnétophones à cassettes serait noyée par un brutal coup de tonnerre. Elle fit taire son imagination ; il y avait longtemps qu'elle ne s'était plus permis d'évoquer ces visions d'apocalypse...

C'était comme si la mort de Valentina avait déchaîné ses vieilles terreurs. Les démons qui semblaient vaincus étaient de retour. Un peu de vodka – non, beaucoup de vodka – et de sommeil l'avaient aidée à effacer la vision du choc, mais c'était comme si cette violence crue l'avait rendue de nouveau vulnérable aux sentiments de peur et de culpabilité qu'elle éprouvait depuis la mort de sa mère. Elle s'était imaginée délivrée des affects qui l'avaient empêchée d'aimer Jeffrey pendant si longtemps. La peur de perdre l'être cher. Il l'ignorait, mais chaque fois qu'il s'absentait, elle craignait vaguement de ne plus jamais le revoir. C'était insupportable.

Mais, plus fort que sa peur, il y avait le *buzz* qui circulait dans ses veines comme une drogue depuis qu'ils avaient quitté le commissariat. Elle avait passé la journée de la veille à surfer sur le Net, recoupant les infos de Craig et essayant de découvrir quelque chose de plus spécifiquement accablant sur Nathan Quinn. Mais la presse le couvrait d'éloges. Nul n'avait jamais élevé de critiques contre lui ou ses sociétés. Les journaux locaux se bornaient à signaler « l'accident » du « chauffard » qui avait coûté la vie à Valentina. Son corps serait rapatrié en Albanie pour y être inhumé après un hommage qui serait prononcé au Centre albanais de Miami. Il n'apparaissait nulle part que c'était la bonne des Quinn. Comme si quelqu'un ne voulait pas qu'on sache que Valentina avait été assassinée et qu'elle était liée à la disparition de Tatiana. À se demander s'il était tellement invraisemblable d'imaginer que la couverture médiatique de l'événement était sous contrôle... et que des forces analogues étaient en jeu dans le cas de Tatiana, freinant l'enquête.

Le lendemain du meurtre, l'inspecteur Ignacio avait appelé pour leur annoncer qu'ils avaient rendez-vous avec Nathan Quinn le mardi, à midi.

– Les fédéraux se chargent de l'enquête pour Valentina Fitore. Je leur ai parlé de la cassette et de la lettre, de vous... Ils m'ont traité par-dessus la jambe et dit qu'ils vous contacteraient. Franchement, je n'ai jamais vu un tel bordel... Quelqu'un refuse qu'on établisse des rapports.

Mais le FBI ne l'avait pas contactée. Elle avait réussi à se procurer le nom du directeur d'enquête, un certain Anton Bentley, et avait laissé un message pour lui, mais il ne l'avait pas rappelée.

Le soleil descendait sur l'horizon et le parasol qui l'abritait de ses rayons devait être déplacé, mais au moment où elle allait se lever, Jeffrey apparut avec deux margaritas. Il lui confia les verres, modifia la position du parasol et reprit sa place. Sa main fraîche se posa sur la peau brûlante de Lydia, luisante d'écran solaire ; elle lui tendit son verre.

Un silence funeste l'avait enveloppée après le meurtre et il se rappelait l'époque où elle avait coutume de se détourner de lui quand elle souffrait. Au bout de deux jours, un peu de la tension qu'il avait lue sur son visage au commissariat s'était effacé. Il aurait préféré quitter Miami le lendemain, mais elle n'avait rien voulu entendre. Elle était convaincue à présent que la disparition de Tatiana était liée à quelque chose de très important et il aurait été impossible de la faire partir. Il avait tendance à lui donner raison, sentant, en effet, une sombre machination. Mais c'était une raison de plus pour la ramener à New York, à leur vie paisible. Il s'ennuyait de son chez-lui, craignait d'en être éloigné pour longtemps.

– Tu as meilleure mine, dit-il.

Elle était très belle dans ce bikini rouge, avec sa peau un peu dorée. Son épaisse chevelure noire était relevée en chignon et tenait en place par une barrette vert jade.

– Je me sens mieux...

Elle souriait sans conviction.

– On est bien ici...

Il y eut un long silence.

– Bon. Qui, selon toi, a pu tuer Valentina Fitore ?

Il réfléchit. Le sujet n'avait pas encore été abordé. Il ne l'avait pas bousculée, sachant qu'elle avait besoin de digérer cette horreur avant de pouvoir l'analyser.

– Quelqu'un qui ne voulait pas qu'elle parle.

– Quelqu'un qui ne veut pas qu'on retrouve Tatiana ? Ou ce qui lui est arrivé ?

– Cela implique que Valentina savait...

– C'est peut-être le cas.

– Si elle savait, alors pourquoi avoir été si énigmatique dans sa lettre ? Ou ne pas avoir donné un coup de fil à la police ?

– Si elle ne savait pas, pourquoi l'a-t-on tuée ?

– Elle ne savait peut-être pas ce qu'elle savait...

– Quoi ?

– Elle avait peut-être des infos dont elle ignorait la signification, mais qui auraient été claires pour toi. Ou la police. Ou le FBI. Peut-être que sa mort est moins liée à Tatiana qu'à Sacha ? Moins liée à la disparition de cette fillette qu'aux activités de Sacha ?

Lydia soupesa les paramètres de la question. Elle lardait ses glaçons avec une paille, qu'elle se mit à mordiller. Jeffrey la sentait près d'acheter des cigarettes, alors qu'elle ne fumait plus depuis un an.

– Ou les deux...

Il acquiesça pensivement :

– Ou les deux.

– Donc, nous avons la disparition d'une jeune fille, présumée fugueuse, y compris par sa mère. Une domestique, sœur d'un gangster, qui m'aurait envoyé cette cassette et cette lettre, laissant entendre qu'il y a anguille sous roche, et qui a été assassinée pour une raison obscure. Depuis notre arrivée, nous avons été suivis, notre chambre d'hôtel a été fouillée. L'inspecteur Ignacio, lui, se sent épié. On fait pression sur lui pour que cette affaire soit élucidée, mais ses pouvoirs sont limités, et on a une enquête parallèle du FBI sur Sacha Fitore et le milieu albanais, ainsi que des rumeurs de réseau snuff qui gênent, plutôt qu'elles ne facilitent, la recherche de Tatiana.

Les barres de cumulo-nimbus déployaient au-dessus de l'océan un spectacle en Technicolor fuchsia, lavande et orange, alors que le soleil rasait l'horizon. La température avait baissé, mais l'humidité continuait à mouiller de sueur le front de Jeffrey. Il était couché sur le ventre, accoudé sur sa serviette, en bermuda bleu marine. De sa position légèrement dominante, elle voyait la cicatrice laissée par la balle qui avait transpercé son épaule. Elle la toucha de ses doigts rafraîchis par le contact du gobelet. Il lui saisit la main et roula sur le dos, exhibant ses enviables abdos et pectoraux, qui étaient devenus un peu moins dessinés à l'aube de ses quarante-deux ans. Il lui baisa les doigts.

– Et nous avons Nathan Quinn, poursuivit-elle, héritier d'un magnat de l'immobilier. Formé à Yale, entrepreneur, philanthrope. J'ai trouvé un article relatif au schéma pyramidal dans lequel Quinn Enterprises s'était engagé, au moins en avançant des capitaux à la compagnie coupable. Cette opération a été qualifiée par lui de « mauvais investissement », bien qu'elle lui ait rapporté presque cent millions de dollars. Et il a fini par créer une fondation pour aider les Albanais expatriés aux États-Unis. Il a retourné la situation et passe pour un héros ! dit-elle en riant.

Elle quitta son transat pour s'asseoir dans le sable.

– Toute une nation sombre dans la misère à cause de ses spéculations et il s'en tire frais comme la rose. Quelqu'un doit bien lui en vouloir un peu...

Jeffrey soupira et regarda le ciel prendre des teintes plus foncées ; le bleu lavande tournait au bleu violacé, l'orange au rouge flamboyant.

– Ou bien il est ce qu'il paraît être. Pas plus coupable de cet effondrement qu'un investisseur lambda fourvoyé dans une affaire foireuse. Il se peut que Tatiana ait fait effectivement une fugue parce qu'on refusait de lui mettre le câble dans sa chambre. Il se peut que Valentina ait été victime d'un règlement de comptes visant Sacha. Il se peut qu'il n'y ait rien et qu'on doive rentrer à la maison, nous marier et fonder une famille. Tu pourrais écrire des romans policiers, inventer des histoires en laissant les véritables crimes aux autres... et on vivrait heureux sur tes royalties...

Elle le regarda soudain avec un sourire éblouissant et des yeux rieurs, lui pinça la cuisse puis se pencha pour l'embrasser sur la bouche. Elle lui était revenue. Il avait eu peur après la mort atroce de Valentina, mais cette épreuve l'avait rendue plus forte psychologiquement et cette constatation était un soulagement pour lui.

– Ben voyons ! dit-elle avec une lueur de doute dans son regard. Tu nous imagines...

Tous deux savaient qu'il ne plaisantait qu'à moitié.

13

L'inspecteur Ignacio aurait dû être rentré chez lui depuis des heures, mais ne pouvait s'y résoudre. Il ne pouvait pas finir sa journée sans avoir rien fait de valable. Aussi, en sortant du parking, au lieu de prendre à droite vers son foyer, tourna-t-il à gauche. L'habitacle de la Taurus était crasseux : poussière sur le tableau de bord, miettes coincées dans les interstices, taches de chocolat sur le siège, marques de cigarettes au plancher. Ça puait encore un peu la nicotine, alors qu'il avait cessé de fumer depuis plus d'un an.

Cela, sur les instances de sa fille, Clarabell, son bout de chou. Ce n'était pas une beauté comme Tatiana, et tant mieux ! Trop de responsabilités vont de pair avec ce genre de beauté pour une fillette. Pour ses parents, aussi. Elle était jolie, tout de même, dans le genre potelé, avec ses yeux verts, ses lèvres charnues et roses, et savait – ô combien ! – tirer ce qu'elle voulait de son papa, dont elle était toute la joie et la lumière. Il était fier d'elle et savait que ce genre d'amour paternel donnerait à sa fille de l'assurance, de la force. Elle était dégourdie, connaissait sa valeur, et nul ne pourrait l'amener à penser autrement, car son père lui avait appris à se respecter. En les aimant, elle et sa mère, sans s'en cacher, il lui avait transmis cela. Évidemment, elles se sentaient un peu négligées avec l'affaire Tatiana, mais il se rattraperait. Il se rattrapait toujours.

Il s'arrêta devant chez Jonah's, un bar appartenant à un flic à la retraite et dont la clientèle se composait à quatre-vingt-dix pour cent de flics. Il n'était pas familier des bistros, en bon père de famille qui estime que son temps libre appartient à sa famille, et non à une bande de frères d'armes avinés. Mais ce soir, il avait une envie féroce de tequila, et d'une Corona pour suivre. Il était si ulcéré par ses mauvais résultats qu'il ne voulait pas ramener cette mauvaise humeur à la maison. Il avait besoin de se relaxer, de prendre un verre.

L'odeur de tabac et les rires le submergèrent quand il poussa la porte. Le bar n'était pas bondé, il y avait plein de tables libres. Au premier coup d'œil, il reconnut au moins cinq têtes et salua la compagnie de loin mais s'installa seul au comptoir. Son reflet dans la glace avait l'air encore plus accablé que lui, si c'était possible. Lui qui s'enorgueillissait d'être assez bien de sa personne et de faire jeune... Mais sa cinquantaine n'était pas belle à voir, ce soir-là. C'était peut-être le moment d'aller faire une virée à Porto Rico, loin de la cohue de Miami, pour retrouver la sérénité du monde de son enfance. Dans quelques semaines, il prendrait un congé, emmènerait Clarabell en vacances. La famille avait besoin de se retrouver dans l'intimité.

Même s'il ne venait pas souvent, il connaissait Trisha, la barmaid blond platine aux gros seins. Ses cheveux étaient comme de l'or filé, souples et fluides, ses yeux, bleus tendres et compréhensifs, légèrement obliques comme ceux d'un chat.

– Tiens, un revenant ! dit-elle, cordiale, mais en le jaugeant d'un air inquiet. Ça fait une paie ! Comment va ?

– On fait aller..., répondit-il avec un sourire qui se voulait convaincant.

– Qu'est-ce que je te sers ?

– Patrón et Corona, avec du citron.

Elle se retourna pour honorer sa commande. Il s'assura qu'elle prenait bien la bouteille de Patrón sur la tablette du haut. Avec son mal de tête, il ne voulait pas d'une tequila médiocre. Dans la glace, il vérifia qui était là – surtout des hommes, assis à califourchon sur leur chaise, comme si le fait de s'asseoir normalement dénotait un manque de virilité. La plupart portaient leurs armes en évidence, ayant tombé la veste à cause de la chaleur. Ils se sentaient en sécurité au milieu de leurs pairs. C'était peut-être pour cela que lui-même était venu.

Trisha apporta ses consommations avec deux rondelles de citron vert et la salière. Ses ongles étaient parfaitement manucurés : il appréciait les femmes soignées. Ça ne devait pas être facile d'avoir des ongles pareils en travaillant dans un bar. Ayant humecté de salive et saupoudré de sel le pli entre pouce et index, il le lécha et s'envoya cul sec la tequila puis suça le citron et fit passer le tout avec sa Corona. Une chaleur subite l'envahit tandis que sa nuque et ses épaules se décontractaient. Il ferma les yeux et, quand il les rouvrit, deux types étaient apparus dans la glace : un grand maigre aux cheveux clairs brillantinés et son compagnon, plus petit, plus carré, chauve. Ils se dirigeaient vers le couloir mal éclairé qui menait aux toilettes pour hommes. Un ou deux flics les avaient suivis du regard. Il sut tout de suite que ça n'était pas des collègues. Surtout le gros.

Il siffla son reste de Corona et tâcha de comprendre ce qui le chiffonnait chez ces mecs, pourquoi ce malaise. Enfin, il se leva, laissa un billet sur le comptoir et s'en alla vers le fond. Comme il tournait à l'angle, le brouhaha fut coupé en deux. Il défit le bouton-pression du holster à sa taille et ôta le cran de sûreté du Glock, puis avança vers les toilettes pour hommes et poussa lentement la porte. Une odeur d'urine l'assaillit. Il considéra les urinoirs, entendit couler de l'eau quelque part et vit goutter un robinet. La glace reflétait son visage de bagarreur.

Il inspira avant d'entrer et laissa la porte se refermer. En se penchant au-dessus du carrelage sale, il aperçut deux paires de bottes noires dans une travée. Il dégaina et alla se mettre devant la porte, un peu essoufflé et dopé par l'adrénaline. Le maigre sortit le premier, suivi par l'armoire à glace. Manny vit une boucle d'oreille et une estafilade à la figure du gros, une Rolex et un Sig au poing du maigre. Sa main gauche tenait une photo au Polaroid.

– Le bar homo, c'est un peu plus loin, les filles ! dit-il.

Le gros fit un pas en avant, mais l'autre lui mit la main sur la poitrine. Au même moment, Manny l'identifia comme l'homme sur la photo, le conducteur de car.

– Je vous ai cherché partout, dit-il en braquant son arme. On va aller bavarder au commissariat.

– Pas question, dit le maigre, d'une voix sourde, dure.

Il avait le même léger accent que Jenna Quinn. Ses yeux étaient bleus sous ses paupières lourdes et on y lisait une méchante gaieté. Il portait un costume en gabardine noire – clairement du sur-mesure. Une chemise bleu roi, comme ses yeux, déboutonnée sur sa poitrine, exposait des poils blonds et le bord d'un tatouage difficile à distinguer. Manny savait à qui il avait affaire. Sacha Fitore.

Il le considéra, lui et son Sig-Sauer 9 mm, prit la photo qu'on lui tendait, la curiosité étant la plus forte.

Sa gorge se noua quand il reconnut sa fille, Clarabell, endormie dans son lit, avec sa poupée préférée. La veille, Manny l'avait bordée et il se rappelait qu'elle portait ce même pyjama de coton rose, celui avec les gros moutons blancs.

Sacha était goguenard.

14

La plupart des femmes ignorent que le charme est une tactique. Plus efficace que la force pour parvenir à ses fins, c'est en fait l'arme préférée des prédateurs habiles. Ayant appris par leur éducation à ménager autrui, à être complaisantes et à ignorer leurs propres instincts, nombre d'entre elles préféreraient mourir plutôt que d'être grossières avec un charmeur – et souvent cela en fait des victimes consentantes. Nathan Quinn était un grand charmeur, mais Lydia n'était pas impressionnée. D'ailleurs, elle savait être grossière. Mais pour le moment elle se montrait d'une sagesse exemplaire et suivait le numéro de ce monsieur avec la même attention fascinée qu'elle aurait portée à une interview de Charlie Manson.

Dès qu'ils étaient entrés dans l'immeuble, un bras de fer peu subtil s'était engagé. Ils avaient été interceptés par des gardes dans le hall du building abritant Quinn Enterprises et escortés avec une extrême courtoisie sous un plafond d'une hauteur vertigineuse. Un globe gigantesque occupait presque tout l'espace et donnait au visiteur l'impression de n'être qu'une fourmi. Y était inscrit le nom de la compagnie, et chaque lettre était grosse comme une Volkswagen.

– Excusez-moi, Loïs, chuchota Jeffrey, nous sommes bien au siège du *Daily Planet* ?

– Sans doute, Superman !

– « C'est un oiseau, c'est un avion... »

– Chut !

Jeffrey compta quatre caméras de surveillance sur le chemin des ascenseurs. Comme par magie, les portes s'écartèrent immédiatement et ils entrèrent dans la cabine, toujours accompagnés. Les parois se composaient de miroir gris fumé et il n'y avait qu'un seul bouton au-dessus du clavier où l'un des deux types entra un code. L'ascenseur s'éleva rapidement et en douceur, et ils se retrouvèrent dans un élégant vestibule entièrement vitré donnant sur l'Atlantique, avec une vue panoramique sur Miami. Une rouquine éblouissante les toisa depuis son bureau laqué de noir. Lydia s'efforça de ne pas reluquer sa généreuse poitrine débordant d'un corsage de soie rouge.

– Veuillez me suivre..., dit-elle avec un sourire faux.

Ils obéirent, toujours flanqués de leur escorte. Comme l'autre tortillait sa croupe rebondie, Lydia songea avec un sourire intérieur qu'on aurait dû lui adjoindre un danseur de rumba. Jeffrey avait vu, lui aussi. La femme les fit entrer dans une petite salle d'attente et s'en alla sans un mot.

– Si vous voulez bien déposer vos armes... ? dit l'un des gardes.

Les intéressés se consultèrent du regard.

Jeffrey y rechignait. À la place d'un représentant de la loi, il ne s'y serait jamais résolu. En fait, c'était la raison même pour laquelle l'inspecteur Ignacio avait refusé de les accompagner. Il avait déjà vécu tout cela, et une fois lui suffisait. Mais après les derniers événements, Jeffrey n'avait pas voulu quitter l'hôtel sans son Glock.

– C'est, hélas, indispensable...

– Nous vous donnerons les magasins...

– Et les cartouches...

– Naturellement...

La question avait été réglée. Mais cet épisode l'avait mis à cran. Pourquoi un homme d'affaires, fût-il de cette stature, avait-il besoin d'une protection rapprochée ? Que redoutait-il ? Ils restèrent muets pendant une demi-heure, ayant vu la caméra dans l'angle, le miroir, et soupçonnant un système d'écoute. Aussi Lydia se mit-elle à feuilleter les pages denses et ennuyeuses de *The Economist* tandis que Jeffrey, visage de marbre, contemplait le mur, quand il ne regardait pas sa montre.

– Dans cinq minutes, on s'en va, dit-il au bout de la cinquième fois.

Elle savait que c'était un stratagème que de faire poireauter les visiteurs. L'heure du rendez-vous était passée depuis quarante-cinq minutes. Nathan Quinn cherchait à leur signifier que son temps était compté, qu'il n'était pas intimidé et ne les verrait qu'à ses conditions ou pas du tout.

Comme si c'était voulu, au moment où Jeffrey se levait, la secrétaire revint, aimable et aguichante.

– M. Quinn va vous recevoir...

– Il est trop bon, dit Lydia, sans dissimuler son agacement.

L'employée, qui la dominait d'une tête, lui adressa un sourire pincé.

– M. Quinn est un homme très occupé...

Lydia ne releva pas et se laissa conduire au bout d'un long couloir. Comme ils approchaient de la porte à deux battants, les lumières semblèrent se tamiser, mais c'était peut-être son imagination. Cette porte, qui semblait en bois d'ébène, comportait un bas-relief représentant quelque scène de chasse, difficile à définir avec cet éclairage diffus. La secrétaire saisit ses poignées de cuivre en forme de pattes d'animal fabuleux pour l'ouvrir.

Quinn se leva derrière son bureau monumental. Homme imposant, il faisait plus d'un mètre quatre-vingt-dix et dégageait une impression de puissance. Elle n'aurait pas été surprise de le voir rejeter sa tête en arrière et saluer d'un rugissement cette intrusion dans sa tanière. Mais c'est alors qu'il la surprit.

– Mademoiselle Strong, monsieur Mark, dit-il en s'avançant avec les deux mains tendues.

Il avait une grosse chevalière en or où figuraient une inscription en grec ancien et un genre de parchemin au-dessus d'une épée ; mais elle n'eut pas le loisir d'en voir davantage.

– Vous n'imaginez pas combien cette cassette m'a rendu l'espoir. L'inspecteur Ignacio m'en a envoyé une copie hier. Quel cauchemar...

Il était trop expansif et Lydia s'efforça de ne pas laisser paraître son scepticisme. Lui prenant le coude avec galanterie, il la guida vers les canapés, restant lui-même debout. Son visage exprimait de l'angoisse, comme s'il avait l'intention d'implorer leur aide. Lydia regarda Jeffrey, qui avait cet air impassible qu'elle avait toujours admiré en lui.

Quinn se tourna vers elle. Il devait faire se pâmer bien des femmes, mais son côté manipulateur la mit instantanément sur ses gardes. Tel un prédateur, il parut le sentir et se fit encore plus charmeur.

– Donc, pour *vous*, c'est bien votre fille ?

– Sans aucun doute.

– Votre épouse en juge autrement..., dit-elle, ne sachant ni qui croire, ni quel bénéfice lui ou Jenna pouvaient retirer d'un mensonge.

– Elle a tort...

118

– Si c'est bien Tatiana, comment interprétez-vous ses paroles sur sa mère ? À quoi faisait-elle allusion en disant : « Elle peut pas m'avoir fait ça ! »

– Les adolescentes sont souvent en conflit avec leur mère, dit-il avec un sourire compréhensif, comme si Tatiana était simplement rentrée à une heure indue. Qui sait de quelle injustice elle se croit victime ! Je suis un grand fan de vos livres, ajouta-t-il, ignorant totalement Jeffrey. Je me demande bien pourquoi je n'ai pas pensé à vous appeler moi-même. Ensemble, nous pourrons élucider cette affaire. Je sais que la police a fait son possible, mais je crois qu'elle a renoncé quand elle a conclu, officieusement s'entend, qu'il s'agissait d'une fugue. Aujourd'hui, l'espoir nous est rendu. Puis-je vous offrir un café, un soda ?

– Non, merci, dit Lydia, mais il ne sembla pas l'entendre, comme s'il avait déjà oublié sa proposition.

Elle jeta un coup d'œil au bureau qui lui rappela la bibliothèque de Snug Island où tout était conçu pour intimider le visiteur. Le haut plafond, les meubles chic et volumineux vous rapetissaient ; le canapé était si moelleux qu'elle s'était enlisée dans les coussins, tandis que Quinn, ce géant, les dominait. Jeffrey, lui, s'était assis sur la pointe des fesses. Elle se ressaisit et l'imita.

– Lorsque j'ai rencontré Jenna, j'avais tout ce qu'un homme peut désirer. Fortune, carrière... Jamais je n'avais songé à fonder une famille. Mais lorsqu'elles sont entrées dans ma vie, j'ai compris ce qui m'avait manqué. Soudain, j'étais un mari et un père. Une bénédiction. Pour Tatiana, la transition fut difficile, sans aucun doute. Sortir de la pauvreté et avoir du jour au lendemain tout ce qu'on désire à cet âge... Mais dans un climat d'amour, elle s'est adaptée. C'était une enfant très jolie, qui devenait une femme superbe. Intelligente, chaleureuse, pas capricieuse, même si j'avais tendance à la gâter un peu... Je ne sais pas si elle a fait une fugue. J'ignore si quelqu'un – il parut buter sur le mot et ses implications – l'a kidnappée. Elle paraît si effrayée, sur cette cassette. Je sais seulement que je ferai tout pour qu'elle revienne...

Il se posa sur l'accoudoir d'un fauteuil et baissa les yeux, peut-être conscient d'avoir trop léché son discours. Un grand portrait bien éclairé au mur les représentait : lui-même renversé dans un grand fauteuil à oreilles, jambes croisées ; Jenna derrière, debout, une main sur l'épaule de son mari. Tatiana à ses pieds, jambes fléchies, mains sur les genoux. Leurs sourires manquaient de naturel.

– Mme Quinn nous a donné l'impression que Tatiana était une petite fille très malheureuse et qu'il y avait des tensions entre vous, dit Lydia, décidant de parler librement pour voir ce qui arrivait quand on ne se conformait pas à sa façon de penser.

Une ombre passa sur son visage, mais il se mit à rire.

– Ma femme est affolée et c'est bien naturel. Comme je vous l'ai déjà dit, la plupart des adolescentes s'opposent à leur mère. Bien sûr qu'elles se querellaient. Jenna se sent trahie parce qu'elle croit à une fugue.

– Et vous, que croyez-vous ?

– Je ne sais pas. Je ne cherche qu'à la retrouver. Enlèvement ou fugue, elle est forcément quelque part. Je dois croire qu'en y mettant toute la motivation et les moyens nécessaires, on la retrouvera. Il ne me manque ni l'un ni l'autre.

– Pardonnez-moi si je vous choque, mais on ne sait pas quand ce message a été enregistré. Avez-vous envisagé qu'elle pourrait être morte ?

Jeffrey se tourna vers elle. C'était une chose affreuse à dire, mais il savait qu'elle jouait l'avocat du diable, cherchait le défaut de la cuirasse. Pourtant c'était une tactique difficile, même pour elle, et elle n'eut pas ce qu'elle cherchait. Sa réponse fut cinglante.

— Non, car ce serait un échec, mademoiselle Strong, dit-il en se penchant pour capter son regard, à la façon d'un prédicateur de douteuse obédience. Et l'échec n'est pas envisageable en ce domaine. Allez-vous m'aider, ou sommes-nous en train de perdre notre temps ?

Elle prit le temps de répondre. Les mâchoires de l'homme s'animaient de très légères contractions.

— Je vais aider Tatiana. Si je le puis.

— Vous en serez amplement récompensée, dit-il avec un sourire satisfait.

— L'argent ne m'intéresse pas. Je ne suis pas venue pour cela.

Il parut ne pas comprendre et pencha la tête de côté, les yeux comme des meurtrières.

— Pourquoi, alors ?

— Parce que quelqu'un m'a lancé un appel à l'aide. Avez-vous lu la lettre ?

— Oui, dit-il en soutenant son regard. Là, j'avoue que je ne vois pas...

— Vraiment, rien... ?

Son visage se rembrunit de nouveau.

— Me croyez-vous mêlé à sa disparition ? Croyez-vous que l'auteur de ce mot détiendrait des informations secrètes sur ma vie privée ? Des secrets honteux ?

— Je sais que j'ai vu votre bonne, Valentina, se faire écraser sous mes yeux, et c'est elle que je soupçonnais d'être l'auteur de cette lettre. Je sais que nous avons été suivis et qu'on est entré dans notre chambre d'hôtel.

– Et vous me croyez coupable ? lança-t-il avec un sourire condescendant, comme s'il raisonnait une enfant affirmant que la Terre est plate.

– Je n'ai pas d'opinion pour l'instant, dit-elle, mentant. (Elle se pencha en avant, soutenant son regard dur.) Tout ce qui nous intéresse, c'est de retrouver Tatiana.

– Nous avons cela en commun, alors...

– Avez-vous des ennemis ? Des individus qui vous voudraient du mal ? demanda Jeffrey, qui prenait la parole pour la première fois, gêné par l'intensité de cette joute verbale.

– On ne parvient pas à la situation qui est la mienne sans se faire d'ennemis... Heureusement, ce ne sont que des ennemis professionnels...

– Pourquoi cette sécurité renforcée ?

– On n'est jamais trop prudent, monsieur Mark.

– Sans doute, fit Lydia, pensive. Seulement, je m'interroge : quand toute une économie s'effondre à cause de vous, ça fait forcément des mécontents. Des vies ont été brisées...

Quinn soupira et secoua la tête. Il ressemblait presque à Atlas, portant le poids du monde sur ses épaules. Pendant une fraction de seconde, il lui fit penser à O. J. Simpson – cet air d'innocence étudié, si convaincant qu'il y croyait lui-même.

– Ce que les gens ne comprennent pas, dit-il lentement, tristement, avec un rien d'arrogance, c'est que la haute finance, c'est comme à la guerre... il peut y avoir des pertes... des pertes humaines. Le gouvernement albanais a joué son avenir, American Equities en a profité. Je n'étais qu'un investisseur, et, je dois l'avouer à ma grande honte, j'ignorais les agissements de cette société. Enfin, je ne vois pas le rapport avec Tatiana...

– Comment avez-vous connu Jenna ?

– Pardon ?

– Votre femme est bien d'origine albanaise ?

– Oui...

– Comment l'avez-vous rencontrée ? Sans doute à l'occasion d'un séjour...

Elle avait lancé cela au hasard, mais vit à son expression qu'elle avait fait mouche et jubila car, de toute évidence, il n'avait pas prévu cette question – toutefois, elle devinait que le bonhomme ne serait pas facile à faire sortir de ses gonds.

– Ça ne vous regarde pas !

Le *buzz* crépitait carrément à ses oreilles ; elle l'entendait et en sentait les vibrations au bout de ses doigts. Quinn alla se servir deux doigts d'un alcool ambré au bar. Il en prit une gorgée et se retourna, mais ne revint pas s'asseoir et se mit à marcher de long en large devant son bureau.

– Si vous tenez à le savoir, c'était une prostituée. Elle n'avait pas eu le choix à la mort de son premier époux. Sa famille l'avait rejetée, ayant désavoué cette union... Elle était seule avec une enfant en bas âge... Bien entendu, c'était une réprouvée dans cette société, mais je suis tombé amoureux d'elle. Je les ai arrachées à cette misère. Si vous aviez vu leurs conditions d'existence...

Lydia se contentait de suivre ses allées et venues, sans rien dire. Il baissa la tête et sa voix se fit douce :

– Naturellement, vous comprenez pourquoi je préfère que ça ne se sache pas. Je n'en ai jamais parlé à personne. Dans l'intérêt de Jenna plus que dans le mien. Elle a infiniment honte de son passé, dit-il en reprenant sa place dans le fauteuil.

Il les regarda au fond des yeux.

— Si je vous le dis, c'est que je veux vous montrer que je n'ai rien à cacher. Et je tiens à ce que vous m'aidiez à retrouver ma fille, même si cela implique que, pour le moment, je demeure un suspect à vos yeux.

Lydia réprima un besoin d'applaudir. Quel splendide numéro ! On l'aurait dit prêt à pleurnicher. Elle ne savait pas ce qu'il fricotait ni en quoi il était lié à la disparition de Tatiana, mais elle ne croyait pas un mot de son discours.

— Merci de votre confiance, dit-elle, suave. Si nous devons retrouver Tatiana, il est évident que vous serez un élément central dans notre enquête. Nous ferons de notre mieux pour que cet aspect du dossier reste entre nous.

— Faites plus que votre mieux, mademoiselle Strong, dit-il, une note de menace s'insinuant dans cette symphonie soigneusement orchestrée. Ma femme en serait anéantie.

— Bien entendu, dit Lydia, sa réponse préférée quand on lui donnait des ordres auxquels elle n'avait nullement l'intention d'obéir.

— Il y avait quelque chose dans votre déclaration sur la nuit de la disparition que vous pourriez peut-être éclaircir, dit Jeffrey.

— Quoi ?

— La caméra de surveillance était débranchée, mais vous avez dit qu'elle ne savait pas s'en servir.

— En effet ! C'est en partie pour cela que je ne crois pas à une fugue.

— Qui sait s'en servir ?

— Mon épouse et moi.

— Donc, vous avez activé l'alarme en partant ce

soir-là, et vous l'avez retrouvée désactivée à votre retour ?

– Oui.

– Vous êtes formel : Tatiana ne savait pas comment l'éteindre ?

– Oui.

– Et Valentina ?

– Elle ne savait même pas allumer le magnétoscope. Elle était fâchée avec la technologie.

– Comment en est-elle venue à travailler pour vous ? s'enquit Lydia.

– Elle m'a été envoyée par l'administratrice de la fondation que j'ai créée pour les réfugiés albanais. Ma femme et Tatiana l'ont appréciée tout de suite, et nous l'avons engagée. Elle faisait partie de la famille. Nous la regrettons beaucoup..., dit-il sans aucune émotion en regardant sa montre.

Lydia devina que le terme de l'entretien était imminent.

– Elle était très bien payée...

– Elle gagnait presque cinquante mille dollars par an. Elle avait une enfant à charge. Techniquement parlant, c'était une employée de Quinn Enterprises.

– C'est beaucoup d'argent pour une bonne, mais ce ne serait pas assez pour s'offrir la maison où elle vivait...

– Là, je ne suis pas au courant. Je n'ai pas enquêté sur sa vie privée.

– Connaissiez-vous sa famille ?

– Marianna, sa fille, gardait à l'occasion Tatiana quand Valentina ne pouvait pas rester. Je n'ai jamais parlé avec elle.

– Et Sacha Fitore, son frère ?

Elle scrutait ses yeux, mais ils ne dévoilaient rien et son sourire ne flancha pas.

– Je le répète : c'était la bonne. Nous ne fréquentions pas sa famille.

Il alla s'asseoir à son bureau et toisa ses visiteurs qui s'étaient levés.

– Je vais vous verser des arrhes. Dites un chiffre, dit-il en décapuchonnant son stylo-plume.

– Nous ne sommes pas à vos ordres, monsieur Quinn, fit Lydia. Nous ne voulons pas de votre argent.

– Personne ne travaille gratuitement, mademoiselle Strong... (Il leva les yeux de son chéquier avec un sourire suffisant.) Quel est donc votre but, en définitive ?

– Retrouver Tatiana. Soyez certain que nous mettrons tout en œuvre pour cela.

– Et ensuite vous écrirez un livre...

– Peut-être...

– Ce qui vous rapportera de l'argent...

Son sourire s'accentua, victorieux. Elle haussa les épaules. Elle n'avait jamais vu les choses sous cet angle-là.

– À la fin de la journée, tout le monde veut être payé, mademoiselle Strong...

Elle comprit qu'il était agacé par cette fin de non-recevoir et tentait de la faire marcher. Elle ne répondit pas, se refusant à lui donner cette petite satisfaction, à se justifier devant un homme de son acabit, et se borna à lui décerner son sourire le plus compatissant.

– On garde le contact, dit-elle en passant la porte.

Elle faisait de son mieux pour avoir l'air dégagé, avec Jeffrey à son côté, mais autant tourner le dos à un grizzli.

– Bon sang ! lui chuchota Jeffrey derrière la porte. Il y avait du fric à en tirer !

Lydia le fusilla du regard au moment où la réceptionniste sexy accourait du fond du couloir, apparemment mal préparée à tout mouvement non chorégraphié par son patron. Elle les raccompagna à la salle d'attente, où les gardes leur rendirent leurs cartouches et les reconduisirent jusqu'à l'ascenseur.

– Tu aurais pris l'argent de ce psychopathe ? murmura-t-elle, une fois seule avec lui.

– Non..., reconnut-il de mauvaise grâce.

Comme elle passait sous le globe immense, son téléphone sonna. Elle s'empressa de le repêcher au fond de son sac.

– Allô... Quand... ? On arrive !

– Qu'y a-t-il ? demanda Jeffrey.

– Steven Parker est mort.

– Qui ?

– ...Le dernier détective privé que Quinn avait engagé !

15

L'inscription gravée sur la Rolex disait : *Avec toi jusqu'à la fin des temps.* Selon le légiste, le temps s'était arrêté pour Steven Parker depuis presque quatre jours. Son ex-femme, qui lui avait offert cette montre durant leur mariage, avait mis les bouts trois ans plus tôt ; mais quand il ne s'était pas montré pour le cinquième anniversaire de son fils, elle avait signalé sa disparition.

– Moi qui croyais qu'il m'avait lâché, j'aurais dû enquêter...

L'inspecteur Ignacio battait sa coulpe depuis qu'un de ses potes aux Homicides l'avait informé par message électronique. Parker figurait sur la liste des adultes disparus depuis deux jours, mais personne là-bas n'avait fait le rapprochement avec Tatiana ; personne ne l'avait alerté. Quoi d'étonnant ? Parker ne tenait pas un grand rôle dans cette affaire, du moins jusqu'à maintenant.

– Personne ne communique dans ce foutu commissariat, dit-il, en rogne surtout contre lui-même.

– Que s'est-il passé ? demanda Lydia, pour la troisième fois depuis qu'ils s'étaient installés à l'écart, au fond du restaurant de l'hôtel Delano.

Les portes de la véranda étaient ouvertes et la brise gonflait les rideaux de tulle. Lydia apercevait leur reflet dans le miroir gravé au-dessus du bar. L'inspecteur avait l'air gagné par le découragement ; sa chemise était fripée et son nœud de cravate desserré. Son veston avait une petite tache de gras au revers. Il semblait encore plus épuisé que la dernière fois, privé d'énergie. Il était nerveux, fébrile ; et c'était communicatif.

– Parker était un solitaire, dit-il, buvant un verre d'eau glacée qu'on avait déposé sur la table. Il aurait disparu depuis quatre jours : c'est à ce moment-là qu'il a cessé d'interroger son répondeur. D'après le Service des personnes disparues – c'est une équipe différente qui traite des adultes – son ex-femme est venue il y a quelques jours signaler sa disparition, disant qu'il avait loupé l'anniversaire de son fils, et que, quoique mauvais mari, c'était un papa formidable. S'il avait raté ça, c'était pour une raison grave. Il n'était ni chez lui ni à son bureau. Mes collègues ont pris sa déposition et se sont rendus chez lui... Ils ne se sont pas trop décarcassés : c'était un adulte, ils avaient d'autres priorités...

– Où le corps a-t-il été retrouvé ? demanda Jeffrey.

– Ce n'est pas son *corps* qu'on a retrouvé... mais son *bras*.

Lydia fit la grimace et s'écarta légèrement de la table, puis ôta son blazer en soie pour le mettre sur ses genoux. Elle crevait de chaleur, tout à coup.

– Comment sait-on que c'est le sien ?

– La montre. Son ex-femme avait dit qu'il la portait toujours quand elle s'est rendue à la morgue avec l'enquêteur qui avait pris sa déposition, afin de voir s'il ne s'y trouvait pas...

– Et ce bras, où l'a-t-on retrouvé ? dit Lydia.

– Dans l'estomac d'un bel alligator mâle. En partie digéré.

– Non !

– Je suis sérieux.

– Ce n'est pas une espèce protégée ? s'étonna Jeffrey.

– En Floride ? Ça grouille... Il y a une saison de chasse qui commence en automne. Ça rapporte. Deux chasseurs en ont descendu un, l'ont écorché et, par curiosité, lui ont ouvert le ventre – et là, grosse surprise ! Heureusement pour nous, ils ont prévenu la police.

– Et comment ! Cette montre vaut dans les douze mille dollars.

Lydia eut une nausée si sévère qu'elle se redressa et faillit filer aux toilettes qu'elle avait repérées en entrant, mais cela ne dura pas et elle resta tranquillement à sa place, se blindant contre la prochaine vague. Elle se sentait un peu fiévreuse ; ses mains étaient moites et glacées.

– Ça va ? s'enquit Jeffrey en la voyant exsangue.

– Très bien...

– Tu ne vas pas vomir sur mes genoux... ?

– Ne dis pas n'importe quoi.

Elle en avait vu – et raconté – des horreurs dans son existence, mais rien ne l'avait jamais rendue malade. Cette nausée avait une cause purement physique, et elle réfléchit à ce qu'elle avait avalé dans la journée. À part un café et un croissant, rien. Elle avait peut-être justement besoin de se restaurer.

– Que lui est-il arrivé, alors ? fit-elle en tâchant d'ignorer son estomac.

– Difficile à dire. Quelqu'un l'aura tué et balancé dans les Everglades, et les alligators en ont profité.

– Et si c'était un accident ? plaisanta Jeffrey. Un épisode de *Crocodile Hunter* qui tourne mal...

– Il n'était pas chasseur, d'après son ex-femme, répondit l'inspecteur, qui n'avait pas compris la blague et semblait distrait. En outre, il n'aurait pas mis sa Rolex pour aller à la chasse...

– De quand date votre rencontre ?

– Quinn l'avait recruté après sept jours d'enquête. J'étais plutôt content, puisque je me heurtais à des murs de toutes parts. Je me disais qu'on hésiterait à le rembarrer, lui, l'homme de Quinn... Cela dit, il n'a pas été plus chanceux. Et au bout d'environ trois semaines, à son retour de New York, il s'est mis à désespérer. Un soir, tard, il est venu à mon bureau me demander ce que je savais sur Sacha Fitore. À ce moment-là, j'ignorais jusqu'à son existence – que dites-vous de ça ? Il paraissait apeuré, maintenant que j'y pense. Mais j'étais claqué et j'avais déjà trop de boulot sur les bras pour me pencher sur ses problèmes. Il est parti. Et c'est alors que j'ai commencé à m'intéresser au casier de Fitore. Il avait été accusé de proxénétisme, recel, ce genre de trucs, mais n'a jamais purgé de peine. Figurez-vous qu'une heure plus tard, les fédéraux se radinaient... Ils m'ont dit de laisser tomber, de ne parler de lui à personne dans le contexte de l'enquête ou je perdrais mon boulot. Ou pire, on m'arrêterait pour obstruction. Ils disaient que si Sacha Fitore était lié à la disparition de Tatiana, ils le découvriraient au fil de leur enquête et m'en avertiraient. J'ai cédé. Avais-je le choix ? Je croyais que Parker en avait fait autant.

– Quinn était-il son unique client ?

– Je m'efforce de découvrir s'il travaillait pour d'autres en même temps.

– Quinn devait le payer assez généreusement pour le dispenser de prendre d'autres jobs, dit Lydia, et je ne le crois pas homme à partager...

– Sans doute...

– Étrange comme ses employés ont tendance à mourir, ces temps-ci, commenta Jeffrey.

– Tu vois... !

– Quoi ? fit l'inspecteur.

Lydia lui relata en détail leur entrevue et précisa qu'ils avaient refusé son argent.

– Quelle impression vous a-t-il faite ? dit l'inspecteur, agitant les glaçons dans son verre.

– Réfrigérante !

Il les regarda avec un mélange de déception et d'espoir.

– Est-ce à dire que vous vous désistez ?

Lydia et Jeffrey se consultèrent du regard. Tout échange de paroles aurait été superflu. Elle savait qu'il voulait quitter Miami, et lui savait qu'elle ne voudrait jamais.

– Pas question ! dit-elle. Nous allons découvrir ce qui est arrivé à Tatiana et faire tomber Nathan Quinn dans la foulée.

– Hou là là ! firent les deux hommes en chœur.

– On ne sait même pas s'il a fait quelque chose de mal, dit Jeffrey, baissant la voix et regardant autour de lui.

– Tu plaisantes ? Il est pourri jusqu'à la moelle !

– Vous le croyez mêlé à la disparition de sa fille adoptive ?

– Je n'ai pas dit cela. Je ne crois pas qu'il sache où elle est... c'est la raison pour laquelle il la cherche qui me fait tiquer. Il y a du désespoir sans émotion, du désir sans amour, dans sa façon de parler d'elle. Comme un camé en manque. C'est moche... répugnant. Je ne crois pas qu'il sache où elle est, mais il doit être la raison principale de sa disparition – que ce soit une fugue ou un rapt. Oui, il est impliqué et en sait plus qu'il ne veut bien le dire, mais il ne doit pas savoir où elle est, sinon il ne nous mettrait pas une telle pression...

– Oui... « Mettez votre nez partout, sauf dans mes affaires... » !

Son sarcasme resta en l'air comme un rond de fumée.

– Qu'est-ce que Steven Parker avait découvert sur Sacha Fitore et quel rapport avec Nathan Quinn ? dit Jeffrey, qui pensait tout haut. Comment cette conversation a-t-elle fini entre vous ?

– Je ne me souviens pas...

– Vous ne vous souvenez pas ? fit Lydia.

Le policier ne répondit rien, se contenta de fixer la table.

– Lydia, dit-il au bout d'un moment, soyez prudente...

– À quel propos ?

– Ce type est lié à des organisations qui... contrôlent les choses dans le monde. Les gens comme lui peuvent menacer l'existence de ceux qui les gênent.

Lydia était déroutée ; elle ne comprenait pas comment la conversation avait pu prendre cette tournure.

– De quoi parlez-vous, Manny ?

– Écoutez : vous n'étiez ici que depuis quelques heures qu'ils vous avaient trouvés, suivis et avaient forcé la porte de votre chambre. Valentina est morte parce qu'ils savaient qu'elle allait vous parler. Steven Parker aussi. Ma hiérarchie m'a empêché de fouiner dans les affaires de Quinn.

Il haussa les épaules, jeta un coup d'œil en arrière.

– Réfléchissez-y.

– *Ils ?* Qui « ils » ? On croirait entendre un tenant de la théorie du grand complot, dit-elle avec un rire jaune.

Elle examina son interlocuteur en se demandant pourquoi il avait aussi peur. Lui qui était si heureux de les voir, au début, qu'il l'avait même laissée prendre des risques dans l'intérêt de l'enquête... Elle croisa son regard, et c'était bien de la peur qu'elle perçut.

– J'ai une famille, Lydia, dit-il doucement, comme pour se défendre d'une accusation qui n'avait pas été portée.

Lydia lui renvoya un regard froid, pencha la tête sur son épaule et eut un petit sourire.

– On vous a acheté, hein ?

Il détourna les yeux, les traits adoucis par la honte, sa lèvre tremblant imperceptiblement. Il se croisa les doigts et soupira.

– Non, ce n'est pas cela. C'est seulement que je dois me concentrer sur Tatiana, la retrouver ou découvrir ce qu'il est advenu d'elle, dit-il en trébuchant sur les mots comme s'ils étaient désagréables à prononcer.

– Une pièce manque au puzzle, inspecteur, et sans elle jamais on ne retrouvera Tatiana.

Il hocha la tête et baissa la voix.

– Je crains que ce ne soit le prix à payer... Moi aussi, j'ai une petite fille.

Il se leva et rajusta sa cravate, comme pour se raccrocher à sa dignité dans une situation insupportable. Il avait l'air abattu. Lydia ouvrit la bouche, mais d'un geste il la fit taire. On voyait à ses yeux las qu'il avait mûrement réfléchi et tiré ses conclusions.

– Le FBI vous contactera demain, Lydia, au sujet de Valentina. Je leur ai parlé aujourd'hui et on m'a demandé de ne pas m'occuper de cet aspect de l'enquête. Vous me tiendrez informé de votre décision.

– Qu'y a-t-il, inspecteur ? dit Jeffrey en faisant mine de se lever. On peut vous aider...

– Non, certainement pas. Ne vous surestimez pas. Suivez mon conseil et retournez à New York. Oubliez ce que vous savez sur Sacha Fitore et Nathan Quinn. Et espérez qu'ils ont oublié jusqu'à votre existence...

Sur ce, il quitta le restaurant d'un pas assuré, sans regarder en arrière. Il avait l'air petit et mal fagoté dans ce splendide décor. Pendant une minute, ils se contentèrent de le regarder s'en aller, ébahis.

— J'imagine qu'il est vain d'espérer qu'on va suivre ce conseil ? dit Jeffrey.

— Plutôt mourir !

— C'est bien ce que je craignais...

— Quoi, toi aussi ? Je ne te savais pas si froussard ! dit-elle avec un sourire taquin pour détendre l'atmosphère.

— Moi non plus. Mais j'ai... j'ai de bonnes raisons de tenir à la vie aujourd'hui. Je ne veux pas parler comme une midinette, mais cette année-ci a été la plus heureuse de mon existence. Je ne veux pas perdre cela. Et toi ?

Ces paroles étaient comme un écho à son propre vécu.

— Je n'ai pas l'intention de risquer nos vies. C'est fini, tout ça. L'inspecteur surestime Nathan Quinn.

— Lydia, deux personnes de son entourage sont déjà mortes...

— Et Tatiana ?

— Elle aussi est peut-être morte. Toi-même, tu l'as dit...

— Et si elle ne l'était pas et que nous étions sa seule chance... ?

— C'est à l'inspecteur de la retrouver.

— Mais il ne le fera pas, parce qu'il a trop peur de suivre la piste qui mènerait jusqu'à elle...

Elle se sentait hantée par un sentiment familier de désespoir. La vision d'une fillette effrayée, blottie dans une cabine publique, frêle et glacée, les cheveux mouillés, repassa dans son esprit. Il avait été trop tard pour Shawna, mais son intuition lui disait que Tatiana pouvait encore être sauvée.

La clientèle arrivait et le restaurant se remplissait d'un léger brouhaha. Elle examina les gens à la mode venus prendre un verre, enviant leur existence si normale, à l'abri du danger. À quinze ans, la sienne avait basculé ; depuis, elle était peuplée de monstres. C'est ta faute, c'est toi qui les invites, se réprimanda-t-elle.

– D'accord, réfléchissons-y une minute, dit Jeffrey. C'est bien toujours de Tatiana qu'il s'agit, et non de son père, « le scélérat de l'année » ? Ta nouvelle bête noire ?

– Peut-être les deux...

Il faillit s'étrangler.

– Je te rappelle que tu n'as rien contre lui !

– Je me trompe rarement, Jeffrey...

C'était vrai. Depuis qu'il la connaissait, son instinct ne l'avait presque jamais trompée. Cette fois, lui aussi avait une intuition – qui lui conseillait de fuir... L'avertissement de l'inspecteur résonnait en lui. À l'époque où il était au FBI, il avait réalisé qu'il existe un pouvoir occulte détenu par quelques individus. Pouvoir de contrôler les gouvernements, l'argent et les ressources mondiales, les médias. Il avait senti leur influence alors, un peu comme l'inspecteur Ignacio – enquêtes manipulées, disparitions de preuves et de témoins. C'était quelque chose qu'il avait appris à accepter – que derrière les événements planétaires des gens comme Nathan Quinn tirent les ficelles. Et si on s'en prenait à eux, si on se trompait de camp, alors on se retrouvait broyé.

Il héla la blonde et alerte serveuse qui rôdait dans les parages et commanda deux cocktails.

– Deux ans après l'arrestation de Jed McIntyre, je

faisais équipe avec Jacob Hanley, quand on a mis le doigt sur une affaire de ce genre, dit-il soudain, comme s'il s'était retenu.

– Tu ne m'en as jamais parlé...

– Tu étais toute jeune, alors. Et il y avait longtemps que je n'y pensais plus...

– Alors, quoi ?

– Une fille a été retrouvée morte dans Tompkins Square Park. C'était au milieu des années quatre-vingt, quand l'East Village était vraiment mal famé et Tompkins Square un repaire de camés et de sans-abri. Il s'agissait de la fille d'un très fortuné cadre dirigeant de la Chase Manhattan Bank. Elle fréquentait une école privée très fermée... une jolie fille du meilleur monde. Bref, un clochard l'a découverte. Elle avait été violée et étranglée.

– Je me rappelle vaguement, maintenant...

– On nous a mis sur le coup parce que c'était la cinquième victime ayant ce profil-là en l'espace d'un an : des filles de la haute société, étudiantes dans le privé... toutes de jolies brunes plantureuses aux cheveux longs. Bref, pour résumer, tous les soupçons convergeaient sur un jeune type : le membre d'une famille influente, très impliquée dans la politique, diplômé de Yale, qui allait faire son droit à la fac de Columbia. Le fils idéal... mais, bon sang, j'ai vu le diable dans les yeux de ce gosse. Alors on a enquêté sur lui.

« Or, chaque fois qu'on se rapprochait, il advenait quelque chose. Un juge a mis quatre heures à délivrer un mandat pour perquisitionner l'appartement luxueux des parents. Quand on est arrivés, la famille au complet et son très puissant avocat nous attendaient. Quelqu'un avait vendu la mèche. On a découvert une petite culotte dans le vestiaire de son club de gym.

Mais cette pièce à conviction a été mystérieusement égarée par l'administration... Les médias nous sont tombés dessus, nous accusant de harceler un pauvre innocent, de lui faire porter le chapeau, alors qu'on n'avait même pas retrouvé les corps, sauf celui de cette fille. On ne pratiquait pas encore couramment les tests ADN, comme maintenant – c'était encore un peu de la science-fiction.

« Là-dessus, la police de New York a arrêté le clochard qui l'avait découverte. Le FBI s'est vu dessaisir de l'enquête. Du jour au lendemain, la police a retrouvé les cadavres dans un bâtiment désaffecté d'Alphabet City. Et le dossier a été classé.

– Mais pour toi, le clochard n'était pas coupable !

– Évidemment ! Tout d'abord, on l'avait diagnostiqué schizophrène paranoïde... le type complètement à côté de ses pompes, qui n'est plus du tout dans la réalité... L'opinion publique tend à considérer que c'est le genre d'énergumène apte à commettre des crimes de cette nature, mais son état mental l'excluait. Il n'aurait pas été assez organisé pour exécuter un enlèvement, un viol et un crime suivi de la dissimulation du corps. D'ailleurs, pourquoi se serait-il manifesté... ? En outre, il n'avait pas l'occasion d'approcher ces jeunes filles. C'était grotesque. Mais les médias se sont engouffrés par cette brèche. Certes, le clochard fou faisait un assassin plus acceptable qu'un jeune étudiant en droit promis à un brillant avenir !

Le dégoût et la colère s'entendaient dans sa voix.

– Qu'avez-vous fait ?

– Jacob et moi avons protesté auprès de notre hiérarchie. On nous a clairement ordonné de ne pas insister. Sans explication ; ils n'ont même pas cherché à nous convaincre qu'on faisait erreur, seulement demandé de renoncer, de retourner à Washington pour y attendre notre prochaine mission... Mais j'ai bien senti la menace implicite – si on faisait des vagues, on pouvait dire adieu à notre carrière...

– Et vous avez laissé tomber ?

– Pas tout à fait. J'ai appelé une connaissance qui travaillait au *New York Times*, Sarah Winter. Elle était jeune et ambitieuse, cherchait à se faire un nom. Je me disais que ça l'intéresserait. Je lui ai donné rendez-vous dans un bar pour tout lui raconter...

Il s'interrompit pendant que la serveuse déposait leurs consommations et la remercia. Il leva son verre et Lydia en fit autant.

– Et Jacob ?

– Il était prêt à s'écraser. L'entretien avec notre chef, ce fumier de Leon McCord – qui, entre parenthèses, devait mourir d'un cancer du côlon – l'avait rendu très nerveux. Donc, je ne lui avais pas parlé de cette journaliste. J'ai agi dans mon coin...

– Raconte ! Je suis sur le gril !

Lydia ressentit une autre vague de nausée, moins forte. Pour la juguler, elle écarta son verre.

– Le lendemain, tout s'est résolu de façon si nette, que c'en fut irréel. Le clochard – George... George Hewlett – a réussi à se pendre dans sa cellule. Et, tiens-toi bien, il y a eu des licenciements au *Times*... et qui s'est retrouvé sur le carreau, d'après toi ?

– Non !

– Si... et voilà. Plus d'affaire. Un procédé génial : si George ou Sarah avaient été assassinés, ou même si seule Sarah avait été liquidée, ou si l'affaire de George était allée jusqu'au procès, ç'aurait été comme dans un roman de John Grisham – un agent solitaire du FBI, qui combat l'establishment, dévoile une ignoble conspiration. Alors que là... plus rien !

– Qu'est devenue Sarah ?

– Je l'ignore. Ce n'était pas une amie. J'ai appelé au *Times* où son poste avait été supprimé. J'ai cherché son numéro de téléphone, mais je n'ai jamais pu la localiser. Et je n'ai plus jamais vu sa signature au bas d'un papier.

– Bon, qu'est-ce que ça prouve... ?

– Que des gens dans l'ombre mènent la danse. Ils peuvent concevoir des scénarios regrettables... et certaines personnes disparaissent.

– Tu crains que ça nous arrive ?

– Il y a des chances. Qui sait ce que Parker avait découvert par hasard – il est mort. Ou ce que Valentina savait – elle est morte. Ou ce que Manny était sur le point de trouver – on l'a menacé. En général, quand ces choses commencent à arriver, c'est que quelqu'un tient à protéger ses secrets. Si on continue à fouiner...

– On pourrait se retrouver en morceaux dans des ventres d'alligators ?

Jeffrey haussa les épaules.

– Quelqu'un a foutu la pétoche à l'inspecteur Ignacio. Ce n'est pas un trouillard. L'argument a dû être de taille.

Lydia opina.

– C'est vrai qu'il avait l'air terrorisé, comme s'il pensait devoir choisir entre sa famille et asticoter Nathan Quinn... au détriment de Tatiana.

Jeffrey ne pouvait l'en blâmer. Rien ne lui était plus cher que Lydia. S'il avait dû choisir, il aurait sacrifié n'importe qui – et d'abord lui-même – pour elle.

– Tu es prêt à laisser tomber ? Avec la vie d'une fillette dans la balance ?

– Si je croyais nos vies en danger, alors oui. Et toi, Lydia, peux-tu laisser tomber ?

Elle croisa les bras et se pencha en avant. Il avait des pattes-d'oie qu'elle voyait pour la première fois et ne s'était pas rasé. Elle se déchaussa et lui fit du pied. Sa nausée avait disparu, remplacée par cette familière sensation d'électricité dans ses veines. L'idée que des puissances occultes étaient à l'œuvre l'émoustillait irrésistiblement.

– Vingt-quatre heures...

– Quoi ?

– Je te demande vingt-quatre heures... Si on n'a rien trouvé d'ici à demain soir, même heure, on retournera à la maison et au train-train quotidien. Et je songerai sérieusement à une carrière de romancière... !

Quand le *buzz* était à son maximum, elle se sentait à l'épreuve des balles.

– Et si on trouve ? Qu'est-ce qu'on fait ? dit-il, affrontant son regard d'un gris d'orage.

Il lui prit les doigts et se mit à lui caresser l'avant-bras.

Mais ils n'étaient pas invincibles. Leur chair était tendre, leur cœur vulnérable. Et elle sentait qu'ils se tenaient au pied d'une sombre montagne.

Le contact brûlant de ses mains l'attirait dans le cercle magique de leur amour, mais elle ne pouvait chasser ces images : la fillette dans la cabine publique, les yeux de Shawna Fox, Jed McIntyre se balançant sur le parking, comme si son chaos intérieur le maintenait dans un perpétuel mouvement.

Elle chercha un bon mot pour le faire rire, lui donner du courage, mais ne trouva rien et se contenta de baisser les yeux.

– Je ne sais pas, admit-elle en lui touchant les doigts. On verra bien.

16

Lydia Strong avait écrit dans *L'Esprit de vengeance* que Jed McIntyre avait cherché à créer « une confrérie de malheureux » en assassinant treize mères célibataires dans l'État de New York. Ça l'avait impressionné d'être aussi bien compris. Au moment des faits, il n'en savait rien, mais avait fini par comprendre qu'il voulait que d'autres souffrent comme lui-même avait souffert quand son père avait égorgé sa mère. Il voulait qu'on comprenne sa douleur, son chagrin, sa solitude ; mais, évidemment, c'était plus profond. On ne choisit pas sciemment de devenir un tueur en série. C'est plutôt qu'on se sent très mal dans sa peau, quand un jour, par hasard, à la faveur d'une lecture ou d'une image à la télévision, on découvre un moyen d'alléger sa souffrance. Pour certains, ce sont les drogues ou l'alcool ; pour d'autres, la nourriture. Pour lui, c'était le meurtre. Mais il avait été touché, réellement ému que Lydia ait pris le temps de le connaître. Pour elle, il aurait eu envie de s'amender. Mais bien entendu, ce n'était pas possible.

Il avait tout de suite vu, au premier coup d'œil, qu'elle sortait de l'ordinaire. Sa beauté délicate, éthérée, son regard intelligent – ceci aurait changé la donne pour lui si on l'avait laissé en liberté. Il se rappelait quand leurs regards s'étaient croisés sur ce parking, au crépuscule, seize ans plus tôt. Elle avait deviné ses intentions, vu clair dans son âme déchirée ; son visage avait perdu ses couleurs, elle s'était empressée de verrouiller les portières, remonter les vitres – mais ensuite, elle s'était retournée avec un mélange de curiosité, de méfiance et de crainte. Malgré lui, il avait souri ; elle avait touché un point sensible. Il aurait dû prévoir que ce serait elle qui mènerait à son arrestation. Il avait été si imprudent cette nuit-là qu'il méritait d'être pris. Par sa faute, il avait été négligent.

C'était à peine s'il osait penser à elle, sauf une fois par mois, quand il lui écrivait. Lorsqu'il pensait à elle, même les médicaments ne pouvaient étouffer son désir. D'ailleurs, l'effet de ces cachets était discutable ; ils ne faisaient qu'atténuer les choses. C'était comme s'il existait derrière un écran opaque, méconnaissable, sa propre voix inintelligible, même à ses propres oreilles, mais c'était bien d'avoir ces pilules dans cette prison ; sinon, il serait sûrement devenu dingue.

Il distingua son reflet dans le miroir sans tain. Son pull orange n'était guère flatteur – une couleur horrible pour un roux à peau claire, qui le faisait paraître encore plus pâle et décavé, et ne mettait pas non plus en valeur le physique qu'il s'était forgé méthodiquement en prison. Il en fallait de la discipline, surtout mentale, pour s'entraîner avec ces doses massives de tranquillisants, mais c'était comme un défoulement. Il tirait une grande satisfaction de son corps mince et bien découplé, de ses muscles à rendre jaloux Arnold. S'il était mou et bedonnant en arrivant, aujourd'hui, c'était une bête... Il contempla les menottes à ses poignets musclés, qui étaient assorties à ses chaînes aux pieds. Cela lui donnait l'apparence d'un vulgaire truand, mais il avait comme l'impression qu'il ne les porterait plus longtemps.

Son interlocuteur s'était assis exprès au bout de la table en Formica. La mine pincée, le sourcil dédaigneux visaient à donner l'image de l'avocat d'élite. Jed savait reconnaître le complet à trois mille dollars, le hâle « week-end aux Caraïbes », les ongles manucurés, la montre suisse. La chevelure argentée semblait former un halo lumineux par contraste avec le bronzage ; les yeux bleus brillaient comme des pierres précieuses, dures et froides. Le genre d'avocats commis d'office qui l'avaient défendu jusque-là, maître Alexander Harriman s'en torchait le derrière.

Après sa dernière audition, deux ans plus tôt, Jed s'était résigné à passer toute sa vie derrière les barreaux. Quand il s'était présenté à la commission, il avait cru avoir réussi à convaincre ses psys qu'il avait trouvé Dieu et que sa « maladie mentale » était sous contrôle médicamenteux. On allait le transférer dans un centre de réadaptation où une évasion serait envisageable. Mais en passant la porte, il avait vu Jeffrey Mark, l'agent du FBI, assis devant les lettres qu'il envoyait tous les mois à Lydia Strong. Après tout ce temps, il l'avait toujours sur le râble... ! En fait, quand Mark avait plaidé avec passion à la barre contre son élargissement, Jed avait compris que ce type avait surtout le béguin pour Lydia Strong. Tiens, tiens, même les braves n'étaient pas insensibles aux lolitas de quinze ans... Lorsque la commission d'application des peines avait rejeté sa demande de remise en liberté, Jeffrey Mark avait souri. Mark, ce fumier, s'était penché de sa chaise pour lui dire :

– Et chaque fois, je serai là, salopard !

Mais c'était avant que maître Alexander Harriman n'apparaisse au parloir comme quelque ange vengeur

– enfin, plutôt Satan en personne venu acheter son âme. Ni lui ni son mystérieux client ne se rendaient compte qu'ils pourraient s'en mordre les doigts.

Depuis presque une heure qu'ils étaient assis dans cette pièce froide à l'éclairage violent, Harriman ne lui avait pas dit un mot, mais lui lançait parfois un regard oblique avec un air dégoûté et craintif. Ils sursautèrent quand la porte s'ouvrit brusquement sur le gardien.

– La commission est réunie, maître, et va vous entendre, vous et votre client, déclara un jeune Samoan corpulent aux cheveux crépus.

Il se pencha pour lui ôter les chaînes qui le retenaient à la table. Son collègue était resté à la porte.

L'avocat se pencha vers Jed et dit, dans un murmure féroce :

– Vous n'avez pas intérêt à nous doubler, moi ou mon client, monsieur McIntyre. Que ce soit bien compris... Sinon, vous serez revenu ici si vite que vos dents s'entrechoqueront. Et il n'y aura pas d'autre occasion. Vous pourrirez ici avant de pourrir en enfer. Est-ce clair ?

Ses paroles étaient comme des coups de poing, aussi durs à encaisser, mais Jed retint sa langue et se fit aussi obséquieux que possible sans rigoler. Franchement, il aurait été prêt à lui lécher les bottes pour sortir de ce trou.

– Bien sûr, maître ! Merci !

Sa bonne conduite fut récompensée quand il entra dans la salle où la commission s'était réunie. Jeffrey Mark ne faisait pas partie des dix personnes siégeant, et il n'y avait pas un seul des médecins qui l'avaient traité pendant ces seize années. En fait, il n'avait jamais vu ces gens-là de sa vie.

17

La journée commença sous de mornes auspices, avec de gros nuages noirs au-dessus de la plage. Le soleil commençait tout juste à se lever lorsqu'elle quitta Jeffrey, enroulé dans l'édredon comme un *burrito*, pour aller courir pour la première fois depuis longtemps. Courir était sa religion. Ce jour-là, son corps était contraint à faire pénitence après des semaines d'inactivité, mais elle tirait un plaisir animal à n'être plus que des muscles et des poumons, des veines parcourues d'endorphines. Au bout des deux premiers kilomètres sur le sable frais, bercée par le cri des mouettes et grisée par l'odeur de marée, elle trouva son rythme de croisière. Son esprit était clair, et elle put réfléchir à la suite des opérations.

Les éléments du puzzle ne s'ajustaient pas très bien ; tout était un peu de guingois, y compris la façon dont Jeffrey et elle avaient été impliqués. Depuis leur conversation de la veille, elle avait commencé à se demander s'ils n'étaient pas tombés sur un trop gros morceau... et s'il ne valait pas mieux se désister tant que c'était possible. Mais elle ne pourrait accepter moralement cela que si elle avait la preuve que s'obstiner représentait un danger mortel ; si elle était certaine que toutes ces menaces voilées n'étaient pas qu'un nuage de fumée et un jeu de miroirs, des ruses de magicien pour les intimider.

Elle accéléra l'allure et respira plus lentement, cap sur une jetée où elle avait l'intention de faire demi-tour. La plage était presque déserte et le tonnerre grondait dans le lointain ; les vagues étaient grosses et couronnées d'écume. Une vieille dame en maillot blanc à pois rouges, coiffée d'une capeline en paille, sourit sur son passage. Un petit garçon maigrichon, en slip de bain, jeta son Frisbee à un labrador noir qui l'emporta dans sa gueule, forçant son jeune maître à le poursuivre et le plaquer au sol ; le jeu semblait les ravir, et ils pataugeaient à plaisir. Le vent portait jusqu'à ses oreilles les cris de l'enfant et les aboiements.

Elle était si captivée par leur manège, le spectacle de ce bonheur candide, qu'elle ne remarqua pas tout de suite les deux individus qui venaient à sa rencontre. Quand elle se rendit compte qu'ils s'étaient arrêtés, lui barrant la route, et ne regardaient pas l'océan mais sa propre personne, elle s'immobilisa. Son sac-banane, solidement attaché à sa taille, contenait son Glock, et elle tira sur le zip.

Les deux hommes, un Noir et un Blanc, se remirent à marcher dans sa direction. Le Blanc portait un jean repassé et de grosses bottes Timberland, un léger coupe-vent sur un T-shirt blanc. Sa tête formait un cube presque parfait. Un gros cube, même, avec ses épaules massives. Il n'avait pas de cou mais se rattrapait au niveau du menton, qui était gigantesque. Le Noir, longiligne, portait un T-shirt anthracite, une sur-chemise en coton, un pantalon de treillis qui n'avait pas un pli et des chaussures noires Bruno Magli. Ses petites nattes de rasta étaient lâchement attachées en arrière. Ils étaient bien armés. Le Blanc portait son arme à l'épaule ; le Noir à la taille. Une fois près d'elle, ils observèrent les parages. La plage, soudain, était complètement déserte ; il tombait quelques gouttes.

Elle avait deux options. La première – la plus attirante – était de faire volte-face et de partir en courant. Mais ils étaient bien plus grands qu'elle et en bonne condition physique ; donc ils n'auraient aucun mal à la rattraper avec leurs longues jambes. Ou alors, elle tirait d'abord sur le Noir, parce qu'il avait son arme à la taille, et butait ensuite le Blanc pendant qu'il bataillait avec ce maudit holster.

Mais en voyant leurs yeux, elle rengaina son Glock. À l'air fat, mains aux poches, de Grosse Tête, à la façon dont Bouclettes ne quittait pas des yeux son sac-banane, elle comprit que c'était des fédéraux. La chute de son taux d'adrénaline la laissa un peu faible malgré sa colère.

– Vous avez un permis de port d'armes, mademoiselle Strong ?

Ah, c'était comme cela !

– C'était trop simple de venir à l'hôtel ? On vous apprend à sauter sur les gens, à Quantico ?

– Agent Negron, dit Grosse Tête, ignorant le commentaire acide mais prenant l'air pincé, et voici mon collègue, l'agent Bentley. Nous aimerions parler de votre visite à Valentina Fitore.

Elle prit sa carte, la scruta en faisant exprès de comparer la photo sous étui de cuir avec la réalité.

– C'était une courte visite..., dit-elle enfin.

– Il paraît. Peut-on se voir tranquillement ?

– Absolument ! À mon hôtel, dans une demi-heure.

Elle leur tourna le dos et courut jusqu'à l'hôtel. Elle n'aimait pas être bousculée par des fédéraux ; elle leur parlerait à ses conditions ; s'ils n'étaient pas d'accord, ils pouvaient toujours la poursuivre pour l'arrêter...

À l'heure dite, ils montèrent à sa chambre. Lydia commanda du café et des viennoiseries et, les présentations faites, ils s'installèrent dans le coin-salon ; les deux agents sur le divan, Jeffrey dans le fauteuil blanc, et Lydia perchée sur l'accoudoir. Elle leur parla de la lettre et de la cassette, de sa visite à Valentina et de la Mercedes.

– Vous avez déclaré à la police qu'elle n'avait pas de plaque minéralogique, dit Negron, prenant des notes sur son Palm Pilot.

– En effet.

– Vous êtes formelle ?

– Bien entendu !

Malgré le choc, elle avait eu la présence d'esprit de le vérifier.

– Et d'après vous, ce n'était pas un accident ?

– Qu'est-ce qui vous chagrine dans ce scénario ? On l'a délibérément écrasée. Le fait est indéniable.

– Qui savait que vous seriez là ?

– À ma connaissance ? Jeffrey, l'inspecteur Ignacio et notre bureau à New York. Vous, peut-être, si vous aviez mis le téléphone de l'inspecteur sur écoute.

– Pourquoi êtes-vous allée la voir ? demanda Negron, plissant les yeux mais sans répondre à son commentaire.

– Parce que je la soupçonnais d'avoir des infos sur la disparition de Tatiana... Je voulais la convaincre de se confier à moi.

– Et elle est morte avant ? Ou vous a-t-elle parlé ?

– Elle n'en a pas eu le temps.

– Pourquoi avoir présumé que c'était elle, votre correspondante ?

– Ça me semblait logique. Elle était tout le temps chez les Quinn, au contact de la famille.

– Il y a une faille dans votre théorie, mademoiselle Strong, car cette femme était illettrée.

Lydia se rembrunit. Évidemment, c'était une faille, mais cela pouvait être aussi bon signe, car si quelqu'un l'avait aidée à rédiger cette lettre, alors ce quelqu'un pouvait être retrouvé.

– Qu'en savez-vous ?

– La façon dont nous obtenons nos informations est confidentielle, répondit sèchement Negron. Comment une immigrée aurait-elle pu vous connaître ? Vous n'êtes pas une star... Pourquoi s'adresser à vous plutôt qu'à la police ?

– Ça, je l'ignore, mais je vous rappelle que je n'ai rien fait de mal et je n'apprécie pas votre attitude. Je suis un particulier ayant reçu un courrier d'une personne le sollicitant. C'était mon droit d'aller la voir. Je regrette seulement que notre rencontre se soit soldée par ce meurtre.

– Mademoiselle Strong, dit l'agent Bentley, qui prenait la parole pour la première fois et s'avéra être le plus gradé, avec sa voix douce mais autoritaire. Valentina Fitore était la sœur de Sacha Fitore qui, comme vous le savez déjà, hélas, fait actuellement l'objet d'une enquête pour sa participation présumée à des affaires de crime organisé. Il entre aussi dans le cadre d'une enquête plus vaste ultraconfidentielle. C'est la raison pour laquelle nous ne pouvons rien vous dire. Ce que je puis vous affirmer, c'est que votre enquête nuit à la nôtre.

– Je ne vois pas comment...

– Peu importe, que vous ne voyiez pas comment..., dit-il sèchement. Je vous préviens seulement que vous faites fausse route. Croyez-moi quand je vous dis que vous ne vous rapprocherez pas de Tatiana en nous mettant des bâtons dans les roues.

Jeffrey comprit qu'elle allait piquer sa crise et il lui prit le bras, avant de se pencher en avant.

— Qu'attendez-vous de nous, les gars ? Je suis sûr que vous avez assez potassé pour savoir qui nous sommes, quels sont nos contacts, le fait que mon agence est dirigée par d'anciens membres du Bureau et continue à travailler avec le Bureau. Essayons de nous entraider...

— Justement ! dit Negron, nous ne voulons pas de votre aide. Et si vous voulez vous aider vous-mêmes, ne nous marchez pas sur les pieds...

Bentley jeta un regard réprobateur à son coéquipier.

— Ce que mon collègue veut dire, c'est que la situation est très délicate. Si vous nous faites échouer, croyez-moi, tout le monde en pâtira !

Ils se levèrent en même temps et l'agent Negron déclara :

— Si vous avez d'autres questions...

En ouvrant la porte, ils tombèrent nez à nez avec le jeune blond au visage poupin qui s'apprêtait à frapper.

— Vous ne restez pas pour le petit déjeuner ? fit Lydia, suave.

Bentley la regarda d'un sale œil et sortit en bousculant l'employé, suivi de son acolyte. Lydia signa la facture et referma la porte.

— On n'est pas très populaires, hein ? dit-elle en choisissant un feuilleté aux framboises.

Le glaçage sucré, la pâte et la garniture acidulée fondirent dans sa bouche et annulèrent aussitôt les bénéfices de sa petite course.

— De quelque côté qu'on se tourne, il y a quelqu'un pour nous dire d'aller voir ailleurs, on dirait...

— Et c'est en général une bonne raison pour n'en rien faire...

Trois viennoiseries et une tasse de café plus tard, ils étaient en route pour assister à la cérémonie funèbre en l'honneur de Valentina Fitore. La légère averse du matin n'avait en rien diminué la chaleur étouffante, et les nuages épais empêchaient les rayons du soleil de filtrer.

Jeffrey observa les véhicules sur le parking en se demandant lequel appartenait au FBI. Sans doute la fourgonnette blanche, à l'angle. Il espéra qu'ils ne se feraient pas arrêter en continuant à mener une enquête qu'on leur avait conseillé d'abandonner – Jacob pousserait les hauts cris s'il devait envoyer des avocats en Floride. Il n'avait pas encore parlé à Lydia de ses problèmes avec ce dernier. Il aurait pu le faire la veille, mais n'était pas encore certain à cent pour cent d'avoir raison. Mieux valait attendre.

Jacob, Christian Striker et lui-même avaient fondé l'agence sept ans plus tôt. Anciens agents du FBI, ils en avaient assez du Bureau, de sa paranoïa ambiante, et avaient décidé qu'ils seraient plus efficaces en travaillant à leur compte. Ils l'avaient prouvé au-delà de leurs espérances, et ce pour une bonne part grâce à Lydia, à sa contribution comme consultante et à la publicité entourant ses livres. Jeffrey avait poussé à la roue pour l'associer à l'affaire. Christian était d'accord, mais Jacob renâclait. Jeffrey y voyait une confirmation de ce qu'il avait toujours pensé, c'est-à-dire que Jacob ne pouvait pas la sentir.

– Elle pompe nos finances..., se lamentait-il.

– Tu parles !

Même si elle avait tendance à dépenser sans compter dans le cadre des enquêtes, le succès de ses livres attirait une clientèle fortunée. Avant *Le Meurtre des pom-pom girls*, la première enquête de Lydia, ils se coltinaient des fraudes fiscales et travaillaient en freelance avec le FBI et la police de New York sur de vieilles affaires poussiéreuses et d'autres qui étaient trop délicates pour des fonctionnaires astreints à suivre certaines procédures. La trésorerie était saine, mais maigre. Ils n'avaient pas fait de bénéfices jusqu'à l'arrivée de Lydia. Récemment, Jeffrey avait demandé à voir les comptes, ce qui ne l'avait jamais intéressé auparavant – il se reposait en ce domaine sur Jacob. Mais depuis un mois Jacob éludait la question. Lorsque Jeffrey, lassé, avait essayé de se connecter à l'ordinateur de l'agence, il avait découvert qu'il fallait un mot de passe pour accéder au programme de comptabilité. C'était le jour où Lydia était revenue de sa tournée de promotion. Comme ils étaient partis le lendemain pour Miami, il n'avait pas pu en parler à Christian. Et il n'était pas prêt à affronter Jacob.

Sa conversation avec Lydia, la veille, avait ravivé un vieux souvenir : un souvenir qu'il avait choisi d'omettre en lui racontant l'histoire. Ça ne lui ressemblait pas de refouler des choses dans son subconscient et il commençait à s'interroger sur la confiance qu'il avait mise en Jacob depuis si longtemps. Il tirerait l'affaire au clair à leur retour à New York, c'est-à-dire peut-être ce soir même.

Le centre, un petit bâtiment quelconque peint d'un jaune et blanc pimpant, se trouvait dans une ruelle poussiéreuse, à l'écart de tout. Il y avait une boutique de cordonnier avec une vitrine lézardée et un écriteau FERMÉ. L'écriteau semblait là depuis longtemps. Un bâtiment plus grand, sans doute un entrepôt, était dépourvu de tout signe d'identification. Le centre se signalait par un discret panneau à la porte – CENTRE ALBANAIS – sous lequel était inscrit quelque chose dans une langue étrangère – sûrement de l'albanais, comme Lydia le déduisit finement. À côté de la porte, un tableau d'affichage vitré montrait la photo de Valentina, indiquait la date et l'heure de la cérémonie. Suivaient quelques paragraphes en albanais. C'était bien maigre, se dit Lydia, qui songea : On traverse un tourbillon d'émotions, de rêves, d'expériences, de difficultés ; on élève des enfants. Chacun croit sa vie importante, ses problèmes insurmontables, ses succès enthousiasmants. Et, pour finir, votre photo s'affiche dans un cadre et votre vie se résume à un instantané et à quelques mots aimables sur un morceau de papier. Une voix puissante filtrait à travers les portes. Ils entrèrent sans faire de bruit et trouvèrent un coin dans la pénombre, à l'écart mais d'où ils pouvaient voir les visages des participants.

La salle était toute simple – un plancher ciré et des murs blancs fraîchement repeints. Des rangées de fauteuils faisaient face à une scène où une photo de Valentina – la même que celle affichée au-dehors, en plus grand – était exposée sur un chevalet parmi des bouquets d'œillets. Un gros bonhomme vêtu d'un costume minable et portant une perruque affreuse parlait depuis l'estrade d'une voix forte en albanais, la larme à l'œil. L'assistance était clairsemée ; certains remuaient, d'autres toussaient, d'autres encore pleuraient.

Lydia survola la salle du regard. Sacha Fitore, au premier rang, avait passé le bras autour des épaules voûtées d'une femme qui avait de longs cheveux roux et la peau pâle, et qui se cachait la figure dans les mains. Sûrement Marianna – c'était sans doute elle qui avait aidé Valentina à rédiger la lettre. Les yeux de Sacha étaient rouges et cernés, mais sa face était inexpressive, sauf sa bouche, marquée d'un pli dur.

Les deux rangs précédents étaient occupés par une population hétéroclite exclusivement masculine, au coude à coude. Vêtus de complets noirs mal coupés, de formes et de tailles diverses, ils avaient le visage de marbre, les bras croisés. L'un d'eux avait une balafre qui partait de l'œil pour se perdre sous son col de chemise.

– Quelles gueules ! murmura Jeffrey.

– Sans doute sa bande..., répondit Lydia, et il opina.

La cérémonie semblait dénuée de tout caractère cultuel et Lydia se rappela que la religion avait été proscrite en Albanie par le dictateur Enver Hoxha en 1967 et que, même après la chute du régime communiste, les gens avaient mis du temps à renouer avec leurs pratiques. Valentina avait certainement été élevée dans la foi musulmane, mais sa fille était sans doute agnostique. Lydia songea à sa mère, catholique dévote, et se rappela vaguement ses obsèques à travers un brouillard. Mais elle se souvenait fort bien de ce vide en elle, de la peur paralysante et de la tristesse qui l'avaient assaillie quand le cercueil avait été descendu dans la fosse. Le hurlement qu'elle avait ravalé, l'idée de sa mère toute seule dans cette terre froide lui déchirant le cœur. Elle hocha la tête comme pour chasser ces souvenirs et Jeffrey, devinant probablement le cheminement de ses pensées, lui prit le bras.

Bien entendu, ils n'étaient pas venus ici pour rendre leurs derniers devoirs à Valentina. D'expérience, Lydia savait que les mariages et les enterrements sont propices aux éclats. Bouleversés, les individus craquent, et parfois on glane quelque chose rien qu'en observant les conduites, les réactions. Marianna et Sacha se comportaient normalement – Sacha un peu raide, comme s'il se sentait espionné. Marianna s'abandonnait à ses pleurs sans se gêner. Les gangsters se tenaient comme des soldats, vigilants et protecteurs, sinistres. Les autres membres de l'assistance avaient l'air graves, mais pas personnellement affectés ; sans doute des voisins et des compatriotes. Dans tout autre contexte, Lydia et Jeffrey auraient cherché des suspects dans cette assemblée – là, ils cherchaient simplement dans quelle direction orienter leur enquête.

L'orateur quitta la scène et tendit la main à Marianna qui, quand elle se leva, se révéla être plus grande que ne l'avait cru Lydia. Un teint laiteux, des yeux d'un vert rivalisant avec celui des océans et des pierres précieuses, c'était une fille splendide. Sa chevelure, épaisse comme des pelotes de laine, était d'un roux flamboyant et elle avait la grâce et le maintien d'une ballerine. C'était le genre de beauté qui met les hommes à genoux et pousse les femmes à aller dans un cabinet de chirurgie esthétique.

– Ma mère, dit-elle en anglais, s'effaçait toujours derrière les autres. Elle ne pensait jamais à elle...

Pendant un instant, la jeune fille parut regarder directement Lydia avec une ardeur, une sorte de colère dans les yeux. Sur le coup, cette dernière crut qu'on la tenait pour responsable de la mort de Valentina, mais quand, avec une discrétion extrême, elle regarda en arrière, elle s'aperçut que Marianna visait en fait une femme petite qui semblait se cacher dans l'ombre. Elle portait une modeste robe noire sans manches, agrémentée d'un rang de perles. Son visage était masqué en partie par un chapeau de paille également noir et des lunettes de soleil, mais Lydia reconnut presque aussitôt Jenna Quinn. Elle tira sur la manche de Jeffrey qui lui fit signe qu'il l'avait déjà vue.

Marianna continuait son discours en albanais, oscillant entre tristesse et colère. Elle n'avait regardé qu'une fois Jenna et gardait les yeux baissés, pour dominer les tremblements de sa voix. Lydia compatissait. Une fille aussi jeune avait besoin de sa mère. Elle-même, à bientôt trente-deux ans, ressentait parfois durement l'absence de la sienne. Entre elles, ce n'étaient que batailles au sujet des coiffures, des vêtements, du maquillage et des garçons, des devoirs et de la télévision. Il en allait sans doute ainsi chez Marianna. Mais, en enterrant sa mère, Lydia avait aussi enterré son enfance. Elle ne serait plus jamais la fille de quelqu'un, n'aurait plus jamais avec personne ce lien d'intimité, parfois aussi pesant qu'une chaîne. Elle s'interrogea sur ce lien entre Jenna et Tatiana ; avait-il jamais existé, existait-il encore, pouvait-il être rompu – et par quoi ? Elle fut surprise de voir, du coin de l'œil, Mme Quinn se tamponner les joues avec un mouchoir. Tu ne sais pas tout, lui chuchotait sa voix intérieure. Quand elle se tourna de nouveau, l'autre était partie.

À la fin de la cérémonie, les gangsters entourèrent leur chef et sa nièce et les entraînèrent rapidement au-dehors, mais Lydia avait pu échanger un regard avec Marianna. Elle les suivit et vit la jeune femme monter avec deux des types dans une limousine qui partit lentement. Lydia et Jeffrey restèrent dans l'entrée, à la porte, tandis que la salle se vidait.

Une autre limousine noire s'avança. Sacha parla à ses sbires, jeta au balafré un trousseau de clés. L'homme partit au petit trot et, quelques secondes plus tard, la Porsche Boxster tournait au coin et décollait avec un crissement de pneus qui arracha une gueulante à Sacha et des rires aux autres. La limousine attendait toujours lorsque les hommes s'entassèrent dans deux Land-Rover noires. Une vitre s'abaissa et une main délicate émergea, tenant une cigarette. Sacha la prit et tira une bouffée, glissa sa main libre à l'intérieur de la voiture, comme pour caresser une joue, et un sourire s'épanouit sur sa face. Il jeta la cigarette et ouvrit la portière, s'installa face à l'inconnue. La même main fine se tendit pour refermer la portière et Lydia reconnut le bord du chapeau de paille. La limousine suivit l'une des Land-Rover et fut prise en filature par l'autre.

– Intéressant, dit Jeffrey.

– Très !

– Je ne peux pas vous parler, Lydia. Ne me mettez pas dans cette situation...

– Quelle est la connexion, Manny ? Je ne vous demande que cela.

Il avait bien voulu les retrouver dans le petit restaurant cubain où ils avaient déjà déjeuné, mais semblait le regretter.

– J'avais cru comprendre que c'était vous qui aviez une info pour moi...

– Ça ne vous suffit pas d'apprendre que Sacha Fitore et Jenna Quinn se fréquentent ?

– Écoutez, je suis seulement venu vous dire que l'affaire Tatiana était classée. On a déclaré officiellement qu'elle avait fugué.

– Alors pourquoi vous donner la peine de venir ? Vous pouviez me l'annoncer au téléphone.

Il haussa les épaules. Il souffrait, et cela se voyait. Sa curiosité n'était pas encore assouvie ; c'était un crève-cœur pour lui d'abandonner en cours de route. Mais on voyait aussi que sa décision était prise à l'angle de sa mâchoire, à sa façon de dérober son regard. Ce changement était incroyable. Elle était déçue, et il le vit. Il se leva pour partir.

– Je ne sais pas pourquoi je suis venu. J'ai eu tort.

– Et Steven Parker ? Avez-vous appris quelque chose qui pourrait nous servir ? lança Jeffrey qui se rattrapait à des bouts de ficelle.

– Oui. Ne vous foutez pas la tête dans la gueule d'un alligator !

Jeffrey eut un rire jaune, opina et prit une gorgée de *café con leche*.

– J'espère que vous arriverez à dormir la nuit, dit Lydia, doucement, mais assez fort pour se faire entendre de la porte.

C'était une vacherie ; elle savait qu'il n'avait pas le choix, mais elle était irritée et frustrée. Il se tourna vers elle, la main au mur, comme pour s'y retenir. Il soupira.

– S'il y a quelque chose que j'ai appris au fil des ans – Steven Parker le savait, lui aussi –, c'est que ce n'est pas l'argent, mais le goût du lucre qui est la racine du mal. Cherchez l'argent ; voyez où ça vous mène, dit-il, et il poussa la porte dans un tintement de clochette.

Les bruits de la rue pénétrèrent dans le restaurant.

– Quoi ?

– Vous avez bien entendu...

La porte se referma derrière lui.

Ils se regardèrent.

– Toi, le grand détective, qu'est-ce que tu en penses ?

– Craig a dit que les affaires de Nathan Quinn étaient propres, si j'ai bien compris ?

– D'après lui...

Il contempla le fond de sucre doré dans sa tasse, le fit tourner comme pour y lire l'avenir.

– Et les actifs de sa femme ?

– Les Albanais n'ont pas d'actifs. C'est le peuple le plus pauvre d'Europe. Une prostituée, en plus...

– C'est lui qui le dit...

Elle haussa les sourcils.

– Très juste !

160

– A-t-on un moyen de savoir qui elle était avant de l'épouser ?

– Si le mariage a été prononcé aux États-Unis, Craig pourra se procurer le certificat de publication des bans et son nom de jeune fille. Ce serait un bon début.

Du hall de l'hôtel, elle contacta Craig et lui demanda de la rappeler depuis une cabine publique.

– Vous en faites des mystères ! dit-il après s'être exécuté.

– Il s'en passe de drôles ici... crois-moi !

Elle lui indiqua ce qu'elle voulait savoir.

– Une fois que j'aurai son nom, je cherche dans quoi ?

– Dossiers bancaires, tout ce qui pourrait sembler louche – gros retraits ou dépôts, comptes personnels à l'étranger. Tu peux ?

Il eut un ricanement dédaigneux.

– Bien sûr ! Comment devrai-je te contacter ?

– Je te rappelle dans quelques heures.

– Vous ne deviez pas revenir ce soir ?

– Possible. On verra...

Elle raccrocha et appuya le front contre le plastique froid du combiné avant de retourner au bar où Jeffrey l'attendait. Ils avaient réservé sur le vol partant de Miami à vingt heures dix. Elle lui avait promis la veille que si rien ne se débloquait ce soir, à dix-sept heures, ils feraient leurs bagages... Il était quatorze heures passées. Le lien entre Jenna et Sacha était intéressant, mais ils n'étaient pas plus avancés pour autant. Pour le moment, en tout cas.

Un petit tiraillement à l'estomac, quand elle se jucha sur le tabouret, lui rappela qu'elle était un peu patraque depuis sa nausée de la veille. Elle avait traité cela par le mépris. Jeffrey n'eut aucune réaction. Il était déprimé, flapi. Elle qui comptait sur son sens de l'humour et son énergie pour contrecarrer sa propre tendance dépressive se sentait désarmée devant son coup de blues.

— Bon, analysons la situation avant de nous décider, dit-il.

Il retira la petite serviette posée sur son cocktail et sortit son stylo Mont-Blanc. Cela lui rappela celui qu'elle avait trouvé sur le seuil de sa maison au Nouveau-Mexique, cadeau d'un tueur en série. Elle frissonna en le voyant griffonner sur la serviette en papier.

— On a Tatiana, disparue depuis presque deux mois. Valentina assassinée. Steven Parker aussi. Jenna Quinn fraternisant avec un gangster notoire qui est — coïncidence ? — le frère de sa bonne. L'inspecteur Ignacio menacé, semble-t-il, au point de ne plus rien vouloir savoir de nous et de l'affaire sur laquelle il suait pourtant sang et eau. Qui l'aurait menacé ? Mystère. Tatiana officiellement déclarée fugueuse par la police. Les fédéraux débarquant, prétendant qu'on marche sur leurs plates-bandes. Et Nathan Quinn, homme puissant, effrayant.

Le fruit de ses gribouillages ressemblait à l'œuvre d'un cubiste sous L.S.D.

— N'oublions pas Sacha Fitore, poursuivit-il. Qui est-il ? Quel est son lien avec tout ceci ?

— Quel foutoir ! s'exclama Lydia, soudain dépassée par cette avalanche d'éléments qui ne s'emboîtaient pas.

— Tu l'as dit. Trop de répercussions pour la disparition d'une fillette. Tu as raison : ça cache un truc vraiment moche. Tatiana n'est que l'aileron à la surface des choses...

– Très poétique !

Comme il ne souriait pas, elle lui mit la main sur l'épaule.

– Qu'y a-t-il ? C'est moi qui suis censée être l'intuitive. Toi, celui qui ne voit que les faits, le type rationnel, le roc ! Notre numéro était bien rodé...

Il pivota sur son tabouret et lui mit la main sur la cuisse.

– Je suis vanné, c'est tout. Je voudrais rentrer ce soir à New York, mais ne m'en sens pas le droit moral, et tu es comme moi...

Elle commanda un club-soda dans l'espoir de calmer son estomac et grignota des cacahuètes.

– Rien ne compte plus que toi dans ma vie, dit-elle doucement, sans le regarder. Je te fais une confiance absolue. Aussi, si tu sens viscéralement qu'il vaudrait mieux renoncer – on s'en va !

Elle était sincère, même si elle savait qu'il ne la forcerait jamais à abandonner. Pourtant, elle l'aurait fait s'il le lui avait demandé. Cela lui resterait peut-être en travers de la gorge par la suite, mais elle était prête à faire n'importe quoi pour lui. Était-ce le secret de leur entente parfaite ? – chacun aurait tout abandonné pour l'autre, sans rien exiger de lui.

Il la considéra, attendant qu'elle relève les yeux. Elle dégageait une énergie électrique, indomptable. Mieux valait ne pas être sa bête noire. Mais elle avait ses points sensibles qui l'émouvaient, le faisaient fondre. Et elle le surprenait toujours. Sentant sa main sur son épaule, elle leva les yeux sur lui.

– O.K. ? dit-elle.

– O.K. Un jour de plus.

– Mademoiselle Strong ?

Le maître d'hôtel s'approchait. Avec ses cheveux grisonnants, ses rieurs yeux bleu glacier et sa peau tannée, il avait l'air d'un capitaine à la retraite en dépit du smoking et des ongles manucurés.

– Oui ?

– Un appel... Vous le prenez au bar ?

Elle acquiesça et il lui tendit un sans-fil. Elle crut que c'était Craig, même s'il était encore trop tôt.

– Allô ? dit-elle en sentant le regard curieux de Jeffrey.

– Lydia Strong... ?

– Qui la demande... ?

– J'ai des informations pour vous.

Une jeune femme. Elle chuchotait, et Lydia entendait de la musique et des voix exubérantes en arrière-fond. Il y avait de la crainte et de l'incertitude dans cette voix, et elle sut aussitôt qu'il ne s'agissait pas d'une criminelle. Mais comment se faisait-il que tout le monde la savait au Delano Hotel ? Il faudrait apprendre à être un peu plus discrète à l'avenir...

– À quel sujet ?

– Tatiana.

– Bien. Que voulez-vous ?

– Vous voir. En particulier.

– Quand... et où ?

– Au Point-G... une boîte de nuit sur South Beach. Ce soir après minuit... je vous trouverai.

Les corps transpiraient et ahanaient, la musique de Crystal Method cognait dans les haut-parleurs et une forte lumière stroboscopique prêtait aux danseurs des mouvements saccadés. La cacophonie des voix ajoutait une couche supplémentaire au tintamarre ambiant. Tout en se frayant un chemin dans la foule, à la recherche d'une femme qu'elle n'avait jamais vue,

Lydia se jugea trop vieille d'environ cinq ans pour la clientèle du Point-G.

La journée avait mal débuté et promettait d'empirer, alors qu'elle se dirigeait péniblement vers le bar. Même pendant ses années de fac, ce type d'ambiance ne l'avait jamais attirée ; la musique beuglante, la presse, les regards concupiscents l'avaient toujours remplie d'une vague panique. Comme si toute cette énergie, cet enthousiasme aveugle, cette pulsation accablante étaient de nature explosive et que l'euphorie induite par l'alcool et les drogues pouvait à tout instant dégénérer en émeute. Elle avait toujours vu dans ces hangars aménagés, avec leur espace immense, leurs recoins sombres et leur musique assourdissante, l'habitat naturel des prédateurs. Ils rôdaient là, guettant leurs proies : des femmes trop jeunes, innocentes, ivres ou camées pour réaliser le danger alors même qu'elles étaient en plein dedans.

Après avoir hurlé au barman chauve, plein de tatouages et de piercings, qu'elle désirait un cocktail, elle consulta sa montre et vit qu'il était presque minuit. À New York, s'ils avaient pris le vol de vingt heures dix, elle aurait déjà été au lit. Or, voilà que Jeffrey était à l'hôtel, en train de fulminer, et elle devant un comptoir pris d'assaut. Quand le barman lui apporta sa consommation, Lydia lui tendit un billet en lui criant de garder la monnaie et se fraya un chemin dans l'autre direction. Le type découvrit en souriant un petit clou d'argent au bout de sa langue. Elle n'aimait pas les gens qui se faisaient percer dans les zones sensibles.

Elle repéra un coin tranquille à travers la fumée, libéré par un couple de Noirs superbes – elle, tout en jambes et pommettes, lentilles de contact bleu lavande, lui, musclé comme il n'est pas permis, cheveux pommadés, trop parfumé. Elle s'assit sur la banquette de velours écarlate, le plus en vue possible des gens qui entraient. Son cocktail était atroce – la vodka la moins chère, et non le Ketel-One qu'elle avait commandé. Elle le but, bien que sachant qu'une migraine fulgurante serait le prix à payer. De son aumônière en velours, elle tira un paquet de Dunhill qu'elle avait acheté dans le hall de l'hôtel, en sortant. Si Jeffrey s'en rendait compte, et on pouvait y compter, elle l'entendrait ! Elle avait cessé de fumer un an plus tôt et, avec un pincement au cœur, elle déchira le film transparent, retira une cigarette et l'alluma avec son petit briquet noir. C'était bon, très bon. Elle aspira la fumée comme on embrasse un amant qu'on avait perdu de vue. Fumer, c'était cela pour elle, comme une liaison avec un homme violent qu'on ne parvient pas à quitter parce qu'il vous fait jouir. Certes, c'était désastreux pour la santé, mais quand c'était bon, c'était si bon qu'elle ne pouvait imaginer de s'en priver. Et même durant sa période d'abstinence, elle n'avait jamais cessé de songer à s'y remettre, tant le souvenir du plaisir était vif.

Elle surprit son reflet dans le miroir. Ses cheveux d'un noir de jais étaient tirés en queue-de-cheval et luisants de gel. Son seul maquillage était un rouge à lèvres MAC. Son dos-nu moulant Jean-Paul Gaultier était assez décolleté et découvrait ses hanches au-dessus d'un pantalon de cuir. Sa paire de bottines, qui avait coûté un prix fou, la faisait souffrir le martyre. Son reflet lui rappela le passé – l'époque heureusement révolue où elle se refusait à admettre son amour pour Jeffrey. Elle avait eu plus d'aventures sans lendemain que toute une saison de *Sex and the City*. C'était une phase de sa vie dont ils ne parlaient jamais. Lui aurait-il pardonné si elle avait précisé qu'elle ne cherchait alors qu'à s'étourdir pour l'oublier ? C'était un risque qu'elle n'avait pas voulu prendre. En outre, il ne lui avait jamais demandé combien d'amants elle avait eus, et ce n'était pas un renseignement qu'elle lui donnerait volontiers.

Malgré le brouhaha, elle entendit gazouiller son téléphone. Comme elle plongeait la main dans son sac, ses doigts frôlèrent le froid métal du Glock. Le numéro du mobile de Jeffrey s'afficha.

— Oui ?

— Elle n'est pas encore là ?

— Non.

— Tu vas attendre encore longtemps ?

— Où es-tu ?

— À l'hôtel.

— Menteur !

— Tu ne croyais tout de même pas que j'attendrais dans la chambre pendant que tu allais en pleine nuit rencontrer la femme-mystère... au Point-G ! Ma parole, tu fumes... !

— Toujours à mes trousses, je vois...

En féministe patentée, elle se sentait obligée de déplorer ses tendances surprotectrices, mais se réjouissait en fait secrètement qu'il soit toujours là. D'ailleurs, elle en aurait fait autant si les rôles avaient été inversés.

— Elle m'a demandé de venir seule, Jeffrey, dit-elle comme on s'adresse à un bambin buté.

— Tu me vois ?

— Non.

— Donc, fais comme si je n'étais pas là !

— Mon héros !

— En cas de besoin, compte sur moi.

– Dans mon pays, une belle femme comme vous ne resterait pas longtemps seule. Mais ici – il eut un geste magistral – ces hommes américains ont peur de vous approcher. Moi, je n'ai pas peur.

– S'ils ont peur, c'est pour une bonne raison, dit-elle en le fusillant du regard.

Elle attendait depuis plus d'une heure et commençait à perdre patience. Mais elle était flattée : elle avait fait de son mieux pour se donner l'air inabordable et ça ne marchait pas. C'était le troisième qu'elle devait rembarrer, et elle en avait assez d'être polie.

Il s'installa en riant avec l'aisance de celui qui est le bienvenu. C'était la vulgarité en personne, et tous les coûteux atours et accessoires de la terre n'y changeraient rien. Avec ses cheveux gominés, sa chemise en soie bordeaux ouverte jusqu'à son nombril poilu, ses nombreuses chaînes en or et son jean moulant, on aurait dit le jumeau abruti de Tony Montana.

– Écoutez, dit-elle, en se penchant jusqu'à humer le parfum écœurant de son eau de toilette. Barrez-vous !

Ses yeux s'écarquillèrent et son sourire se décomposa. Il gloussa et regarda si on avait entendu, puis fit un effort pour retrouver son attitude doucereuse et le sourire. Il avait de la constance, on ne pouvait pas lui ôter cela.

– Je ne plaisante pas, dit-elle dans l'espoir de dissiper toute ambiguïté.

Il se leva.

– Pétasse d'Américaine !

Elle se contenta de rouler des yeux et prit une autre cigarette. L'attente ne serait plus longue.

18

Les foules s'écartèrent devant Marianna Fitore ; c'était une déesse dans sa robe rouge tape-à-l'œil qu'elle portait tel l'étendard de la révolte ; elle collait à ses formes et un pan retombait théâtralement par-dessus son épaule droite, la jupe flottait autour de ses cuisses fermes. L'adolescente passa rapidement en effleurant le bras de Lydia au passage. Cette dernière la suivit à travers la cohue et descendit une volée de marches puis un étroit couloir qui menait à une pièce faiblement éclairée. On entendait le martèlement des basses à travers le plafond, mais amorti. C'était un dédale de divans en velours qui empestait la marijuana, la nicotine – et Dieu savait quoi encore... Des corps mêlés, vautrés, gémissaient en se cherchant à tâtons. Des bougies fondaient sur des multitudes de tablettes aux murs, ou au sol, projetant d'étranges ombres. Lydia perdit de vue son guide dans les ténèbres et s'arrêta, hésitant entre continuer ou rebrousser chemin. Elle se sentait soudain vulnérable et se demandait si elle avait bien fait de venir – et si Jeffrey l'avait suivie.

– Mademoiselle Strong, je suis là, chuchota Marianna en l'attirant sur un canapé.

Lydia distinguait à peine son visage, mais elle voyait de la nervosité dans ses yeux.

– Vous étiez à la cérémonie, aujourd'hui...

– Oui, en effet. Toutes mes condoléances...

La jeune fille acquiesça et il s'écoula un moment avant qu'elle puisse de nouveau parler, tant elle avait du mal à se maîtriser.

– Je ne veux pas que ma mère soit morte pour rien. Elle a pris un risque énorme en vous contactant et en a payé le prix.

– C'est donc elle qui m'a envoyé ce courrier... ?

– Avec mon aide, oui. Je pensais que c'était une erreur – et c'en était une. Mais elle a bien agi. Trop de jeunes filles sont en danger, pas seulement Tatiana. Pour beaucoup, il est déjà trop tard.

– Que voulez-vous dire ?

Elle soupira et se rejeta en arrière, croisant frileusement les bras. Ses yeux se dilatèrent et sa lèvre inférieure tremblait.

– Tant qu'on n'a pas vu de ses propres yeux comment va le monde, on ne peut pas y croire...

Lydia se contenta de lui toucher le genou. Marianna tira de son sac à sequins un boîtier de DVD noir.

– Mon pays a été détruit et les gens là-bas sont des vautours qui se nourrissent de sa dépouille. Ils vendraient leur fille pour un dollar sans se soucier de son sort...

Lydia n'était pas sûre de comprendre, mais elle glissa l'objet dans son aumônière.

– J'ai volé cela à mon oncle pour que vous compreniez. S'il découvre que je l'ai trahi, il me tuera, dit-elle avec simplicité.

– Qu'est-ce que c'est ?

– La vérité sur le monde.

À présent que ses yeux étaient accoutumés à la pénombre, elle voyait mieux les traits de Marianna. Le regard vitreux indiquait qu'elle était shootée.

– Que voulez-vous dire ?

– Il y a des hommes, comme Nathan Quinn, qui sont les maîtres du monde grâce à leur argent. Mais ce ne sont pas des hommes : ce sont des démons voraces affamés de chair humaine. C'est une société secrète composée d'hommes très puissants. Sur CNN, ils se présentent sous un certain jour, mais sur ce DVD, vous les verrez tels qu'ils sont...

En l'écoutant, un frisson avait envahi Lydia. Elle essaya de ne plus entendre les râles et les petits rires émanant des formes couchées tout autour d'elle. D'autres se déplaçaient dans les ténèbres comme des spectres. Elle espéra qu'il y avait parmi elles Jeffrey.

– Pourquoi moi, Marianna ? Si des jeunes filles sont en danger, pourquoi ne pas aller à la police ou au FBI ?

Marianna posa soudain sur elle un regard froid et secoua la tête.

– Les Américains sont comme de grands enfants, des enfants qui croient au Père Noël. Vous ne comprenez pas ?

Elle s'exaltait et sa beauté en devenait plus âpre ; ses traits étaient plus tendus, sa voix montait d'une octave.

– Ils contrôlent la police, le FBI, la CIA...

– D'accord, du calme..., dit Lydia en lui mettant la main sur l'épaule. Ne m'en veuillez pas, je n'ai pas encore vu ce dont vous me parlez...

L'adolescente parut perdre toute contenance, se tassa contre le mur, lissa ses cheveux à deux mains et poussa un soupir.

– Pardonnez-moi...

Ses yeux étaient soudain écarquillés et humides – les yeux d'une gamine, dont le mascara coulait. Elle tremblait.

– Ce n'est rien. Appelez-moi Lydia...

– On vous a vue à la télévision... je ne sais plus dans quelle émission... Ma mère a dit : « Voilà une femme d'honneur, elle pourra nous aider. » C'est pourquoi elle vous a envoyé la lettre et la cassette...

– D'où venait cette cassette ?

– De notre répondeur...

– Et vous n'avez pas prévenu la police parce que vous n'aviez pas confiance ? Même pas en l'inspecteur Ignacio ?

Elle hocha la tête, son mascara formant une fine ligne noire qui atteignait la commissure de ses lèvres. Elle ne fit rien pour l'effacer.

– Et pourquoi ne pas avoir alerté Jenna Quinn ? Vous ne pouviez pas vous fier à la propre mère de Tatiana ?

– On l'a prévenue, mais elle nous a dit de nous mêler de nos affaires. On n'a pas compris...

Lydia sentit que son interlocutrice était distraite par quelque chose ; son regard se dérobait et elle se redressa, faisant mine de partir.

– J'en ai déjà trop dit, fit-elle dans un murmure désespéré, concentrée sur une chose qui était derrière Lydia.

– Je ne puis vous aider si je n'ai pas toutes les données..., dit Lydia en la prenant par le poignet pour la retenir. Quel est le rapport entre Sacha et les Quinn ?

La jeune fille hésita, scrutant la pénombre, puis prit une profonde inspiration et parut se détendre.

– Nathan Quinn est son... son contact, son client. Sacha et Jenna sont amants.

Lydia le soupçonnait depuis la scène devant le Centre albanais, mais elle se demanda ce que Sacha pouvait bien avoir à vendre à Quinn. Puis elle se rappela ce que l'inspecteur Ignacio leur avait dit de Sacha Fitore.

– Comment ça, son « client » ?

Marianna indiqua du regard l'aumônière de Lydia, où se trouvait le DVD.

– Vous verrez... (Elle se fit véhémente.) C'est mon oncle, mais c'est un démon. Vous comprenez ? Il faut l'arrêter !

Elle se leva alors subitement et recula vers la porte. Sa poitrine se soulevait comme celle d'une danseuse à l'issue d'un spectacle. Elle paniquait et Lydia embrassa la pièce du regard afin de découvrir la cause de sa terreur. Son propre cœur s'emballait.

– Marianna, s'il vous plaît... Il y a trop d'éléments que je ne comprends pas. Vous devez me parler de ces films...

– Je vous appellerai...

Telle une tornade rouge, elle disparut dans les ténèbres. Lydia passa à sa suite le rideau de velours noir et vit le bas de sa robe disparaître à l'angle du couloir. Le bruit de la musique et de la foule s'amplifia quand elle remonta les marches au pas de course. Arrivée en haut, elle se jeta dans la cohue en se guidant sur la chevelure flamboyante de Marianna. Le volume sonore parut augmenter encore et son cœur battait à se rompre quand elle la suivit sur la piste. Elle avait du mal à avancer et la perdit dans la masse qui se mouvait au rythme puissant de la techno. La lumière stroboscopique revint, accentuant un son perçant de sirène, transformant les danseurs en fantômes blafards et horribles, aux gestes convulsifs et menaçants.

Bien que la musique fît rage, un silence ahuri tomba après le premier coup de feu. Une seconde plus tard, les danseurs fuyaient en hurlant, paniqués. Prise dans la mêlée, Lydia se retrouva entraînée tandis qu'on coupait la sono et que la lumière revenait. Un second coup de feu retentit et elle se fraya un chemin, se heurta à la multitude qui cherchait à s'abriter. Marianna gisait sur la piste éclairée par le sol, sa robe et ses longs cheveux déployés en corolle. Quand Lydia arriva, elle était encore vivante ; une tache s'élargissait sur sa robe à la place du cœur et la blancheur de son épaule était déparée par un petit rond parfait. Lydia lui toucha le front.

– Ça ne fait rien..., dit Marianna. Rien n'a jamais été comme je croyais, de toute façon...

– Tenez bon, on va s'occuper de vous, dit Lydia avec un regard rassurant.

– Les autres... elles sont foutues, chuchota-t-elle, et elle ferma les yeux.

On aurait dit un ange endormi. C'est alors que Lydia sentit un froid contact métallique contre son occiput.

– Ne vous retournez pas, gronda une voix grave dont l'accent commençait à lui être familier.

Elle resta immobile, la main toujours sur le front de Marianna.

– Nous avons été plus que tolérants. C'est votre dernière chance de laisser tomber. Il n'y aura pas d'autre avertissement.

Elle aurait pleuré de soulagement quand elle entendit Jeffrey.

– C'est ta dernière chance de te tirer, gros porc ! Lâche ton arme.

Un petit rire résonna dans son dos et, au même moment, ce fut une explosion d'ordres braillés et d'ululements de sirènes : la police faisait irruption dans le club. Elle sentit le canon de l'arme quitter sa nuque et, quand elle se retourna, l'homme prenait la fuite. Elle ne vit que son crâne chauve.

– Ça va ? dit Jeffrey, tombant à genoux et lui prenant le visage tandis que la police grouillait tout autour d'eux.

Elle acquiesça et tenta sans succès de refouler les sanglots de colère, de peur et de tristesse qui montaient en elle.

19

– Vous laissez toujours autant de victimes sur votre passage, mademoiselle Strong ? demanda l'agent Negron à l'arrière de la fourgonnette qui puait le café froid, les cigarettes et la sueur.

Il se pencha vers elle, les traits marqués par un rictus de colère, empestant l'ail. Comme elle n'avait pas envie de lui répondre, elle resta, renfrognée, sur la petite chaise pivotante, bras croisés, se balançant doucement d'avant en arrière.

L'agent Bentley avait la tête dans les mains, les épaules voûtées.

– C'est pas croyable..., marmonna-t-il.

– Qu'est-ce qui se passe ? dit Jeffrey.

Elle voyait à son tic à la mâchoire combien il était énervé. Il transpirait dans ce véhicule surchauffé et surpeuplé, et la colère plissait son front. Lydia le trouvait assez intimidant, mais si Negron eut un léger recul, Bentley leva la tête et affronta son regard.

– Ce qui se passe, dit-il, l'air fatigué, c'est qu'on vient de tuer quelqu'un. Une fille qui prenait de gros risques, et était un élément clé de notre enquête. Grâce à vous et votre collègue, tout est foutu.

– Ce n'est pas nous qui l'avons tuée. Nous sommes venus à sa demande.

– Après qu'on vous avait priés de ne pas insister, dit Bentley, presque dans un murmure.

Il avait l'air sincèrement peiné, avec ses yeux bordés de rouge et sa bouche au pli amer. Lydia se sentit non seulement ennuyée pour lui, mais aussi coupable. Elle avait bel et bien bousillé une enquête de plusieurs mois et Marianna était morte.

– Nous ne sommes pas à votre service, dit Jeffrey.

– J'ai du mal à croire qu'elle collaborait avec le FBI, dit-elle.

– Et pourquoi donc ?

– Elle n'avait que dédain et méfiance à l'égard de votre agence.

– Marianna claquait dans les trois cents dollars par jour. C'était une adolescente perturbée. Qui préférez-vous croire : moi ou une cocaïnomane ?

Lydia était troublée. Elle ne voyait pas pour quelle raison Marianna aurait voulu la tromper... en risquant sa vie, par-dessus le marché. D'un autre côté, elle ne voyait pas non plus pourquoi Bentley lui mentirait. Mais son instinct la poussait à parier sur la « cocaïnomane ».

– Elle m'a dit que Nathan Quinn achetait des films snuff à Sacha Fitore.

– Allons donc ! Vous avez pris de l'ecstasy ? Le snuff n'existe pas ; c'est une légende ! Je vous croyais plus intelligente...

Son ton était dur et sarcastique, mais elle devina à son attitude qu'elle avait fait mouche.

– Elle m'a dit aussi que Sacha Fitore et Jenna Quinn étaient amants.

– Foutaises ! Vous avez eu de mauvaises infos d'une ado détraquée.

– Si elle était si détraquée, indigne de confiance, que faisait-elle avec vous ?

Il cligna des yeux et fixa sur elle un regard impénétrable. Le silence dura. J'ai gagné ! pensa-t-elle.

– Écoutez, dit-il, radouci, changeant de tactique, je sais que vous vous intéressez à Tatiana et je respecte cela. Moi aussi, j'ai une fille. Et, croyez-moi, j'espère que cette fillette-là n'est pas en danger. Mais il faut avoir confiance, Lydia ; il faut partir et nous laisser faire notre boulot. Sacha Fitore n'a aucun rapport avec Tatiana Quinn.

– Qu'en savez-vous ?

– Je le dis pour la dernière fois : c'est notre ultime avertissement.

– J'ai déjà entendu cette formule ce soir...

Il soupira et détourna les yeux, se massant les paupières. Son agacement était manifeste. Il cachait quelque chose, mais quoi ? Malgré tous ses efforts, elle ne parvenait pas à se convaincre de l'inexistence d'un rapport entre les deux affaires. Son *buzz* lui disait qu'ils étaient sur la bonne piste ; sinon, il n'y aurait pas tant de gens pour essayer de les dissuader.

– Que vous a-t-elle dit d'autre ? demanda-t-il d'une voix neutre, mais exaspérée.

Elle lui fit un résumé de la conversation, sans mentionner le DVD qu'elle avait réussi à garder dans son sac en dépit des événements. Elle était bien forcée de répéter ce que Marianna lui avait dit – et finirait sans doute par leur donner le DVD, mais non sans l'avoir elle-même d'abord visionné. Si elle s'en séparait maintenant, elle n'aurait sans doute jamais l'occasion d'en connaître le contenu.

En attendant, elle s'efforça de chasser de son esprit le fait qu'elle était partiellement coupable de deux morts violentes, qu'elle avait vu deux femmes périr sous ses yeux. Cela lui rappelait que des gens meurent de façon horrible tous les jours et qu'elle n'y pouvait rien. La recherche de Tatiana avait déjà coûté cher en vies humaines et le compte n'était pas terminé. Elle en était glacée.

— Il n'y a pas de raison d'avoir peur...

Un rire nerveux résonna hors champ. Puis la voix d'une jeune fille, au fort accent, dont la frayeur était palpable :

— Je ne veux pas me déshabiller. Vous n'avez jamais parlé de ça.

— Pourquoi ? Tu n'as pas honte de ton corps, dis-moi ? Tu es belle, très belle...

La voix masculine était grave et lénifiante, câline.

— Non !

— Mais si ! Viens ici.

La caméra se braqua sur un lit jonché d'oreillers de satin rouge. Un homme, dont les traits avaient été brouillés en postproduction, mena une jeune fille en guêpière de dentelle rouge et porte-jarretelles dans le champ. Il lui tint gentiment la main tandis qu'elle s'installait. Elle était mince et pâle, avait des cheveux blonds et mous, une frimousse ronde. Trop jeune pour la lingerie qu'elle remplissait à peine.

— Allonge-toi.

Elle obéit.

— Tu vas être célèbre. Quand le film sortira, ta carrière décollera en flèche...

— Décollera en flèche, répéta-t-elle doucement.

— Tu gagneras plein d'argent, tu auras une belle maison.

— Avec une piscine ?

— Tout ce que tu voudras, dit l'homme avec une pointe d'impatience qui perçait sous le vernis du discours séducteur. Tu n'as qu'à faire ce que je dis. Ferme les yeux et mets-toi à l'aise.

La fille fixa avec gêne la caméra, ou l'homme qui se tenait derrière, comme si elle avait perçu le changement de ton, mais elle ferma les yeux.

– Maintenant, touche-toi...

Elle rouvrit légèrement les yeux, puis se mit à se toucher timidement la cuisse.

– Pas là !

– Où, Sacha ? dit-elle, sincèrement troublée, la peur commençant à déformer ses traits.

– Tu as entendu ? ! dit Lydia.

Jeffrey opina.

À ce moment-là, deux hommes en caleçon noir, le visage sous un masque de cuir, entrèrent dans le champ de part et d'autre du lit. La fille fondit en larmes et tenta de fuir à quatre pattes. Un faible glapissement lui échappa lorsqu'elle fut rattrapée par les types.

Lydia tendit la main pour arrêter le lecteur de DVD et l'image, dans toute son horreur, se fixa à l'écran, dominée par la petite figure terrifiée. Elle se prit la tête dans les mains. Le sang lui bourdonnait aux oreilles et l'anxiété desséchait son gosier. Jeffrey, lui aussi, avait détourné les yeux.

– Il faut regarder, dit-elle au bout d'une minute, et elle pressa l'icône *play* sur son écran d'ordinateur.

L'un des types sortit une seringue et piqua le bras de la fille, qui poussa un cri perçant. Ce fut tout ce qu'on entendit d'elle pendant un moment. Son corps devint flasque, mais elle restait consciente, bougeant les membres lentement, frappant faiblement ses violeurs. Ce n'était qu'une poupée de son, prise au piège, incapable de lutter contre ceux qui s'acharnaient sur elle en râlant. Puis elle se mit à pleurer, des sanglots âpres qui auraient été des hurlements si elle en avait eu la force. Les deux hommes ayant éjaculé sur son corps menu, à côté des lambeaux de lingerie bon marché, attendirent en faisant les cent pas.

— Attendez qu'elle revienne à elle..., dit une autre voix hors champ.

Ils la connaissaient.

— Amenez-en une autre, fit l'un des hommes, d'une voix assourdie par le masque.

— Vous n'avez payé que pour une, messieurs, fit la voix, sévère. Et d'autres clients attendent leur tour ce soir.

— Mais celle-ci n'était pas assez combative !

— Si vous voulez discuter, arrêtons de filmer...

L'écran devint tout bleu et Lydia espéra que c'était terminé, mais une atroce plainte, l'expression d'une souffrance inexprimable, les fit sursauter. L'un des deux tortionnaires tenait ce qui ressemblait à un pistolet Taser et la fille essayait de lui échapper en rampant au sol. L'image tremblota et soudain elle réapparut sur le lit, écartelée, les membres attachés à des piquets. Elle ne criait plus et sa tête dodelinait tandis qu'elle marmonnait des mots dans une langue qui avait le rythme cadencé d'une prière ou d'une comptine.

Lydia baissa de nouveau la tête, incapable de supporter la vision des deux hommes brûlant leur victime avec des cigarettes. Les cris reprirent, plus faibles, plus désespérés.

En guise de diversion, Jeffrey examina les hommes, à la recherche de signes distinctifs. Tous deux avaient à la main droite de grosses chevalières en or, dont on ne pouvait distinguer les armoiries. Le plus corpulent avait un tatouage au bras gauche, dont le dessin avait été gommé en postproduction. Le plus mince, une masse de poils gris sur la poitrine, avait un gros grain de beauté sur l'omoplate droite. Jeffrey avait cessé de *voir* la vidéo, tout en ne perdant aucun détail. C'était un talent qu'il avait acquis à l'époque où il traquait un assassin d'enfants dans New York, enquête qui s'était terminée sur un toit du Bronx, où il avait pris l'unique balle de sa carrière. Les scènes de crime étaient atroces – des petits garçons tués et violentés d'une façon à laquelle il ne voulait plus penser – mais, profession-nellement parlant, il se rappelait les moindres détails. C'était ainsi qu'il fallait être dans le métier ; sinon, on se faisait bouffer...

Il regarda Lydia, qui avait relevé la tête et avait l'air épouvanté. À la lueur de l'écran, sa figure était pâle et ses yeux cernés.

– Attends ! dit-elle en figeant l'image. Tu as vu... ?

– Les chevalières ? J'ai vu...

– Ce n'est pas la même que portait Nathan Quinn ?

– C'est difficile à déterminer..., dit-il en zoomant.

L'image était trouble et les insignes de la chevalière flous.

– Mais c'est une possibilité que je n'écarterais pas...

– Je crois que c'est la même... regarde ! (Elle mit le doigt sur l'écran.) Il y a le parchemin, les lettres, la forme de l'épée.

– Peut-être..., dit-il en appuyant sur *play*.

Lorsque le DVD se remit en route, les hurlements redoublèrent. Ils virent le plus costaud des deux trans-percer le jeune corps avec un couteau à dents de scie. Jeffrey réussit à éteindre très vite, mais le sang avait déjà jailli.

Lydia courut aux toilettes, vaincue par la nausée. Quand elle revint, ses yeux étaient rouges et elle prit une chaise.

– Qu'est-ce que c'était ? dit-elle.

– L'un des films snuff dont parlait l'inspecteur Ignacio. Il avait raison.

– C'était pour de vrai ? Ou était-ce une mise en scène ?

– Ça avait l'air réel. Je n'avais jamais rien vu de tel. Le tournage n'avait rien de sophistiqué : l'angle de prise de vues n'a pas varié. On dirait un film amateur.

Même lorsque Manny avait suggéré cette possibilité après le meurtre de Valentina, il n'y avait pas vraiment cru. Le FBI avait toujours nié l'existence de films snuff, comme l'agent Bentley un peu plus tôt, prétendant qu'il n'y avait pas de marché pour cela, que personne n'en avait jamais vu et qu'il serait impossible de les distribuer sans se faire arrêter. Pourtant, ce qu'ils venaient de voir avait l'air tout à fait réel. En outre, le marché était forcément fermé : le groupe-cible n'était pas seulement constitué d'individus voulant voir du snuff, mais en faire. Raison pour laquelle, peut-être, on n'avait rien pu prouver jusqu'à présent. Soudain, ce que Marianna avait dit gagnait en vraisemblance.

Et maintenant qu'ils avaient vu ce film, ils ne pouvaient plus reculer.

– Est-ce ce qui est arrivé à Tatiana ? demanda Lydia, qui pensait à haute voix.

– Je l'ignore. Mais je ne crois pas.

– Pourquoi ?

– À cause de la voix, la seconde hors champ, celle qui négociait...

– C'était Nathan Quinn.

– J'en mettrais ma main à couper.

– Et l'autre, le metteur en scène – elle l'a appelé Sacha.

– Sacha Fitore.

– Donc, Sacha Fitore tourne des films avec Nathan

Quinn. Il met dans le bain les relations fortunées de Quinn ?

– Et organise des projections très privées pour ceux qui préfèrent regarder.

– En attendant, Sacha Fitore fricote avec Jenna.

– Ça pourrait faire du vilain...

– Et nous n'en savons pas plus pour Tatiana...

Elle alla chercher deux mini-bouteilles d'Absolut et deux Perrier dans le minibar. Ayant préparé les cocktails, elle sortit sur le balcon pour respirer. Une grosse lune ronde dominait l'océan moutonnant dans un ciel clouté d'étoiles ; les palmiers froissaient paresseusement leurs palmes. La nature, comme toujours, était indifférente au mal. Elle choisit d'y voir un signe – le signe que si l'être humain était porté à pécher, l'univers, lui, était bon ; qu'il y avait un dieu bienveillant qui cherchait à contrebalancer le Mal par le Bien.

Jeffrey vint près d'elle et l'enlaça ; elle se serra contre lui. Il l'embrassa avec tendresse. Ils avaient passé un cap, ce soir-là, franchi un pas supplémentaire dans la connaissance du Mal. Demain serait un autre jour.

SECONDE PARTIE

Mais les ténèbres gagnent toutes choses
Formes et feux, bêtes et moi-même
Comme aisément elles les rassemblent !
puissances et peuples...

Rainer Maria RILKE

20

Elle avait fait un tel gâchis de sa vie – et ce n'était pas la première fois ! Rien ne s'était passé comme ils l'avaient promis. Elle avait honte de les avoir crus. Aucun n'avait été honnête, sauf Radovan, et il était mort. Elle se sentait toute petite et transie.

La pièce était dans la pénombre, des bougies brûlaient sur la commode. Il était très tard – ou plutôt très tôt. Elle l'entendait respirer profondément. Comment trouvait-il le sommeil avec tout ce sang sur ses mains... elle-même, qui était loin d'être aussi coupable, ne dormait plus depuis des mois. Le cœur de Sacha était un lieu noir et désolé et elle s'en était aperçue trop tard. C'était toujours ainsi avec les hommes – ils se présentent en sauveurs pour mieux vous prendre dans leurs filets. Puis le masque tombe et on se retrouve condamnée à vivre avec un monstre.

Elle se leva et s'approcha du miroir au-dessus de la commode. À la lueur des bougies, elle avait l'air d'une vieille sorcière avec ses cernes, ses rides, sa peau flasque et blême. Les flammes illuminaient ses mèches folles, et elle refoula ses larmes. Sa beauté était l'un de ses rares atouts et elle se fanait vite. D'ailleurs, était-ce bien un atout ? Pour elle comme pour Tatiana, la beauté avait toujours été un gros problème. La beauté – et son cœur d'artichaut. Mais Tatiana était forte, elle. Elle ne deviendrait pas un pion dans le jeu hideux, répugnant des hommes. Si elle-même parvenait à les tirer de ce mauvais pas dans lequel elle les avait fourrées, alors c'en serait fini des hommes. Elles se débrouilleraient seules, ailleurs. Les femmes faisaient cela dans le monde ; ce n'était pas comme en Albanie, où l'on n'était guère qu'une putain et une servante toute sa vie. Elles auraient beaucoup d'argent quand l'affaire serait faite. D'une façon ou d'une autre, elles parviendraient à cacher d'où il provenait, trouveraient un moyen d'effacer la souillure. Elle chassa cette pensée de son esprit. Mieux valait ne pas réfléchir à cela, à ce qu'elle était devenue, dans leur intérêt commun.

— Qu'est-ce que tu fabriques ? dit-il d'une voix pâteuse et impatiente.

— Je n'arrive pas à dormir, répondit-elle sur le ton doux et implorant dont elle usait toujours avec lui.

Sa mère faisait ainsi avec son père.

— Tu es trop inquiète. Tu n'as pas confiance en moi ?

— Bien sûr que si, chéri ! fit-elle en revenant vers lui.

Comme elle posait la main sur sa figure, il lui saisit le poignet.

— Mais... ?

— Mais je me demande à qui on peut bien faire confiance...

Il la lâcha et elle s'assit auprès de lui. Il lui toucha les seins à travers la soie de sa chemise de nuit, et elle s'efforça de ne pas se raidir.

— C'est ce que tu ne comprends pas...

Sa voix prit l'inflexion satisfaite et condescendante si typique de ses semblables.

— On n'a pas à faire confiance à qui que ce soit,

parce qu'on contrôle tout. On a tout ce qu'on peut souhaiter.

– Qu'est-ce qu'on a, Sacha ?

– L'information.

Elle commençait à soupçonner qu'il était idiot. Elle hocha la tête.

– Tu as raison, fit-elle, suave. Mais, ce détective... Il a découvert notre association avec Nathan. Et maintenant les deux autres... s'ils découvraient la vérité sur American Equities et American Beauty ?

– Je te l'ai dit, tu t'inquiètes trop. Le détective ne donnera aucune information à personne.

– Tu n'as pas...

– T'inquiète pas de ce que j'ai fait ou pas, dit-il en s'énervant.

Il se redressa sur ses coudes, ses yeux bleus lançant des éclairs et ses cheveux blonds tombant sur son front. Il avait l'aigle à deux têtes byzantin du drapeau albanais tatoué sur la poitrine.

Son téléphone sonna et elle s'empressa d'aller le chercher sur la commode, heureuse d'avoir une excuse pour s'écarter de lui. Depuis que Valentina était morte, et ce soir Marianna, elle ne pouvait plus souffrir son contact. Il n'avait pas versé une larme pour sa sœur ou sa nièce.

« Elles nous avaient trahis », lui avait-il dit, et c'était une menace implicite à son égard.

Elle avait plus peur de lui à présent que de Nathan.

– Quoi ? dit-il au téléphone. Entendu...

Il se leva du lit et coupa la communication.

– Écoute, lui dit-il. Joue ton rôle dans cette histoire et je jouerai le mien. À la fin, tout le monde sera niqué sauf toi et moi. Et on rigolera de tout ça à Rio !

Il lui prit la figure dans les mains et elle hocha la tête, se sentant toute petite et désarmée en sa présence.

– Bien !

Il lui baisa le front comme à une enfant.

– Maintenant, tu vas rentrer chez toi avant qu'on ne s'aperçoive de ton absence.

– Nathan est à New York, il cherche Tatiana...

Sacha se félicita de la façon dont tout s'était agencé. Ils avaient complètement désorienté la police en envoyant Boris se faire passer pour un chauffeur de car et, à présent, Nathan profitait de ses moindres instants de liberté pour aller à New York chercher sa précieuse Tatiana. Comme si lui seul pouvait la retrouver dans cet océan de dépravation. S'il avait su comme la petite le haïssait ! Tout l'argent du monde n'y changerait rien. Sacha aussi, elle le détestait. Il avait bien vu comment la petite garce le regardait quand elle ne se croyait pas observée. Un regard meurtrier.

– Où vas-tu ? lui demanda-t-elle en le voyant enfiler un jean et un pull noir côtelé.

Il admirait son impressionnant physique dans la glace, flatté par la lueur des bougies.

– Un truc à faire avant notre départ..., dit-il en chaussant ses bottes.

Elle se hâta de se rhabiller. Elle ne tenait pas à rester seule dans cette maison où Valentina et Marianna avaient vécu. Seule, elle ne pourrait pas affronter leurs spectres.

21

Les grandes villes américaines donnent toujours l'impression de vouloir imiter New York. Lorsqu'on est à New York, que ce soit sur l'élégante Park Avenue, dans le très branché East Village ou les boutiques et cafés ultrachic de Soho, on ne peut pas s'y tromper. Les odeurs : arômes de noisettes grillées et de bretzels vendus par les marchands ambulants, âcre odeur d'urine dans le métro les jours de canicule. Le bruit : concert de klaxons, miaulement des sirènes, clochards s'engueulant de leurs voix fortes et traînantes. Les buildings majestueux : la distinction de Grand Central Station, le Chrysler Building Arts déco, et jusqu'aux édifices désaffectés, délabrés d'Alphabet City – tout cela est unique au monde. Lorsque Lydia se trouvait dans une autre ville, elle attendait toujours qu'elle révèle sa personnalité distinctive, son caractère, mais en Amérique elle était presque toujours déçue. Même San Francisco, appréciée par la plupart des New-Yorkais, semblait n'être qu'un ensemble de quartiers passablement branchés et lâchement reliés les uns aux autres.

Certains décrivaient Miami comme New York au bord de la mer. Mais d'après ce qu'elle avait vu, si la ville avait bien la dureté propre à l'environnement urbain, elle n'avait rien de sa sophistication. South

Beach était une fête, en effet, et la plage était superbe, mais le reste n'était qu'une ribambelle de quartiers cossus éparpillés, à l'écart des immenses autoroutes qui traversaient des faubourgs déshérités aux rues mal entretenues. Une partie de ces alentours semblait tout simplement à l'abandon. Mais on ne manquait jamais de bon café, ce qui était extrêmement important – surtout à quatre heures trente du matin, alors qu'ils faisaient le guet devant la maison Fitore, dans leur Jeep de location.

Le sommeil est comme un chat ; il ne vient jamais quand on l'appelle, seulement quand ça lui chante. Et il avait refusé de venir alors que Lydia et Jeffrey étaient étendus dans le noir, yeux grands ouverts, à contempler le plafond, la lune baignant la pièce d'une sinistre lueur jaune.

– Ce qui me chiffonne, c'est la caméra de surveillance, dit soudain Jeffrey au bout d'une heure.

– C'est *ça* qui te chiffonne ? dit Lydia, qui était toujours obsédée par les mêmes images : Valentina percutée par la Mercedes, Marianna expirant sur la piste du Point-G, la fillette suppliciée.

Chaque fois qu'elle fermait les yeux, ces visions venaient l'assaillir. Elle avait assisté à trop de scènes violentes dans sa vie. Elle se demanda, et ce n'était pas la première fois, si elle n'avait pas le don de les attirer, si c'était son destin, et pas seulement son choix, de pourchasser le Mal et porter témoignage de ses méfaits.

– Il n'y avait pas d'empreintes digitales sur le clavier intérieur ; il avait été essuyé. Sur le clavier extérieur, il n'y avait que les empreintes digitales de Nathan Quinn, ce qui signifie qu'il avait aussi été nettoyé avant le retour du couple. Par conséquent, quelqu'un est entré de l'extérieur, par la porte d'entrée.

Sinon, on n'aurait pas pris la peine d'essuyer le clavier extérieur et la poignée de la porte.

– Oui...

– Mais la caméra a dû être coupée de l'intérieur, sinon elle aurait filmé l'arrivée de l'intrus, portant éventuellement un masque ou pulvérisant de la peinture sur l'objectif pour ne pas être identifié plus tard.

– Donc, celui qui est entré a voulu donner l'impression qu'elle avait fugué ? Ce qui permet d'écarter l'hypothèse d'un enlèvement crapuleux ou visant à menacer les Quinn...

– Mais le kidnappeur ignorait que Tatiana ne savait pas comment couper la caméra, ou il s'en fichait.

– Ou bien elle savait ! Quelqu'un a débranché cette caméra de l'intérieur et a laissé entrer l'intrus.

– Elle n'était peut-être pas seule à la maison.

– Mais personne n'est entré après le départ des Quinn. Le système de sécurité était activé et il y avait des caméras partout, pas seulement à la porte d'entrée...

– Certes, mais on ne l'a activé qu'après leur départ. Et si quelqu'un s'était introduit sur place *avant* ?

– Valentina est partie de bonne heure ce soir-là ; on n'a jamais su pourquoi...

– Peut-être pour que Jenna ait le temps de faire entrer quelqu'un.

– Sacha ?

– Peut-être... Mais pourquoi ? Pourquoi Jenna aurait-elle fomenté le rapt de sa propre fille ? Et quel était l'intérêt de Sacha ?

Lydia revit cet homme, au Centre albanais. Elle le revit glisser la main dans la limousine. Un autre nœud dans la pelote embrouillée de cette enquête.

– Comment obtenir des réponses à ces questions, si tous ceux qui veulent bien nous parler meurent et que les autres nous rembarrent ? demanda-t-elle au ventilateur du plafond.

– En étant plus subtils. Allons faire un tour en voiture...

Craig ne parut pas le moins du monde endormi – ni surpris – quand il décrocha à quatre heures du matin. Il fut cependant moins content quand Lydia lui demanda une nouvelle fois de la rappeler d'une cabine publique, mais obtempéra. De la Jeep, garée tout près de la cabine, elle regardait Jeffrey à travers la vitre du cybercafé. Penché sur le comptoir, il demandait quelque chose à la jeune fille d'origine hispanique qui lui sourit en retour. Elle ouvrit un tiroir et en sortit un trousseau, se dirigea avec son client vers un ordinateur éteint et s'installa. Quelques secondes plus tard, l'écran devenait bleu et Jeffrey prenait sa place. De là où elle était, Lydia ne voyait que son crâne. Il dupliquait le DVD qu'ils avaient visionné et glisserait ce double dans une enveloppe qui serait expédiée le lendemain à son bureau de New York. Ils étaient convenus ensemble qu'il fallait mettre une copie en lieu sûr au cas où il leur arriverait quelque chose. Ils étaient également convenus, après ce qu'ils avaient visionné la veille, de la nécessité de poursuivre l'enquête coûte que coûte. Certaines choses ne peuvent être ignorées. Certaines choses, le fait de les connaître, changent le monde en pire. Et ni l'un ni l'autre ne voulaient vivre dans ce monde tant qu'ils n'en auraient pas changé le cours. Elle était à cran et fatiguée, maintenant qu'elle n'avait plus aucun espoir de dormir. Les voyants orange et verts du tableau de bord exerçaient un effet hypnotisant. Ils étaient à peu près sûrs de n'avoir pas été suivis. Elle jeta un coup d'œil aux alentours et alluma une cigarette, rejetant la fumée au-dehors. Elle cherchait la Mercedes noire, avec à son bord des hommes armés, originaires d'Europe centrale. Lorsque le téléphone sonna depuis l'intérieur de la cabine, elle sursauta.

– C'est la dernière fois ! rouspéta Craig à l'autre bout du fil. On se les gèle !

Elle entendait les bruits de la rue derrière lui.

– Je sais, je sais... Quoi de neuf ?

– Je crois qu'on est tombés sur un truc énorme, mais je vais me contenter de t'annoncer les faits : à toi la responsabilité des recoupements. Primo : Nathan Quinn est un élément clé présumé du Conseil.

– Quézaco ?

– Officiellement, une organisation de leaders mondiaux dans le domaine de la politique, des affaires, de la science, des médias... Ils se réunissent pour discuter des problèmes planétaires. C'est, dit-on, un genre de forum de grands esprits éclairés qui se penchent sur les questions du jour...

– Mais...

– Certains pensent que ces hommes contrôlent le destin du monde libre, qu'ils forment l'Establishment avec un grand E. Que tous les gouvernements de la Terre sont leurs pions, et que les décisions prises au cours de leurs très secrètes séances affectent la politique globale – qui fait la guerre, qui importe ou exporte telle ou telle chose, quelle économie prospère ou s'effondre.

Lydia se rappela dans un flash les paroles de Marianna : « Il y a des hommes... qui sont les maîtres du monde... des démons aux appétits voraces... sur ce DVD, vous les verrez tels qu'ils sont... »

– Quand j'ai infiltré la base de données de la CIA, car tu sais, ils ont des dossiers sur ces types – bref, l'une de mes sources m'a dit que tous les dossiers sur Nathan Quinn étaient classés top secret. En gros, seul le président des États-Unis pourrait les consulter, et encore !

Elle avait vaguement entendu parler d'une organisation comme le Conseil, mais sans croire à l'hypothèse d'une société secrète composée d'hommes très influents régissant le monde. Elle avait été trop occupée à affronter des criminels bien réels. Mais ce n'était pas si invraisemblable et elle sentit son estomac se nouer. Elle songea à la façon dont ils avaient été suivis, dont leurs bagages avaient été fouillés. Aux paroles de l'inspecteur Ignacio se sentant surveillé et à qui on avait dit de ne plus enquêter sur Nathan Quinn. À la façon dont Valentina et Marianna avaient été tuées sous ses yeux. Les ténèbres s'épaississaient autour des événements, les enveloppaient d'une ombre maléfique. Si tout cela était l'œuvre d'une seule entité, ils s'étaient peut-être attaqués à un géant, et elle se demanda pour la première fois si elle avait une chance d'avoir le dessus. Et si Tatiana ne risquait pas d'être broyée au cours de cette lutte.

Elle poussa un gros soupir.

– Ce n'est pas tout, dit Craig, après lui avoir laissé le temps d'engranger l'information.

– Oui, au fait, dit-elle en reprenant brusquement pied dans la réalité. Qu'as-tu découvert sur Jenna ?

– Elle a épousé Nathan fin 1997. Son patronyme était Mladic, à l'époque.

– Comme Radovan Mladic ? dit Lydia, qui se rappelait le nom du caïd de la pègre dont Craig avait dit qu'il avait possédé American Equities.

– Lui-même : c'était son épouse. En fait, elle était et demeure la copropriétaire d'American Equities.

– La compagnie existe toujours ?

– En Albanie, oui, mais j'ignore tout de ses activités. Je n'ai pu obtenir aucune info là-dessus. Elle est répertoriée comme faisant de l'import-export, mais de quoi... mystère !

– Y a-t-il une adresse ou un numéro de téléphone en Albanie ?

– Oui, mais pas de site Web. Tu as un stylo ?

Elle sortit de son sac un gros carnet relié de cuir, usé et bourré de recettes, notes et adresses ; un Post-It en tomba, voletant comme un papillon.

– Et Nathan Quinn... a-t-il des parts dans la compagnie ? reprit-elle après avoir noté le nom et l'adresse.

– Si c'est le cas, ça n'apparaît pas dans ses comptes. La prochaine fois que tu le vois, dis-lui que Quinn Enterprises aurait besoin de consolider son pare-feu et que le mot de passe du directeur financier est JEDÉMISSIONNE.

– Et les parts de Jenna ?

– Jenna *Quinn* n'a pas deux sous en poche. Elle et Tatiana sont citoyennes américaines, ce qui prend des années et des années à la plupart des immigrées, même mariées à un Américain. Mais dans le cas de Quinn, l'océan des paperasses administratives semble avoir reculé ; ça doit être l'un des avantages d'être membre du Conseil. Elles ont été naturalisées fin 1998. Jenna Quinn n'est connue d'aucun service financier. Jenna *Mladic*, en revanche...

– Eh bien ?

– Je n'ai pas de chiffres – pas facile de soutirer des renseignements à l'étranger sans mots de passe, même pour moi. Mais elle a des comptes dans une banque albanaise et, que je sache, un autre aux îles Caïmans. Des comptes actifs, avec dépôts et retraits réguliers. Voilà pour le moment...

Elle se rappela ce qu'avait dit l'inspecteur Ignacio :

cherchez l'argent. Elle se demanda s'il avait lui-même suivi cette piste et ce qu'il avait pu découvrir pour être à ce point effrayé.

– Je ne savais pas qu'il existait encore des banques en Albanie depuis le krach.

– C'est ce qu'on appelle dans la haute finance un « marché émergent ».

– C'est-à-dire ?

– C'est-à-dire que de grandes entreprises étrangères ou des gouvernements établissent des banques dans des économies fragiles afin d'avancer des fonds, consentir des prêts, de façon à stimuler l'activité.

– Ce qui leur permet aussi de choisir les bénéficiaires de cette manne financière et de favoriser certains...

– Exactement !

– Cela fait très « théorie de la conspiration », non ? De riches capitalistes, membres du Conseil, comme Quinn, injectent de l'argent dans un pays du tiers-monde, investissent massivement dans des affaires juteuses et, en l'espace d'une génération, si tout va bien, ils ont toute la classe dirigeante dans leur poche. Si ça tourne mal, comme en Albanie, ils se retirent tout simplement...

– Ce petit jeu se répète tous les jours, et la plupart des gens se laissent berner, rêvent naïvement de parvenir à s'enrichir à force de travail et se croient en démocratie, alors qu'en fait, des hommes dans l'ombre manipulent les flux d'argent – aux uns les prêts minables, aux autres les gros capitaux. Ça fout les jetons quand on y pense.

– Sait-on qui a implanté la banque ?

– Pas encore.

– D'où viennent les dépôts ?

– Je n'en sais rien. Tout ce que je sais, c'est que l'argent est déposé le dernier vendredi du mois. Cette banque se trouve dans la même ville d'Albanie qu'American Equities : Vlorë.

– Ce sont des virements électroniques ou quelqu'un se présente au guichet ?

– Aucune idée. Si c'était une banque américaine, je pourrais sans problème le vérifier, mais ces banques d'Europe centrale... certaines ne sont même pas connectées – ahurissant ! Je vais réessayer, mais je ne te promets rien. Si une Albanaise jeune et sympa pouvait me tuyauter par téléphone...

– C'est ça, fais-leur du charme ! dit-elle, amusée par son côté gamin, qui la soulageait un peu du poids qu'elle avait sur le cœur. Et qu'as-tu trouvé sur Jenna avant son mariage avec Mladic ?

– Je ne sais pas. Là encore, ils ne sont pas très portés sur l'état civil. Dieu bénisse les États-Unis, patrie de l'informatique. Sans cela, je suis perdu...

Jeffrey traversait le parking en direction de la Jeep. Il était grand, large d'épaules et marchait d'un pas ample et dégagé. C'était son héros en T-shirt noir, jean délavé et bottes de motocycliste. Il lui suffisait de le regarder pour reprendre confiance. Avec lui, elle pouvait affronter n'importe quelle situation et l'emporter. Elle sourit et reprit sa conversation au téléphone.

– On va t'envoyer quelque chose à New York. Mets-le en lieu sûr. Ne le montre à personne. N'ouvre même pas la pochette.

– Pas de problème ! dit Craig en bâillant. C'est tout ce que j'avais à te dire, Lydia, et comme je me caille, je m'en vais.

– Bon travail. À bientôt.

– Lydia ?

– Oui ?

– Sois prudente...

– J'y penserai !

Jeffrey était plus doué qu'elle pour les surveillances. Il semblait s'enliser dans le siège du passager, se confondre avec la banquette. Ses yeux mi-clos ne laissaient rien passer. Il était d'un calme olympien, ultra-concentré, parfaitement immobile, et pouvait rester ainsi pendant des heures. Lydia, elle, s'agitait, passait en revue les stations de radio, feuilletait le manuel du conducteur. Ils avaient entrebâillé les vitres pour avoir un peu d'air, mais le moteur étant coupé, la sueur perlait à son front et sa nuque. Ils ne discutaient pas. Jeffrey n'aimait pas parler dans ces moments-là. Parler nuisait à la concentration, était une perte d'énergie et on pouvait être écouté. En cela, ils différaient : il adorait collecter des preuves, suivre des indices, prendre des suspects en filature. Il comptait sur les faits pour aboutir à la vérité. Lydia, elle, savait que la vérité ne laisse parfois que des traces infimes, aussi impalpables qu'un parfum, qu'une empreinte dans le sable ; elle avait le don de saisir les implications parfois décisives d'un geste furtif, d'un non-dit.

Mais ici, les énergies étaient troubles, menaient dans de multiples directions. Chacun cachait quelque chose – Nathan et Jenna Quinn, les fédéraux. Marianna était shootée ; jusqu'à quel point pouvait-on la croire ? Valentina aurait pu lui dire la vérité, si elle avait survécu. Lydia contempla la petite route. Ils étaient garés à quelques mètres de l'endroit où sa vie avait pris fin. Le soleil commençait à se lever et elle crut voir la tache de sang sur l'asphalte, mais c'était peut-être l'ombre des arbres.

Imitant Jeffrey, elle se renversa contre l'appui-tête,

croisa les bras. Mesurant sa respiration, elle concentra son attention sur la porte d'entrée de la maison.

La sensation désormais familière de nausée revint sournoisement et un point douloureux lui contracta le ventre.

Elle était sur le point de rompre la règle du silence, quand soudain il se redressa. La porte du garage s'ouvrit et la Boxster sortit sur les chapeaux de roues, suivie de la Mercedes noire. Comme cette dernière tournait à gauche et les dépassait, Lydia aperçut Jenna au volant.

– Tiens, tiens...

– Laquelle suivre ? demanda Jeffrey.

– La Porsche.

Ils restèrent à une centaine de mètres de distance, laissant s'intercaler une Toyota noire avec un Garfield collé par une ventouse à la lunette arrière et une Geo rouge avec une plaque qui disait KISS ME. La Boxster avançait lentement, respectant la limitation de vitesse fixée à cinquante kilomètres-heure dans ce quartier résidentiel, puis accéléra en s'engageant sur Sunrise Boulevard. Le soleil se levait à peine et pourtant la I-95 était déjà encombrée, ce qui leur permit de ne pas se faire repérer en s'engageant à leur tour sur la rampe d'accès. Comme il faisait encore assez sombre, beaucoup d'automobilistes avaient allumé leurs phares, ce qui leur donnait un certain avantage, mais un coup d'œil au rétro apprit à Jeffrey qu'ils n'étaient pas seuls : un camion Ryder jaune les suivait derrière quatre voitures, le même qu'ils avaient vu stationné dans le quartier de Sacha.

Ils se dirigeaient vers le sud, sous des ponts de béton qui se croisaient et se recroisaient, rappelant à Lydia les routes aériennes dans *Les Jetsons*, ce genre de visions du futur répandues dans les années cinquante. Plus ils avançaient, plus les riches banlieues et les petits centres commerciaux pimpants se faisaient rares, remplacés par des bâtiments gris et des bicoques décrépites. Sacha quitta l'autoroute. Dans son rétro, Jeffrey ne voyait plus le camion, mais ça n'était pas plus rassurant ; il était nerveux en traversant le pire faubourg de Miami. Ils croisèrent des immeubles ravagés, avec des types louches postés sur les seuils ; une prostituée maigre et pomponnée qui paradait au coin d'une rue, la tignasse rouge, les bras marqués de bleus, le sourire crispé. Lydia tâcha de ne pas la regarder avec pitié. Une jeune femme enceinte en salopette bleue descendait lentement la rue en poussant son Caddie, cigarette aux lèvres. La plupart des boutiques et petits restaurants étaient encore fermés. N'étaient ouverts qu'un café et un kiosque à journaux – et le caviste, qui ne devait pas chômer. À mesure qu'ils pénétraient ce quartier, ils s'efforçaient de garder leurs distances sans perdre de vue Sacha. Lorsqu'il se gara enfin devant un bâtiment apparemment désaffecté, au cœur d'un pâté de maisons désert, ils ralentirent avant de tourner au coin de la rue. Lydia prit son arme dans son sac pour la glisser à sa ceinture. Les récents événements lui avaient appris qu'il convenait de toujours la garder à portée de main. Elle repensa en un éclair à la dernière fois où elle avait fait usage de son Glock ; elle sentait toujours la fumée et revoyait les yeux du dément, peinant pour respirer avec son nez cassé et le canon de l'arme dans la bouche. Elle eut un frisson, comme si quelqu'un avait marché sur sa tombe.

Ils sortirent de la Jeep et Lydia regarda le véhicule comme si c'était la dernière fois – il n'y avait pourtant aucun signe de vie dans la rue ; on n'entendait que la rumeur de l'autoroute.

– Reste à mon côté et pas d'acrobaties ! lança Jeffrey.

– Quoi ? Tu es culo...

Il mit un doigt sur sa bouche, geste qu'elle trouvait suprêmement irritant et condescendant, mais elle retint sa langue, non sans se promettre de se venger plus tard. Elle portait un jean moulant et sa chemise noire dissimulait son arme. Le métal était froid, le canon la gênait, mais c'était agréable de la savoir là. Ses chères bottines étaient en cuir souple et avaient des semelles à la fois solides et flexibles, un atout si jamais il fallait se battre – ou s'enfuir !

Comme ils marchaient vers la Boxster en stationnement, le quartier lui rappela celui des abattoirs de Manhattan la nuit, à cause de son caractère négligé, lugubre, de tous ces porches et recoins qui faisaient de bonnes cachettes. Un rat détala sous ses pieds et, si elle n'avait été new-yorkaise, elle aurait sûrement crié. D'ailleurs, elle l'aurait sans doute fait si elle n'avait redouté d'attirer l'attention. Jeffrey se retourna au moment où le rat géant descendait la rue.

– Les rats de New York battent à plate couture ceux de Miami ! lui chuchota-t-il avec un sourire.

C'était à espérer...

Ils montèrent par un étroit escalier de béton jusqu'à une porte métallique entrebâillée. Elle était éraflée et cabossée, semblait avoir été forcée au pied-de-biche plus d'une fois, mais la serrure paraissait neuve. Comme c'était la seule en vue, Jeffrey jugea que c'était par là que Sacha était passé, mais quelque chose dans ce scénario le chiffonnait et l'incita à regarder en arrière. Le camion n'était pas là et il se demanda si on les avait effectivement suivis.

– C'est trop facile..., murmura Lydia, formulant son impression.

Il hocha la tête et poussa lentement la porte qui ouvrait sur un long escalier sombre. Ils échangèrent un regard, Jeffrey haussa les épaules, et ils commencèrent à gravir les marches en bois, l'arme au poing, le dos collé au mur. Lydia surveillait leurs arrières et s'efforçait de ne rien faire craquer. La voix assourdie d'un homme en colère s'entendait à travers une porte. Plus ils s'en rapprochaient, moins ils bénéficiaient de la lumière du jour. Ils étaient presque dans le noir quand ils se retrouvèrent sur le palier.

– Elle part demain pour l'Albanie...

C'était la voix du DVD – aucun doute là-dessus.

– Il faut qu'on soit à Vlorë demain et prêts à agir... il n'y a pas de temps à perdre. Une fois qu'il aura découvert ce qu'on a fait, il ne nous laissera plus en paix... Mais lundi, American Equities et American Beauty n'existeront plus... Nous n'existerons plus. Et Nathan Quinn restera là, comme un con...

Il y eut un silence.

– O.K..., fit l'homme en poussant un soupir.

Ils l'entendirent raccrocher et le silence revint. Jeffrey ôta le cran de sûreté de son Glock, s'attendant à voir Sacha sortir précipitamment. Lydia et lui se regardèrent dans la pénombre, mais ils entendirent marcher sur un plancher et une porte claqua – puis plus rien. Ils attendirent une minute avant d'entrer.

Lydia réprima une exclamation de surprise en reconnaissant les lieux. C'était un vaste loft aux hautes fenêtres sales, au parquet crasseux, aux murs gris. Les piliers de soutien semblaient monter la garde dans le demi-jour. Elle remarqua le matelas, posé sur une quantité de bâches empilées en désordre devant un écran blanc et débarrassé de ses draps et coussins de satin rouge. Malgré sa répugnance, elle inspecta la place. Tout sentait l'eau de Javel. Elle se demanda de combien d'horreurs cette pièce avait été le témoin et s'efforça de ne pas se laisser impressionner.

Soudain, Jeffrey la saisit par la taille et l'entraîna derrière l'écran. Quelques secondes plus tard, elle entendait des bruits de pas ; une porte s'ouvrit et se referma. Plus d'une fois elle s'était demandé comment il s'y prenait pour entendre les choses avant elle. C'était peut-être qu'elle-même était toujours en train de faire des rapprochements dans sa tête, de sentir les énergies. Lui s'intéressait au concret, au tangible. Il la tenait par la taille, dos au mur, et ils restaient parfaitement immobiles, respirant à peine, pendant qu'on marchait à proximité. Elle aurait bien voulu voir... Mais la porte claqua de nouveau. Un verrou pivota, des pas descendirent l'escalier et le silence revint. Puis le moteur de la Porsche vrombit.

En regardant avec précaution derrière l'écran, Lydia constata que l'endroit était vide.

– Je sais où nous sommes..., chuchota-t-elle.

– C'est là qu'on a tourné la vidéo.

– Oui. Ce sont les bureaux d'American Equities.

22

Les éléments de leur enquête ne s'imbriquaient pas ; chaque pièce rendait le puzzle moins clair, la lumière plus diffuse. Chaque piste semblait, en fait, les éloigner toujours davantage de Tatiana ; mais pour Lydia, depuis sa conversation avec Craig, une forme commençait à se dessiner à travers le brouillard. Jeffrey haussa les sourcils en l'écoutant parler et parut réfléchir – sans faire de bruit, car ils ne savaient toujours pas s'ils étaient bien seuls. Il s'approcha de l'autre porte qui donnait sur un cabinet de travail.

La pièce sentait le tabac froid. Avec son bureau en métal et similibois, son fauteuil pivotant, son meuble-classeur à tiroirs et sa chaise en plastique vert comme on en voit dans les cafétérias, c'était un endroit terriblement banal. Sur la table, il y avait un sous-main au buvard vierge, un porte-crayon contenant plusieurs Bic orange, une pendulette et une lampe halogène à côté d'une boîte à Kleenex décorative. Bizarre de penser que ces bourreaux avaient besoin de quelque chose d'aussi innocent qu'un Kleenex...

Elle s'installa à ce bureau pendant que Jeffrey restait posté à la porte qu'il avait laissée entrebâillée. Comme il n'y avait pas d'autre porte, si jamais quelqu'un venait, ils devraient parlementer ou tirer pour sortir...

– Qui te dit que c'est le bureau d'American Equities ? dit-il, toujours à mi-voix.

– Je ne sais pas, répondit-elle en promenant ses doigts sous le plateau, cherchant des micros.

Une compagnie produisant des films snuff ne devait guère garder des registres quelconques, mais elle entreprit tout de même de fouiller les tiroirs.

– Il n'y a ni ordinateur, ni téléphone..., commenta-t-elle.

– Pas de caméra non plus dans la grande pièce...

Les tiroirs du bureau étant vides, elle s'intéressa à ceux du meuble-classeur. Bizarrement, ils étaient entrouverts et bourrés de dossiers.

Sa chance la fit sourire, mais, comme elle feuilletait les dossiers, son sourire s'effaça. Chacun, portant un nom de femme griffonné sur une étiquette blanche, renfermait la photo minable d'une fille nue qui cherchait à paraître sexy et séduisante et semblait en fait vulgaire et droguée, effarouchée. Accompagnant la photo, des mensurations, une photocopie des passeports, tous albanais, et ce qui ressemblait au tirage d'une page de site Web. Y figuraient une reproduction scannée de la photo, les mensurations, goûts et dégoûts de la fille, ainsi qu'un nom différent de celui noté sur le dossier : Candy, Brandy, Britanny. En haut, le nom de la compagnie : AMERICAN BEAUTY. Suivait un paragraphe affirmant qu'American Beauty était une agence de mannequins respectable. Certains dossiers avaient été recyclés : le nom avait été rayé pour faire place à un autre. Lydia avait une idée du sort de celles qui avaient été remplacées ainsi. Aucun numéro de téléphone n'était indiqué et l'adresse Web n'apparaissait nulle part.

– Jeff, viens voir !

Il quitta son poste à contrecœur pour se pencher par-dessus son épaule.

– Prends ce qui t'intéresse et tirons-nous..., dit-il en retournant à sa place.

– Une minute...

– Grouille ! On devrait être partis depuis long-temps...

Elle cherchait la photo de la jeune fille du DVD, ou – pire – celle de Tatiana, mais ne trouva ni l'une ni l'autre. Elle prit un dossier au hasard, le posa par terre et ouvrit un autre tiroir. Là, se trouvait du papier à lettres à l'en-tête d'American Beauty. Elle mit une seconde à s'apercevoir que les petits caractères du bas précisaient : « une filiale d'American Equities ».

– Jackpot ! dit-elle en ouvrant le troisième et dernier tiroir.

Il contenait un agenda. Elle l'ouvrit pour le feuilleter. Le premier samedi de chaque mois, on avait écrit « Vlorë » et une heure, « Italie » et une heure, un nombre allant de quarante à soixante-dix, et un montant en dollars. Lydia comprit que c'était important. Elle prit le tout et alla à la porte.

– Barrons-nous, dit-elle, devinant à sa légère fébrilité qu'il était temps de partir.

– Tu sens ? dit Jeffrey, fourrant le dossier et l'agenda sous sa chemise, tandis qu'ils traversaient le loft.

– On dirait...

– De l'essence !

Une flaque s'élargissait sous la porte et ils entendirent des pas lourds battre rapidement en retraite dans l'escalier. À l'instant où des flammes léchaient le plancher dans un souffle brûlant, Jeffrey la tira par le bras.

– Merde...

Cherchant une autre issue, ils traversèrent en courant le loft vers une grande fenêtre sale à guillotine qui semblait n'avoir pas été ouverte depuis une décennie. Prenant chacun une poignée, ils essayèrent de soulever la vitre, mais elle était collée par la peinture.

– Recule ! dit Jeffrey, braquant son arme.

En trois coups, elle vola en éclats, ne laissant que des arêtes vives. Plus bas, il y avait un toit de tôle ondulée, à une hauteur d'un mètre cinquante. Comme Jeffrey se juchait sur l'appui et dégageait à coups de pied le bas du chambranle, il aperçut l'arrière de la Boxster, suivie par le camion Ryder, qui remontait la rue à toute allure. Les flammes se répandaient dans la pièce en formant une ligne droite qui alla lécher la porte du bureau. Jeffrey tendit la main à Lydia et l'aida à monter sur le rebord, puis sauta sur le toit de tôle ondulée.

– Attention à ne pas te blesser ! dit-il, au moment où un éclat de verre fendait la chemise de Lydia et lui entaillait l'épaule.

Dopée par l'adrénaline, elle le sentit à peine, mais vit le sang couler sous son poignet et sa main. Plaqués contre le. mur, ils descendirent pas à pas la légère déclivité sous des tourbillons de fumée. Jeffrey tendit le bras pour l'empêcher d'avancer.

– Assurons-nous qu'il n'y a personne dans la rue avant de sauter.

– Ah, on saute... ?

– Je pourrais siffler, histoire de voir si la Jeep arrive au galop...

Il embrassa les environs du regard. Personne, sauf si quelqu'un se cachait dans une encoignure ou derrière une poubelle, ce qui était parfaitement possible. Ils n'avaient plus qu'à se lancer en espérant qu'il n'y aurait pas de comité d'accueil. Il s'en mordrait peut-être les doigts, mais pour l'instant c'était la seule option.

– Moi le premier. Surveille la rue. Assure-toi qu'on ne me tire pas dans le dos quand je serai suspendu à la gouttière.

– Super...

Elle dégaina et survola la rue déserte, mal à l'aise, guettant des ombres furtives, se rappelant qu'elle ne visait pas très bien. Lorsqu'elle entendit les pieds de Jeffrey toucher le sol, elle s'allongea sur le ventre et regarda dans le vide.

– Tourne-toi, passe les jambes et descends en te retenant à la gouttière. Pense à fléchir les genoux en atterrissant, dit-il en regardant autour de lui.

– D'accord, monsieur les Gros-Bras.

Elle y alla doucement, les muscles brûlants, ses bras commençant presque aussitôt à trembler. Quand elle sentit le bout des doigts de Jeffrey frôler ses cuisses, elle essaya de se rapprocher un peu plus de lui, mais perdit sa force et dégringola. Il encaissa le choc en râlant.

– Comme sur des roulettes...

Ils se relevèrent en se tapotant les membres, essoufflés. La fumée et l'effort physique la faisaient tousser.

Les flammes étaient visibles par la fenêtre pulvérisée. Quand ils entendirent les sirènes dans le lointain, ils décampèrent.

23

L'arrière de la limousine était froid, et la compagnie encore plus réfrigérante. Maître Harriman avait peur de Jed, sans parler du dégoût qu'il lui inspirait, et ce dernier le sentait. D'ailleurs, pour être franc, Jed s'estimait un peu insulté par l'attitude de l'avocat ; lui-même s'était conduit avec professionnalisme, n'étant pas bête au point de mordre la main de son bienfaiteur, et pourtant, lorsqu'il lui avait tendu la main dans la voiture, l'autre l'avait regardée comme si c'était un tas d'excréments.

– Ne feignons pas d'être amis, voulez-vous... ? avait-il dit en lui jetant un regard haineux par-dessus la monture dorée de ses lunettes.

On lui avait laissé un très beau choix de vêtements à l'hôpital, pour sa sortie. Un jean bleu délavé très sympa de chez Gap, un pull à col roulé bleu marine, en coton chaud, coordonné à une chemise de flanelle à carreaux, une paire de bottes Timberland toutes neuves, des chaussettes de laine et une parka REI grise à doublure de mouton amovible. Un grand sac marin plein d'habits neufs l'attendait dans la limousine, ainsi qu'une valise contenant un matériel de surveillance ultrasophistiqué – jumelles et longue-vue, lunettes à infrarouge et divers articles, dont un gros coutelas. Il n'avait pas eu le temps de tout voir, pendant que maître Harriman lui énumérait les objets.

– Mon client tient à donner à ses employés toute latitude pour... pour exercer leurs... euh... talents, dit-il. Dans la doublure du sac, en plus des vêtements neufs, vous trouverez cent mille dollars en petites coupures. Ce pécule épuisé, vous serez livré à vous-même, aussi je vous suggère de surveiller vos dépenses. Évidemment, je ne vous ai pas révélé mon véritable nom, ni celui de mon client... Ne cherchez pas à me revoir. Je vous rappelle une fois de plus qu'à la moindre tentative en ce sens... Vous imaginez, je suppose, quel genre d'influence il fallait pour obtenir votre élargissement. N'allez pas vous figurer que cette influence ne pourrait s'exercer à vos dépens, monsieur McIntyre.

Ils s'étaient engagés dans un parking souterrain et s'arrêtèrent près d'une Land-Rover noire.

– Ce véhicule est à vous. Vous trouverez tous les documents nécessaires, y compris un permis de conduire délivré en Pennsylvanie dans la boîte à gants. Il y a aussi une carte de Sécurité sociale. Tout est au nom de Martin Monroe. Le casier judiciaire de Martin Monroe est vierge et son curriculum vitae, qui est tout à fait vérifiable et ressemble de près au vôtre, vous permettra de trouver du travail ultérieurement. Avez-vous des questions ?

Jed était impressionné, très impressionné.

– Pourquoi ? dit-il. Pourquoi faire ça pour moi ?

– Disons que mon client a des caprices macabres... et les moyens de les satisfaire !

24

Le réceptionniste du Delano les regarda avec dédain traverser l'élégant hall couverts de suie et laissant dans leur sillage presque autant de poussière que des réfugiés afghans. Encore toute secouée et en colère, elle avait jeté un regard railleur au concierge qui sourcillait devant leur allure dépenaillée. En attendant l'ascenseur, elle essaya de se recoiffer, bien inutilement, devant les miroirs, puis se tourna pour examiner sa coupure.

— Tu auras une belle cicatrice, si on ne te met pas de points de suture, dit Jeffrey en se penchant sur son épaule.

— Ce n'est pas très profond, dit-elle, mais ce contact la fit tressaillir.

— On passera par un hôpital, en allant à l'aéroport...

— On n'aura pas le temps...

— Effectivement ! dit l'agent Bentley qui venait de surgir dans son dos, avec son fidèle compagnon, l'agent Negron.

Ils les poussèrent dans la cabine qui venait d'arriver.

— Vous n'avez pas le choix... (Il avait manifestement du mal à garder son calme.) Soit vous coopérez et acceptez qu'on vous escorte jusqu'à l'aéroport, où vous prendrez le premier vol pour New York, soit nous vous arrêtons pour ingérence délibérée dans une enquête fédérale ayant abouti à la destruction de preuves.

Lydia le considéra avec une feinte humilité.

– Je ne vois pas de quoi vous voulez parler, dit Jeffrey.

– Vous le savez parfaitement, dit l'agent Bentley qui leva le bras derrière lui pour appuyer sur la touche *arrêt*.

La cabine s'immobilisa et Lydia sentit son estomac se nouer. Au loin, une alarme se déclencha, ajoutant à sa panique. Elle regarda Bentley dans les yeux et eut peur : c'était un homme poussé à bout. Ses yeux étaient injectés de sang et un tic nerveux contractait sa mâchoire. Lydia se serra contre Jeffrey et lui saisit le poignet.

– On s'en va..., dit-elle. Laissez-nous prendre nos bagages et on s'en va. Ça ne vaut plus le coup. On voulait se rendre utiles... on en a peut-être trop fait, mais c'est fini maintenant. Que d'autres s'occupent de Tatiana Quinn...

L'autre la regarda avec un mélange de scepticisme et de soulagement.

– Finies les conneries ?

– Finies. On prend le vol de quatorze heures pour New York. Vous pouvez téléphoner à la compagnie et vérifier par vous-même.

Il réappuya sur la touche et la cabine reprit son ascension avec une secousse. Une voix crépitante émana du haut-parleur :

– Tout est en ordre ?

– Ça marche, répondit Bentley dans l'interphone, nettement plus détendu. Il faudra entretenir cet équipement...

– Ce sera fait. Veuillez nous excuser...

Les portes coulissèrent et ils sortirent à l'étage.

– Vous ne voyez pas d'inconvénient, j'imagine, à ce qu'on s'assure que vous arrivez sains et saufs à l'aéroport après toutes ces mésaventures ? fit Bentley avec une feinte courtoisie.

– À votre guise, répliqua Jeffrey en entrant dans leur chambre.

Cinq minutes plus tard, ils avaient fait leurs valises sous l'œil des fédéraux assis sur le divan. Bientôt ils étaient dans leur Jeep, suivis de près par le FBI. Épuisés et moulus, ils avaient bien évidemment l'intention d'aller à New York – car c'était là qu'ils pourraient prendre un vol pour Tirana, Albanie. Le lendemain.

Fidèles à leur parole, Negron et Bentley eurent l'amabilité d'attendre pendant qu'ils rendaient leur voiture de location et les conduisirent ensuite jusqu'au terminal. Là, Negron grignota des bonbons et parcourut une revue automobile tandis que Bentley se contentait de les fixer d'un air féroce en attendant l'embarquement. Comme Lydia les saluait du haut de la passerelle avec une politesse exagérée, Negron lui fit un geste obscène à travers la vitre teintée.

– Dieu que je suis soulagé de ne plus être du FBI ! soupira Jeffrey.

– Et réciproquement, j'imagine...

Jeffrey n'avait pas eu le temps de se mettre en condition... ni de prendre un verre. Aussi, le sentant s'agiter au moment où l'avion commençait à rouler sur la piste, elle repêcha dans son sac son flacon de Tylenol PM et la petite bouteille d'Absolut Citron qu'elle avait piquée dans le minibar justement à cette fin.

– Merci, docteur...

Elle prit sa main, soudain glacée, et lui sourit. Vraiment étrange, cette phobie de l'avion chez un être aussi intrépide. C'était sans doute l'idée de ne pas contrôler la situation. Il aurait sans doute préféré être aux commandes.

– Tu me repasses le dossier... ?

Il souleva sa chemise et lui tendit le dossier et l'agenda, tout chauds et froissés. Elle mit le premier sur ses genoux et le lissa des deux mains, puis parcourut l'agenda.

– Qu'est-ce que c'est ? dit-elle, pensant à haute voix.

– On dirait un calendrier de livraisons...

– Livraisons de quoi ? Et ces montants en dollars ? La valeur de la cargaison ?

– On finira bien par le savoir...

– Si on découvre l'endroit... On sait seulement que c'est dans une ville qui s'appelle Vlorë.

– On trouvera...

– Tu sais, j'avais toujours vu le Mal comme frappant au hasard, pas comme une chose organisée, soutenue par l'argent et le pouvoir. Je n'avais jamais cru au diable qui tire des plans et suit un programme.

– Et les nazis ? Ils étaient organisés. Tout le gouvernement était diabolique.

– À en croire Marianna, notre gouvernement l'est aussi.

– Ah, ça... Il y a peut-être des hommes corrompus au pouvoir, mais je ne crois pas notre système totalement perverti. Les Américains sont du côté du Bien, voyons !

Elle haussa les épaules.

– Enfin... qu'est-il arrivé là-bas ? Était-ce une coïncidence qu'on soit sur place au moment où quelqu'un mettait le feu ? Ou nous a-t-on suivis dans l'intention

218

d'éliminer toutes les traces – et nous-mêmes, dans la foulée ?

– Je ne sais pas...

Il se rappelait le camion Ryder et se demanda qui était au volant.

L'avion se mit à foncer sur la piste et Jeffrey se raidit. Elle lui sourit, compatissante, et lui caressa la joue.

– Tu t'échappes d'un immeuble en flammes et tu as peur de voler ?

– Je sais..., répondit-il en fermant les yeux, oppressé.

Elle lui tint la main tandis que les roues quittaient la terre ferme et, quelques secondes plus tard, l'aéroport n'était plus qu'un village miniature. Elle imagina Bouclettes et Grosse Tête pas plus gros que des fourmis. Que leur cachaient-ils ?

– Et quel est le rôle de Jenna ? dit-elle par-dessus le vrombissement du train d'atterrissage rentrant dans le ventre de l'appareil. Si elle possède American Equities, alors serait-elle mêlée à American Beauty – aux films snuff ?

Elle repensa au DVD, dont l'original se trouvait dans son sac. Quelle espèce de gens pouvaient faire cela ? Qui fallait-il être pour tourner un film pareil, ou prendre son pied en en regardant un ? Quelqu'un comme Nathan Quinn, si imbu de son propre pouvoir que les autres étaient quantité négligeable pour lui ? Des gens qui se croyaient tellement au-dessus des lois et de la morale que tout leur était bon quand il y allait de leur plaisir sexuel ? Et était-ce ce qui était arrivé à Tatiana ? Elle se rappela les paroles de l'inspecteur Ignacio à propos de l'argent. Ils allaient devoir suivre cette piste, et celle de Sacha Fitore, jusqu'en Albanie. Elle frissonna en se rappelant la voix de cet homme sur la cassette, sa froideur, comment il avait menti et manipulé cette fille avant de la voir mourir dans d'atroces souffrances. Elle se sentit rougir de colère. Nathan Quinn et Sacha Fitore étaient l'esprit du Mal incarné.

Lorsque Jeffrey s'assoupit, sous l'action conjuguée du Tylenol et de sa gorgée d'Absolut, elle rabattit sa tablette et brancha son ordinateur sur le modem, ce qui lui coûterait, évidemment, un millier de dollars par seconde. Lorsque la machine démarra, elle se connecta au moteur de recherche et entra le nom de la ville de Vlorë. La connexion était lente et il fallut patienter. Elle ne mit que cinq minutes à parcourir les liens avant de tomber sur une transcription d'une séquence d'actualités sur le site Web d'ABC qui répondait à quelques-unes de ses questions ; des articles de BBC *on line* comblèrent les trous.

Situé sur la côte adriatique, Vlorë, autrefois important port de pêche et de commerce, exportait aujourd'hui une marchandise bien plus lucrative – des femmes. Distante d'une centaine de kilomètres des côtes italiennes, cette ville, avec sa police corrompue et son pouvoir politique incompétent, était devenue le centre de l'industrie nationale de la contrebande. Attirées par la promesse d'un riche mariage, d'une carrière dans la mode ou tout simplement enlevées à leurs familles et soumises par la torture, les filles étaient embarquées sur des vedettes et vendues à des proxénètes sur la côte italienne. Selon la chaîne ABC, une jeune vierge pouvait rapporter dans les dix mille dollars. Débordés, les gardes-côtes italiens n'étaient en mesure d'intercepter qu'une fraction de cette immigration clandestine. Les estimations les moins alarmistes évaluaient à trente mille le nombre de prostituées albanaises rien qu'en Europe, soit presque un pour cent de toute la population albanaise. Ces jeunes filles devenaient des esclaves sexuelles. Même si elles parvenaient à s'échapper, elles ne pouvaient pas rentrer chez elles. Dans leur pays, une femme violée pouvait être tuée par son père et ses frères, la faute rejaillissant sur elle. C'étaient des femmes perdues, invisibles.

Quelques années plus tôt, Lydia avait écrit un article dans *Vanity Fair* sur un trafic analogue orchestré par la pègre russe. Elle croyait alors avoir contribué à changer un peu les choses, mais ce n'était qu'une illusion et elle s'estimait heureuse d'être née au vingtième siècle dans un pays développé. Fermant les yeux, elle imagina ces millions de femmes de par le monde qui n'avaient aucun droit, opprimées, terrorisées, battues, torturées, vendues comme esclaves et assassinées. En Afghanistan, Afrique, Albanie, et dans l'ex-Yougoslavie – pays dévastés par la guerre et la misère –, survivre à tout prix était devenu la priorité des priorités, au mépris de la morale et de l'humanité.

Elle songea à Marianna et à la peur dans ses beaux yeux. Elle avait dit : « Mon pays a été détruit, et les gens là-bas sont des vautours qui se nourrissent de sa dépouille. Ils vendraient leur fille pour un dollar, sans se soucier de son sort. »

Il fallait être aveugle pour ne pas voir ce qu'était ce calendrier – mais peut-être avait-elle sciemment choisi de fermer les yeux sur la vérité, car lorsque cette dernière s'imposa, elle n'en fut pas surprise : après tout, elle avait déjà vu cela sous une autre forme. Elle venait de quitter le *Washington Post* pour se mettre en freelance, mener des enquêtes de longue haleine et s'essayer à un livre qui était devenu *L'Esprit de vengeance*. Elle avait cependant conservé sa boîte vocale au *Post*, par où lui arrivaient bien des idées. Un soir qu'elle travaillait à son livre, faisant une pause, elle avait interrogé cette boîte vocale. Une certaine Felice l'avait appelée. À la réflexion, elle avait quelque chose de Marianna. Elle était plus banale et plus petite, un peu plus vieille, avait les bras marqués par les piqûres, mais partageait sa méfiance à l'égard de la police et du FBI. D'origine russe, elle avait été contrainte à se prostituer, affirmait-elle, par un proxénète qui lui avait promis monts et merveilles. Elle avait été droguée à l'héroïne contre son gré et, devenue junkie, faisait à présent le trottoir. Et ce n'était pas une exception. Si elle avait gardé le silence, c'était par peur de son maquereau, de la police, mais aussi parce qu'elle avait le fragile espoir de pouvoir un jour racheter sa « dette » et recouvrer la liberté. C'était la carotte que le proxénète lui agitait quand il ne la battait pas, ni ne la droguait de force. Puis, des jeunes femmes qu'elle connaissait s'étaient mises à disparaître ; leurs cadavres étaient retrouvés noyés ou dans des ruelles. Elle craignait d'être la suivante, d'où sa démarche. Lydia avait été touchée, mais sceptique ; elle avait pris l'adresse où, selon Felice, les filles étaient retenues. Après une enquête qui l'avait menée, avec Jeffrey, de Washington à New York, et de Minneapolis à Chicago, son article avait déclenché une vaste opération de police qui avait permis de démanteler un réseau international de prostitution. Malheureusement, Felice avait succombé à une overdose le lendemain de sa libération, alors qu'on venait de l'accepter en cure de désintoxication.

Mais si Marianna avait raison, c'était encore pire. Et ce qu'ils avaient vu – les images obsédantes, affreuses, du DVD – prouvait qu'elle avait raison. Il fallait faire cesser cela par n'importe quel moyen. Et Sacha Fitore devrait être châtié.

Elle revit ces visages – Tatiana, Marianna, Felice,

et même Shawna, les jeunes et jolies victimes d'un monde ignoble, indifférent, parmi des millions d'autres. Mais Tatiana n'était pas perdue – pas encore. Lydia sentait qu'elle était là, tout près. Et en la sauvant, elle pourrait venger, dans une modeste mesure, toutes ces filles dupées, désespérées, assassinées. Le *buzz* lui donnait la bougeotte et elle avait très envie d'une cigarette. Elle donna à son voisin un petit coup de coude pour lui montrer le fruit de ses recherches.

L'aéroport était bondé et ils se frayaient péniblement un chemin dans la cohue habituelle. Ils se faisaient bousculer et marcher sur les pieds car ils avaient été trop fatigués pour réussir à s'échapper en moins de quarante-cinq minutes. Il leur aurait fallu pousser les autres passagers qui prenaient leurs bagages au-dessus de leurs têtes afin d'être les premiers à quitter l'appareil, puis descendre au pas de course la passerelle, dévaler les interminables couloirs et escalators, se propulser à la meilleure place pour intercepter ses valises, c'est-à-dire juste devant la bouche du tapis roulant – sans oublier d'être prêts à présenter leurs billets en cas de contrôle par le personnel censé repérer les voleurs – puis foncer vers la file d'attente aux taxis. Mais aujourd'hui, ils s'étaient simplement laissé porter par le courant. Lydia fut surprise et infiniment soulagée de se voir aborder par un chauffeur de limousine.

Portant uniforme et casquette, il avait sur la poitrine un badge et tenait à la main une pancarte à leurs deux noms. L'autre reposait sur un chariot et Lydia crut à un mirage, vu à travers la brume de sa fatigue.

– Qui vous a envoyé ? lança Jeffrey, méfiant.

Il avait l'air nerveux, évasif, et Jeffrey insista pour

qu'il se fasse préciser par téléphone l'identité de son client.

Une petite dame âgée, armée d'une canne, écarta Lydia pour atteindre son gros sac en tapisserie, en glapissant « Pardon, pardon ! » avec des marques exagérées de désespoir et d'agacement. Comme il lui passait tout de même sous le nez, elle poussa un cri. Lydia se précipita pour le saisir par ses poignées de cuir et le rapporta à bout de bras. L'autre le lui arracha comme si elle avait eu affaire à une voleuse, remercia du bout des lèvres et s'éloigna clopin-clopant. Lydia regrettait presque de ne pas l'avoir assommée avec au lieu de le lui rendre.

– Garce..., marmonna-t-elle en espérant sincèrement que la limousine n'avait pas été envoyée par l'un des divers individus qui voulaient se débarrasser d'eux, car elle était morte de fatigue et se dispenserait volontiers de faire la queue aux taxis.

– C'est Jacob qui a commandé la limousine, dit Jeffrey en lui prenant son bagage pour le mettre sur le chariot.

– Ça ne lui ressemble pas...

– Et il est à l'intérieur...

– Super ! fit-elle en soupirant.

– Milady, votre carrosse est avancé, dit-il avec un moulinet du bras.

Sur le trottoir, sa fine veste de cuir et son pantalon en fibres synthétiques ne la protégeaient guère du froid mordant ni du crachin qui n'était pas de la neige mais le deviendrait si la température baissait encore. Elle croisa les bras et se serra contre son compagnon en attendant l'apparition du véhicule.

– Les vacances ont été bonnes ? demanda Jacob, ignorant totalement la jeune femme lorsqu'ils s'installèrent en face de lui.

– Pas terribles, non, répondit Jeffrey, aussi maussade qu'un adolescent contrarié.

– C'est ce que j'ai entendu dire...

L'atmosphère était pesante et Lydia trouva Jacob bien pâle avec son col roulé et son loden vert. Il était plutôt bel homme à certains moments, quand il était pris sous une lumière flatteuse et souriait. Mais aujourd'hui, il était en colère et la colère ne lui convenait guère. Ses pommettes étaient trop saillantes et son sourire figé.

– Et qu'as-tu entendu dire, exactement ? lui demanda Jeffrey.

– Déposons Lydia d'abord, nous pourrons ensuite discuter...

Cette dernière se hérissa, mais ne broncha pas.

– Nous n'avons rien à lui cacher.

– Ce n'est pas mon avis...

– Ton avis, je m'en fous ! C'est ma partenaire...

– Ah ? Il me semblait que c'était moi, ton partenaire. Tu te rappelles – Mark, Hanley & Striker, Inc. ? Elle ne fait pas partie de l'agence, et nous avons à parler de l'agence...

– En ce qui me concerne, c'est plus ma partenaire que tu ne l'es, toi...

– Qu'est-ce que ça signifie ?

Et c'est reparti ! songea Lydia qui observait de son côté le flot dense des véhicules. Les phares luisaient sous les gouttes argentées ; les coups de klaxon manquaient de conviction. Jeffrey avait une dent contre Jacob et elle se demandait pourquoi il n'en avait jamais discuté avec elle.

Jeffrey détourna les yeux et secoua la tête.

– À la réflexion, tu as peut-être raison. Il faudra qu'on parle seul à seul.

– Puisque je gêne, je pourrais peut-être continuer à pied ?

La plaisanterie de Lydia tomba à plat.

– Seigneur, qu'y a-t-il donc ?

Nul ne lui répondit. Jeffrey regardait au-dehors, Jacob la considérait avec colère et méfiance.

– Vous avez énervé pas mal de gens à Miami, dit-il en la désignant du doigt.

Elle haussa les épaules. Il sortit alors un papier de son veston : c'était un double de la note d'hôtel, totalisant presque cinq mille dollars.

– Et vous nous coûtez beaucoup d'argent...

Jeffrey lui arracha la note.

– Il ne s'agit pas des habitudes dispendieuses de Lydia. Elle nous fait gagner plus d'argent en un an que toi en cinq. Tu n'es pas le boss, Jacob ! Ne crois pas que j'ignore que tu me caches les comptes. Je n'ai peut-être pas ton sens des affaires, mais je ne suis pas idiot !

– C'est elle qui te met ces idées en tête... elle te manipule pour entrer dans l'agence !

– Quel détective vous faites, Jacob... toujours à deviner avant les autres, fit Lydia d'une voix lassée.

Encore un peu et il allait l'appeler Yoko. Elle se retira mentalement de la conversation, trop en colère pour se taire et trop fatiguée pour s'impliquer. En outre, elle ignorait tout du motif de cette querelle.

– Lydia ne sait rien de cela, dit Jeffrey calmement. Elle n'a jamais rien dit contre toi.

– Admettons... Et après avoir dépensé tout cet argent, énervé pas mal de monde et laissé autant de cadavres sur le carreau pendant vos « vacances », avez-vous au moins trouvé un client ? Quelqu'un qui vous a engagés, payés ? Avez-vous oublié que nous gérons une agence ?

– L'argent n'est pas tout, Jacob. On en gagne assez pour se permettre de suivre des enquêtes à titre gracieux...

– Oui... quand Lydia a le *buzz*...

– En effet... parce que en général, il y a une raison pour cela.

– Comme ceci, par exemple... ?

Il avait sorti de sa poche le DVD dans son boîtier.

– Où as-tu trouvé ça ?

– J'ai demandé à Craig de me le remettre, même s'il s'est fait tirer l'oreille. Tu ne devrais pas l'encourager à me cacher des choses, Jeff...

Lydia se sentit trahie. Elle se demanda si Craig avait tout dit à Jacob – mais au fait, quelle importance ? Jacob était censé être digne de confiance. Il était censé être leur allié... Elle le regarda et vit que sa main tremblait légèrement. Pourquoi, tout à coup, lui apparaissait-il comme un ennemi ?

– Vous l'avez visionné ? lui demanda-t-elle.

– Oui, hélas...

– Une fillette a disparu, Jacob. Des jeunes filles sont assassinées pour satisfaire les goûts dépravés de quelques-uns. Des êtres humains sont vendus, réduits en esclavage. Comprenez-vous ?

– Oui, Lydia, je comprends... C'est ainsi depuis la nuit des temps.

Elle secoua la tête, incrédule, découragée.

– De quoi parlez-vous ?

– Il y a toujours eu une élite. Des hommes qui ont le pouvoir d'acheter et de vendre leurs semblables moins favorisés afin de satisfaire leurs besoins – bâtir une pyramide, cultiver le coton, assouvir leurs caprices sexuels, peu importe... C'est du pareil au même. Il en a toujours été ainsi, sauf qu'aujourd'hui, avec l'influence des médias et la vogue du « politiquement correct » ces choses-là restent en général cachées.

Il ouvrit la boîte et, sous leurs yeux éberlués, sortit le DVD, le cassa en deux et jeta les morceaux par la portière. Un automobiliste protesta d'un coup de klaxon.

— On ne peut pas plus l'empêcher qu'on n'empêche le trafic de drogue. Si vous essayez, vous serez broyés et l'agence aussi. Je ne puis tolérer cela. L'agence compte trop pour moi. Toi aussi, Jeffrey, tu comptes trop pour moi...

Il y eut un silence. Jeffrey contemplait Jacob dans la pénombre. Il se rappelait clairement le jour où il avait aimé Jacob, le temps où ils avaient toute confiance l'un dans l'autre. Cet homme lui était devenu un étranger. Il ne lui inspirait plus qu'indifférence et une certaine méfiance. Il n'aurait su dire quand c'était arrivé, ni pourquoi, mais il commençait à soupçonner que cela avait débuté bien des années plus tôt, dans une chambre d'hôtel, à New York.

— Je me souviens de cette nuit..., dit-il.

— Quelle nuit ?

— À New York. L'affaire George Hewlett...

Jacob garda le silence un moment avant de reprendre la parole :

— Je t'ai empêché de te détruire, Jeffrey. À cause d'un clochard, une épave, tu nous aurais tous compromis...

— Oh, mon Dieu..., fit Jeffrey tristement. Qui es-tu ?

La main tremblait toujours, remarqua Lydia. Jacob baissa les yeux comme s'il avait honte.

— De quoi parlez-vous ?

— C'est l'histoire que je t'ai racontée à Miami, George Hewlett. Je ne t'ai pas tout dit... (Jeffrey ne quittait pas Jacob des yeux.) Je suis retourné à mon hôtel – tu te souviens que j'habitais encore à Washington à l'époque – après mon rendez-vous avec Sarah. Quand je suis arrivé à ma porte, elle était entrebâillée ; Jacob était là, dans le noir ; on se serait cru dans un mauvais film d'espionnage. J'ai dit : « Jack, qu'est-ce que tu fais ! Tu m'as fichu une de ces trouilles ! »

Il se tut et regarda Lydia.

– Quand je pense que je ne t'avais jamais raconté cela. C'est comme si je l'avais refoulé... Bref, et lui de me répondre : « Pourquoi as-tu fait cela, Jeff ? » Il avait peur, mais il était en colère aussi. « Ça te va de jouer les cow-boys, mais moi j'ai une femme et des gosses. Tu y as pensé ? Tu as une idée du merdier dans lequel tu nous as foutus ? » Là, j'ai vu rouge, j'ai dit que je ne comprenais pas comment il pouvait faire passer sa carrière avant la vie d'un innocent qui allait être condamné à mort pour un crime qu'il n'avait pas commis. Et lui de me répondre : « Il ne s'agit pas de notre carrière, mais de notre peau ! Il y a des gens avec lesquels on ne badine pas. Tu piges ? » Et, je ne l'oublierai jamais, il a ajouté : « Ce clodo, sa vie était fichue de toute façon. Toi, moi, ma famille, notre existence valent quelque chose. Je t'ai sauvé la mise aujourd'hui, Jeff, mais si tu t'obstines, je ne pourrai plus rien pour toi. » Et là, il est parti. Je l'ai rappelé, mais il s'est contenté de se retourner en faisant une drôle de tête.

« Je ne savais plus quoi penser après ce départ. Cela avait tout d'une blague. J'ai essayé d'oublier, de me convaincre que c'était un accès de parano. J'ai allumé la lumière et la télévision, je me suis préparé un verre – puis je me suis demandé comment il avait su où j'étais allé et ce que j'avais fait. Il ne connaissait pas cette femme ; donc, même s'il m'avait filé, il n'aurait pas pu s'approcher assez pour nous entendre sans que je le reconnaisse. Pour le coup, c'est moi qui suis devenu parano... ! Mais, comme je te l'ai dit, le lendemain il n'y avait plus rien...

Lydia regarda Jacob et ne le reconnut plus. Elle avait toujours su qu'il ne l'aimait pas, mais croyait à sa loyauté envers Jeffrey. Il avait tout d'un triste sire à présent.

— À t'entendre, on dirait une histoire de barbouzes, dit-il avec un rire faux. Je m'inquiétais seulement pour nos boulots.

— Évidemment, j'ai tout inventé...

Jeffrey regardait par sa vitre et Lydia ne put déchiffrer son expression.

— Et Tatiana Quinn ? dit-elle. La fille du riche et influent Nathan Quinn... que vaut son existence ? Risquons-nous les nôtres en la cherchant ?

— Tatiana est morte, Lydia.

Les mots la cueillirent à l'estomac et elle vacilla.

— Non, dit-elle, par réflexe.

— Elle est morte. Son cadavre a été retrouvé ce soir. Au cours d'une descente de police dans un squat – elle était dans un placard. Battue à en être défigurée, violée. L'un des flics a reconnu son collier d'après son signalement. Le légiste l'a identifiée d'après sa dentition. L'un des dealers arrêtés a dit qu'elle était arrivée quelques semaines plus tôt, qu'elle faisait le tapin pour du crack.

Elle s'attendait à éprouver de la peine, mais ne trouva en elle que de l'incrédulité, la conviction bien ancrée que Tatiana était en vie. Elle hocha la tête, feignant d'accepter la nouvelle, et regarda par sa portière. Jeffrey lui prit le genou.

— Comment l'as-tu appris ? demanda-t-il.

— Les mauvaises nouvelles vont vite...

— Je veux voir le corps, dit Lydia.

– Elle est déjà en route pour Miami.

– Impossible ! Rien que les formalités administratives...

– Il n'y a pas de formalités qui tiennent pour Nathan Quinn, dit Jacob, faisant écho aux paroles de Craig.

– C'est vrai... l'élite !

Le silence retomba et parut durer une éternité. Lydia entrouvrit sa vitre, laissant entrer quelques gouttes. La limousine quitta la voie rapide à Houston Street. À un feu rouge, un type se précipita sur le pare-brise avec sa raclette, mais le chauffeur l'ignora. Lydia lui tendit un dollar ; elle l'entendit crier : « Dieu vous bénisse ! » tandis que le véhicule repartait à travers les rues mouillées d'Alphabet City et s'enfonçait dans l'East Village, obliquait sur Lafayette puis sur Great Jones, pour s'arrêter enfin devant leur immeuble.

– Jeff, allons bavarder quelque part.

– Pas ce soir, Jacob. Demain matin, neuf heures, au bureau. Je veux voir les comptes.

– Bon. Je n'ai rien à te cacher, tu sais...

Jeffrey opina, le regard froid, un demi-sourire aux lèvres. Le chauffeur vint ouvrir la portière avec un parapluie et accompagna Lydia sur le trottoir. Il revint aider Jeffrey à porter les valises tandis qu'elle entrait dans le vestibule qui aurait bien eu besoin d'une couche de peinture – si elle avait fait partie de l'« élite », elle ne se serait pas embarrassée de telles contingences... Elle composa son code secret et la porte de l'ascenseur s'ouvrit. Elle attendit Jeffrey dans la cabine.

– Tout ira bien, lui souffla-t-il à l'oreille.

Elle aurait aimé pouvoir le croire.

– Elle n'est pas morte, Jeffrey, dit-elle en pénétrant dans l'appartement.

– Lydia...

– Elle n'est pas morte.

Il ne discuta pas, sachant que c'était inutile.

– Pourquoi ne m'as-tu rien dit pour Jacob ?

Il lui mit un doigt sur les lèvres.

– Chut...

– Mais... !

L'attirant brutalement contre lui, il la baisa à pleine bouche. Il aurait voulu ne plus voir qu'elle au monde. Elle se suspendit à son cou et sentit ses pieds se soulever de terre. Les lèvres de Jeffrey trouvèrent son oreille et s'égarèrent dans son cou.

– Allons prendre une douche, lui murmura-t-il.

Elle le prit par la main et l'entraîna à l'étage.

Pendant que la salle de bains se remplissait de vapeur, il la déshabilla.

– J'avais oublié ceci..., dit-il en lui ôtant sa chemise déchirée et trouvant sa coupure à l'épaule.

– Ce n'est rien, dit-elle, ce qui était un mensonge.

Elle tendit la main vers sa braguette, lui souleva sa chemise et caressa sa peau, ses pectoraux, se pressa contre lui. C'était agréable de ne plus penser qu'à l'instant présent, de s'exclure du monde pour s'immerger dans l'eau brûlante et dans leur amour. L'eau clapota contre sa peau quand elle enjamba le rebord du jacuzzi. Elle aimait les douches bien chaudes qui laissent la peau rouge et un peu irritée. Il la rejoignit et ils restèrent là, à se contempler puis il lui lissa les cheveux en arrière – et l'eau les submergea. Il l'embrassa avec la même passion qu'au premier jour et elle se fondit en lui, aussi incapable de lui résister qu'elle l'avait été alors. Il était prêt – et elle ressentit le désir dans toutes les fibres de son corps. Chaque fois qu'ils faisaient l'amour, c'était comme s'ils s'étaient connus charnellement de toute éternité ; c'était si intime, si

232

affectueux... Mais chaque fois c'était différent aussi, ils atteignaient de nouveaux pics, de nouvelles émotions. Elle gémit quand il la pénétra, s'accrochant à ses reins, la plaquant contre le carrelage. Elle enroula sa jambe autour de lui, agrippée à ses épaules, lui mordillant la nuque.

Ils n'étaient plus qu'un seul corps, qu'une seule âme ; toute la laideur du monde reculait, indistincte, derrière la vapeur qui emplissait la salle de bains et embuait les miroirs.

Est-il possible d'aimer et de haïr tout à la fois une même chose ? D'être attiré par ce qui vous répugne ? Lydia réfléchissait à cela tandis que Jeffrey appliquait de la pommade sur sa plaie puis de la gaze. L'estafilade était moins profonde qu'elle n'aurait cru. Des étoiles blanches papillonnaient devant ses yeux pendant que Jeffrey la soignait.

– Ça devrait aller comme ça, dit-il en la baisant au front.

Leur chambre était éclairée par une simple chandelle et le réveille-matin diffusait du Chopin en sourdine. Le plaisir de se retrouver dans son beau duplex, dans son grand lit, était comparable à l'orgasme, mais ce n'était qu'un répit ; bientôt il faudrait retourner dans l'arène. Elle s'allongea sur le dos et laissa sa carcasse endolorie ne faire plus qu'un avec le matelas, mais lorsqu'elle ferma les yeux, des visions des récents événements revinrent la visiter comme des harpies glapissantes. Elle frissonna, rouvrit les yeux et croisa le regard chaleureux de Jeffrey. Il était le visage même du réconfort et de la sécurité. Dire que c'était la même personne qui déchaînait en elle une telle passion... d'un seul regard, il savait l'apaiser, la rassurer.

– Ne t'inquiète pas, tout ira bien, dit-il pour la seconde fois de la soirée en étirant le bras pour faire taire la musique. C'est si déprimant, Chopin...

Il se leva pour aller souffler la chandelle.

– On dort, d'accord ?

À son retour, il se pencha pour arranger le dessus-de-lit, la borda et lui prit les lèvres.

– Je t'aime, dit-elle.

– Moi aussi, je t'aime.

S'ensuivit une bataille au terme de laquelle Lydia réussit à s'adjuger l'essentiel de la couette, le forçant à se serrer tout contre elle.

– Quelle marmotte tu fais ! lui dit-il.

Cinq minutes plus tard, elle l'entendait ronfler. Les yeux grands ouverts, bien éveillée, elle-même regardait la lumière des réverbères filtrée par les stores.

Le sommeil la fuyait comme l'eau d'une source à travers des mains en coupe.

25

Ce corps bleu et violacé, menu et raide sur le bran-
card en acier, n'était pas sa fille. Croyait-on qu'il ne
la connaissait pas tout entière, jusqu'au bout de ses
doigts délicats ? Le corps qu'il avait sous les yeux était
banal, vulgaire – Tatiana n'aurait jamais ressemblé à
ça, même morte ! Il ferma les yeux et manqua défaillir
de soulagement dans cette soute où il avait tenu à se
faire montrer le corps dès l'atterrissage de l'avion. Elle
était donc vivante – évidemment ! Il l'avait toujours
senti, même tout récemment, tandis qu'il endurait les
affres de cette attente. Mais qui s'était donné tant de
mal pour lui faire croire le contraire ? Qui voulait lui
faire croire que sa fille était morte ?

Il fit signe au légiste.

– C'est elle, dit-il en s'étranglant.

– Je suis navré, monsieur Quinn. Toutes mes
condoléances...

Contenant à grand-peine sa joie, il repartit tête
basse, fendant la foule des policiers qui composaient
son escorte. Le chauffeur lui ouvrit la portière et, dans
la pénombre de l'habitacle, il s'installa confortable-
ment et ferma les yeux. Il était revenu de New York
quelques heures plus tôt lorsque la police de là-bas
l'avait justement appelé par téléphone. Il avait découvert à cette occasion que Jenna n'était plus là.

Tatiana aurait dû être le joyau de sa couronne – un bijou sans prix, splendide, éblouissant. Quand il l'avait vue pour la première fois, il avait su qu'elle serait à lui. Sa princesse en robe de velours noire et ballerines vernies... Ce n'était encore qu'une enfant, mais la plénitude de la maturité se voyait déjà dans le dessin des hanches et des petits seins. Même à treize ans, elle rendait jalouses toutes les femmes ; leurs coups d'œil à la dérobée montraient qu'elles se comparaient à elle. Bien entendu, il n'y avait aucune comparaison possible...

C'était sa mère en miniature, même si la beauté de Jenna commençait à se flétrir. Cette dernière enviait déjà sa fille, ce qui était naturel. Mais à cette envie se mêlait aussi un amour farouche et il avait compris qu'elles seraient inséparables. Il aurait été prêt à tout pour les faire siennes, n'aurait renoncé à rien. Il l'avait prouvé. Finalement, elles n'avaient eu d'autre choix que de l'accompagner en Amérique. Si elles étaient restées en Albanie, elles se seraient fait tuer – ou pire : elles seraient devenues pauvres.

Jenna s'était révélée une compagne convenable, froide, détachée et douée d'un sens aigu des affaires. Il lui avait permis de conserver ses parts dans American Equities parce qu'elle était un efficace agent de liaison quand il s'agissait de traiter avec les Albanais. Lui-même ne voulait rien avoir à faire avec des gens ne parlant pas l'anglais ; de toute façon, il ne pouvait pas communiquer avec eux.

Et Tatiana devenait chaque jour plus magnifique. Il avait été facile de lui tourner la tête avec des petits riens et des compliments. Plus facile encore de la détourner subtilement de sa mère, dans la mesure où une adolescente n'est que trop portée à s'y opposer. Jenna disait-elle non ? Nathan disait oui. Se querellaient-elles ? Il la soutenait. Chaque jour les rapprochait. Tout était pour le mieux. Et elle connaissait bien son pouvoir ! Elle savait que pour un sourire de sa part, un regard timide, il aurait déplacé des montagnes.

Mais il n'avait pas tout à fait ce qu'il désirait. Quand il rentrait à la maison et qu'elle se jetait dans ses bras, quand elle traînait en pyjama, ou autour de la piscine en bikini... sa peau laiteuse, ses cheveux parfumés. C'était une torture agréable. Il avait pris des risques...

Un soir où Jenna était partie seule à une vente de charité, il avait loué un film et la petite avait confectionné du pop-corn au micro-ondes. Elle était très mignonne avec son T-shirt rose ; un petit cœur rouge était brodé entre les seins. On voyait sa culotte à travers la toile du pyjama. Sa chevelure brillante était relevée en chignon, dévoilant la ligne gracieuse de sa nuque. Sur le divan, elle s'était rapprochée de lui, allant jusqu'à mettre sa tête sur ses genoux. Le saladier de pop-corn en équilibre sur son ventre plat, elle bavardait de choses et d'autres ; cela concernait l'école mais il n'entendait rien... Il avait éteint, lancé le film. Dans la pénombre, entre les murs éclairés par les reflets dansants de l'écran, il s'était mis à lui caresser les cheveux. Geste innocent, sauf que ses doigts étaient en feu... Il avait détaché sa barrette, répandant ses cheveux sur ses genoux. Voyant qu'elle ne fuyait pas, il avait caressé son bras. Il ne voyait rien du film, tant il était aux aguets, au supplice, tous ses sens en émoi. Il bandait comme un fou et n'avait pu s'empêcher de toucher son ventre, le T-shirt s'étant un peu retroussé. Elle n'avait pas sursauté mais s'était raidie, passant de l'abandon affectueux à la méfiance. Il s'était repris. Au bout d'un moment, elle s'était redressée pour s'asseoir à un bout du canapé. Il n'avait pas dit un mot, n'avait eu aucune réaction, comme si cela lui était parfaitement égal, mais l'ambiance en avait été changée du tout au tout.

– Je vais me coucher, avait-elle dit peu après.

– Tu ne veux pas voir la fin ? Tu n'es pas malade ?

– Je suis fatiguée...

– Entendu, ma chérie. Bonne nuit.

Elle n'était pas venue lui faire la bise comme d'habitude, mais avait quitté la pièce pour monter le grand escalier.

Cette nuit-là, comme il songeait à elle dans son lit, il l'avait entendue frapper à la porte de sa mère.

– Je peux dormir avec toi ?

– Oui, ma chérie. Qu'y a-t-il ?

– Un cauchemar...

Elle n'avait pas paru lui en vouloir par la suite, mais il n'avait plus jamais regagné sa confiance. Et, quelques semaines plus tard, elle avait disparu. Il ne croyait pas à une fugue, mais comment en être sûr... ? Aujourd'hui, tout changeait. Il s'était senti tellement coupable qu'il n'avait jamais imaginé que quelqu'un voudrait lui voler sa petite merveille. Maintenant que Jenna était partie, c'était clair. Il s'était vraiment conduit comme un imbécile...

Il songea à Lydia Strong et sourit. Pendant un moment, il avait cru qu'elle serait bien placée pour retrouver Tatiana, mais elle avait fait l'erreur de fouiller là où elle n'aurait pas dû, et il avait compris qu'elle n'était pas mieux informée que lui. Il était déçu et agacé. Elle n'avait pas été aussi facile à manipuler que Parker ou Ignacio, mais il s'était arrangé pour lui procurer une petite distraction. Elle allait être assez occupée de son côté pour ne plus fourrer son nez dans ses affaires. En attendant, il devait trouver le moyen de ramener sa chérie au bercail.

26

La cafetière gargouillait, emplissant la cuisine de l'arôme suave et réconfortant du mélange Hawaiian Kona. Lydia feuilletait le *New York Times*. Le soleil brillait malgré la température, le ciel était bleu glacier, on voyait du givre aux vitres. Jeffrey descendit l'escalier, vêtu d'un pantalon de toile gris, d'un pull côtelé noir et chaussé de derbys à semelles de crêpe.

– Tu es beau, mon chéri..., dit-elle.

Il se pencha pour l'embrasser et alla servir le café dans deux tasses. Il semblait préoccupé.

– Tu feras les bagages, pendant que j'irai parler à Jacob ?

– Bien sûr... Et si tu me disais maintenant ce qu'il y a entre vous ?

Il prit un siège avec un soupir.

– Je ne sais pas, c'est quelque chose qui me tracasse. On est amis depuis si longtemps... Il y a d'abord les comptes, et puis je me suis rappelé l'affaire George Hewlett... Il me semble que je ne peux plus lui faire confiance. Peut-être que je dramatise, après ce qu'on vient de vivre... J'ai dîné dans sa famille, à Noël...

– Suis ton instinct, Jeffrey. Si tu sens quelque chose, c'est sûrement justifié... (Elle lui prit la main.) Quant à moi, je suis sûre que ce n'est rien. Il ne peut pas m'encaisser, voilà tout. Il perd la tête depuis que

tu veux m'associer à l'agence. Ce qui, entre parenthèses, n'est pas absolument nécessaire...

– Je veux que tu participes...

– Mais je participe !

– Légalement, s'entend. Je veux que tu puisses toucher quelques dividendes...

– C'est déjà le cas. Et le plus important c'est notre
bonheur et ta réussite.

– Je ne veux plus qu'il y ait « ce qui est à toi », et
« ce qui est à moi ». Je veux qu'il y ait un « nous ».
Pas toi ?

Il fixait le fond de sa tasse, l'air soudain triste et
plus jeune que ses quarante et un ans. Elle l'avait donc
blessé, ce soir-là, à Miami...

– Nous sommes ensemble, Jeffrey. Nous parta-
geons tout...

– Je sais, je sais...

Il se leva. Il n'avait pas eu l'intention de se lancer
dans cette discussion, d'autant qu'il était sur le point
de sortir. Elle était superbe dans cette lumière mati-
nale, avec sa simple chemise de nuit blanche qui révélait ses formes. Elle avait l'air grave, et même
inquiète. Il la vit se lever et contourner la table, pour
l'enlacer et reposer sa tête contre sa poitrine. Il l'étreignit, baisant son front. Il aurait voulu dire : « Tu es
tout pour moi, je ne pourrais pas vivre sans toi. J'ai
passé tant de temps à te voir me fuir, à attendre ton
retour. Maintenant que tu es à moi, je ne pourrais pas
supporter de te perdre de nouveau. » Mais quelque
chose l'en empêchait. Ils avaient beau être proches,
il sentait bien que ce terrain était miné. L'idée d'un
engagement total et définitif paraissait l'effrayer, et il
ne voulait pas l'effaroucher. La nuit où on lui avait
tiré dessus – cela faisait plus de deux ans – ils s'étaient
tenus comme au-dessus d'un précipice. Un lien s'était

établi entre eux dès le premier soir, la nuit où sa mère avait été assassinée. Au début, la différence d'âge était trop criante : il avait gardé le contact avec elle grâce à ses grands-parents, auxquels il rendait visite scrupuleusement lorsqu'il montait à New York. Quand elle s'était installée à Washington pour suivre ses études à la fac, son grand-père lui avait demandé de veiller sur elle, tâche dont il s'était volontiers acquitté. Il s'était mis à la considérer comme une jeune amie, même si à l'époque, déjà, il y avait quelque chose de latent – de l'amour, le désir de la protéger, de la chérir.

Puis, une nuit, juste avant la remise de son diplôme, la petite fille s'était muée en femme, du jour au lendemain. Il s'était rendu compte qu'il était amoureux mais avait conservé ses distances pour ne pas trahir sa confiance. Elle se sentait en sécurité avec lui et il ne voulait pas que cela change.

Elle s'était lancée dans le journalisme au *Washington Post* ; puis, ils s'étaient mis à travailler ensemble, de façon informelle au début, puis officiellement sur *Le Meurtre des pom-pom girls*. Quand elle avait quitté le journal pour écrire *L'Esprit de vengeance*, le livre sur Jed McIntyre et les femmes qu'il avait assassinées, parmi lesquelles sa propre mère, Jeffrey l'avait aidée. Elle avait commencé à voyager pour son compte, tandis que lui démissionnait du FBI afin de fonder sa propre agence à New York. Elle y avait acheté un appartement pour être plus proche de lui et de ses grands-parents. Parfois ils se voyaient tous les jours, ou bien il restait plusieurs semaines sans nouvelles. Jusqu'au jour où on lui avait tiré dessus. Par la suite, elle lui avait avoué qu'elle s'était sentie obligée alors de faire le point, d'affronter les sentiments qu'elle jugulait en elle. Mais ce n'était qu'un an plus tard, au

Nouveau-Mexique, qu'ils s'étaient finalement livrés l'un à l'autre.

Jeffrey avait beaucoup souffert de son côté ; la présence de Lydia était une torture ; son absence aussi. Le souvenir de ses années de solitude, pourtant émaillées de liaisons plus ou moins sérieuses, était encore douloureux. Aujourd'hui, leur vie commune lui apportait toutes les satisfactions espérées. Il la savait dans les mêmes dispositions d'esprit : ils étaient des alter ego, liés par l'amour, le respect, la confiance, la passion, et quelque chose de plus, quelque chose qui avait existé dès le tout premier regard, quinze ans plus tôt. Était-ce ridicule et rétro de vouloir l'épouser ? « Le mariage c'est promettre l'impossible. Les gens changent, la vie est cruelle », l'avait-il entendue dire si souvent quand ils ne vivaient pas encore ensemble. Était-ce encore son opinion ? La magie de leur relation pourrait-elle pâtir d'être officialisée ? Et puis, il y avait la question des enfants. En désirait-elle ? Et comment pourraient-ils songer à mener encore ces activités qui les mettaient régulièrement en danger ? S'ils avaient eu des enfants, il n'aurait pas été question pour eux de prendre l'avion ce soir pour l'Albanie. Était-ce un bien ou un mal ? Autant de questions qu'ils n'effleuraient jamais, comme ces objets de porcelaine qu'on garde en vitrine, de peur de les casser, en vue d'une grande occasion qui ne se présente jamais.

– On en parlera plus tard, d'accord ? dit-il, la bouche perdue dans ses cheveux soyeux qui embaumaient la lavande.

Elle l'accompagna jusqu'à l'ascenseur alors qu'il endossait sa veste en cuir.

– N'ouvre pas à des types armés parlant avec un accent d'Europe centrale, dit-il avec un sourire.

Elle se sentait vaguement triste, comme s'il avait

fallu le rappeler, le retenir et s'excuser – mais de quoi ?

Elle retourna se servir un autre café et se dirigea vers l'escalier, mais en chemin une nausée violente lui fit lâcher sa tasse et elle atteignit in extremis les toilettes. Elle vomit son café, seule chose qu'elle avait absorbée, et resta à hoqueter pendant cinq minutes. Puis elle s'assit sur le carrelage, faible et étourdie, la tête reposant contre la baignoire. Le malaise se dissipa comme il était venu.

C'est la seconde fois que tu flanches en l'espace de quarante-huit heures, lui souffla sa revêche petite voix intérieure. Qu'est-ce que tu as ? Elle avait bien une idée, mais se refusait à l'affronter.

Ils formaient un beau couple ; même lui devait l'admettre, et cela alors qu'il se demandait toujours ce qu'une fille aussi futée pouvait trouver à un ancien du FBI. Ce mec avait peut-être un très gros calibre... C'était un peu décevant, en fait ; il l'aurait crue plutôt du genre cérébral, de préférence célibataire, se préservant peut-être, de façon inconsciente, pour lui. Elle conservait toutes ses lettres, en tout cas ; donc elle pensait à lui une fois par mois. Cette pensée lui fit chaud au cœur – enfin, il y penserait plus tard, le moment venu, quand ils seraient tout seuls.

Il faisait froid sur ce toit, malgré sa parka doublée, son bonnet de laine et ses gants de cuir, mais il avait une vue de choix sur son appartement. Ils ne se cachaient guère des voisins ; il y avait des rideaux au second, mais pas au premier. À travers ses jumelles, cadeau de son bienfaiteur, il les vit aller tous les deux à l'ascenseur, et elle resta toute seule. N'avait-elle pas l'air un peu triste ?

Il se dépêcha de quitter sa cachette en se courbant, puis dévala l'escalier de secours, juste à temps pour voir le type se diriger vers la bouche de métro. Le vent lui cinglait la figure mais il se sentait vivant pour la première fois depuis bien des années.

Était-ce parce qu'il avait conscience d'être en danger, ou tout simplement l'habitude des filatures – Jeffrey se sentait suivi. Sur le coup, il se demanda si c'était de la parano, mais comme il s'arrêtait abruptement à un kiosque pour acheter le *Post*, il vit une haute silhouette se détacher de la cohorte de banlieusards qui s'engouffraient dans le métro et se glisser sous un porche, derrière lui.

– Et maintenant ? marmonna-t-il en payant son journal.

Il resta une minute à feuilleter la rubrique mondaine, indécis, puis prit le parti de rejoindre la foule sur le quai. Il se rendait dans le West Side, mais inutile de montrer à l'inconnu où étaient ses bureaux... Le journal sous le bras, il descendit l'escalier au pas de gymnastique, fendant la cohue à contresens, alla jusqu'au bout du quai bondé au moment où la rame 4 apparaissait en face dans un crissement d'essieux. La voix familière annonça que le départ était imminent puis le conducteur aboya dans le haut-parleur un : « Écartez-vous des portes. » Il se pencha au-dessus de la voie pour voir si sa rame approchait, mais ne vit rien. Les gens continuaient à affluer, la foule grossissait.

En se reculant, il revit la silhouette dépasser de la masse, un bonnet sur la tête, et qui se frayait un passage. Une poussée d'adrénaline le parcourut et il songea à l'arme qu'il portait à sa taille. Il aurait été plus que mal avisé de tirer au milieu de tous ces gens.

– Allez, amène-toi... ! dit-il tout bas à la rame invisible.

Le type continuait à avancer. Il tendit le cou pour voir son visage, mais il y avait trop de monde. Enfin, il entendit un grincement d'essieux et la rame gris argent fit son entrée. Un flot humain jaillit des portes et ceux qui attendaient se répartirent en demi-cercle, prêts à monter. Les banlieusards, qui sont en temps normal courtois et pacifiques, jouèrent des coudes en râlant avec une intensité croissante lorsque le signal sonore se fit entendre. Jeffrey ne quittait pas des yeux le bonnet noir, prenant son temps, se demandant si l'autre le voyait. Il faisait mine d'attendre la prochaine rame, appuyé à une poutrelle d'acier. Il remarqua que l'inconnu, plus visible maintenant que la foule était clairsemée, en faisait autant. Puis, juste avant la fermeture des portes, il se jeta dans la voiture, soulevant un murmure de protestation. Écrasé contre les portes, il constata avec satisfaction que l'inconnu était resté en rade...

Au moment la rame repartait, Jed McIntyre lui fit un signe d'adieu de sa main gantée.

– Lydia, ça va ?

– Oui, ça va. Que voulez-vous ?

– Je tenais à m'excuser...

– Ce n'est pas à moi qu'il faut faire des excuses, Jacob, c'est à Jeffrey. Il va arriver au bureau...

– Je voulais que vous sachiez que Nathan Quinn a identifié le cadavre de Tatiana hier, à Miami. C'était donc bien une fugue...

Lydia agrippa le téléphone et s'assit. Elle s'était

sentie un peu mieux avant ce coup de fil ; la nausée était passée, ne lui laissant qu'une légère faiblesse.

– Donc, l'affaire est close, n'est-ce pas, Lydia ?

Peut-être que Tatiana était morte, effectivement, mais il y avait quelque chose... Elle ne pouvait pas l'accepter.

– Vous avez sans doute raison, Jacob. Il n'y a plus de raison d'enquêter...

– Je suis sérieux, Lydia. C'est le moment de passer à autre chose. Sinon dans votre intérêt, du moins dans celui de Jeffrey. Il n'est pas bon d'être mal vu du FBI.

– Vous n'en avez pas assez de ce rôle ? Le type planqué à l'arrière des limousines, dans des chambres d'hôtel, qui délivre des avertissements énigmatiques ? C'est lassant, vous savez...

Elle l'entendit soupirer.

– J'aurais dû savoir qu'il ne sert à rien de vouloir vous raisonner. Vous vous fichez de Jeffrey, n'est-ce pas ? Seule votre carrière compte. Peu importe si certains morflent... y compris vos proches.

L'accusation la blessa comme une gifle.

– Vous ne me connaissez pas, Jacob ! Et vous parlez sans savoir...

– Ah bon ? Ça fait des années que je vous vois le mener par le bout du nez, profitant qu'il vous aime, exploitant cette faiblesse...

– C'est donc ça... une jalousie idiote ! Vous n'êtes pas trop vieux pour ce genre de réaction ?

– Si vous croyez parvenir à vous insinuer dans cette agence et nous entraîner dans vos sottes aventures, vous vous trompez... je ne le tolérerai pas !

L'indignation et la rage l'étouffaient. Ses accusations étaient injustifiées, mais c'était tout de même vexant. Elle refoula l'envie de se défendre devant cet homme.

– Vous faites complètement fausse route, dit-elle en gardant son calme malgré son émotion. Je ne ferais rien qui puisse porter tort à Jeffrey ou à l'agence.

– Prouvez-le ! Tatiana est morte, laissez-la tranquille. Laissez-nous tranquilles, Lydia...

Il avait raccroché. Pendant un instant, elle fut en proie à un léger doute. Peut-être Tatiana n'était-elle qu'une petite fugueuse qui avait fait le trottoir pour se payer du crack ; peut-être que le reste était un trop gros morceau pour elle et que son obstination risquait de les entraîner dans une aventure où ils seraient broyés. Peut-être qu'elle se lançait dans la bataille au mépris des intérêts de Jeffrey, de l'agence, de leur vie commune. Mais dans son cœur, elle sentait que tout retour en arrière était désormais impossible. Malgré toutes les bonnes raisons de le faire.

Elle retourna se servir une tasse de café pour remplacer celle qu'elle avait cassée en se précipitant aux toilettes. Elle avait déjà chassé de son esprit cet épisode, et sa possible signification, en remontant l'escalier hélicoïdal. Mais cette conversation lui tintait encore aux oreilles. Elle allait rompre avec la tradition des douches chaudes seulement le soir. Après tout, ils se retrouveraient dans le tiers-monde dans quelques heures ; qui sait quand elle aurait de nouveau de l'eau chaude ou une pression convenable.

La peur au ventre, Jeffrey bousculait les passagers dans la voiture surpeuplée. Il ne pensait plus à rien, n'était plus qu'un organisme réagissant à la peur et à la rage. La rame avait ralenti de façon exaspérante avant de s'arrêter pour de bon. On l'injuria alors qu'il poussait tout le monde pour aller vers la porte menant à l'autre voiture. L'ayant atteinte, il sortit, enjamba le portillon et sauta dans le tunnel au moment où le convoi se remettait lentement en marche puis passait devant lui dans un fracas de tonnerre. Ensuite, il se mit à courir dans le noir en direction des lumières d'Astor Place Station, qu'il apercevait tout au bout du tunnel – à des kilomètres, semblait-il.

Elle s'assit sur son lit pour siroter son café noir tout en écoutant d'une oreille distraite le plaisant babil des animateurs dans le poste. Pendant ce temps, la salle de bains se remplissait de vapeur. Elle avait écarté les rideaux afin de jouir de cette belle lumière. Elle chérissait ce moment de quiétude, comme elle chérissait l'idée de cette bonne douche chaude, sachant que ce serait sans doute la dernière avant longtemps. Elle se concentra, fit le vide en elle. Elle aurait pu aller courir, mais n'en avait pas le courage et saisit la télécommande pour couper la télévision et allumer la radio.

Un tube de Sting passait justement sur les ondes et elle chanta à l'unisson en allant dans la salle de bains.

C'est à peine si on lui jeta un coup d'œil lorsqu'il se hissa sur le quai. Il le traversa en courant, gravit les marches deux par deux, remonta Lafayette Street comme un dératé, hors d'haleine, le corps endolori. Sortant son téléphone, il composa leur numéro.

– Décroche... mon Dieu... décroche !

Le répondeur s'enclencha et il entendit la voix enregistrée de Lydia :

« Nous ne sommes pas disponibles actuellement. Veuillez laisser un message... »

– Lydia ! Décroche ce foutu téléphone !

Mais elle ne le fit pas, et quand il arriva dans Great

Jones Street, il vit que la porte d'accès aux ascenseurs était entrouverte.

Il se demanda comment elle réagirait à sa vue. Est-ce qu'elle s'évanouirait, crierait, tenterait de donner le change ? Il avait hâte de le savoir, hâte de la voir se tordre dans ses bras.

Le second, nota-t-il, était aussi bien décoré que le premier. Le grand lit avait dû en voir de belles... La tête de Jeffrey en le reconnaissant dans le métro avait justifié le risque qu'il avait pris : il y avait lu le trouble, l'incrédulité, puis l'horreur, tout cela en l'espace de quelques secondes. Il eut un rire satisfait et nota mentalement les détails : les draps froissés, la tasse sur la table de chevet, les valises devant la penderie. Il y avait une photo sur cette table de chevet : le visage lui disait vaguement quelque chose...

Il eut presque presque pitié en voyant à travers ses jumelles Jeffrey surgir dans la chambre. Il était tout rouge, en sueur, crasseux. Crocheter la serrure de l'immeuble et laisser la porte ouverte avait été une idée raffinée ; le mec avait dû avoir la terreur de sa vie. Oui, il avait pitié de Jeffrey. Après tout, ils aimaient la même femme. Et un seul d'entre eux pourrait la posséder.

Enveloppée d'une serviette rose, Lydia ouvrit la porte en entendant Jeffrey débouler dans l'entrée et un jet de vapeur se répandit dans la chambre.

– Qu'y a-t-il ? Tu m'as fichu une de ces t...

Un coup d'œil suffit à la faire taire et elle s'élança dans sa direction.

– Que se passe-t-il ?

Il tomba à genoux et appuya sa tête contre son ventre. Il était complètement essoufflé et s'agrippait à elle comme quelqu'un qui se noie.

– Oh, Jeffrey, qu'y a-t-il ?

– Je viens de voir Jed McIntyre. J'ai pensé...

Il l'embrassa sur la bouche et l'étreignit comme si elle s'était relevée d'entre les morts.

27

Lydia ne s'était jamais interrogée sur l'existence de Dieu – même si elle s'interrogeait sur le bien-fondé des religions établies. Elle ne s'était jamais demandé : Dieu existe-t-Il ? Mais plutôt : Que doit-Il penser de nous ?

Cela était sans doute un peu léger, mais lui avait suffi jusque-là à vaincre les épreuves insurmontables de sa vie. Il y avait une entité supérieure au-dessus du monde connu. Un jour, tout s'expliquerait...

Ce n'était toutefois pas pour aujourd'hui, même si elle s'efforçait de ne pas paniquer. Il était très, très important de rester calmement assise sur le lit tandis que Jeffrey, écarlate, incendiait son correspondant au téléphone. Mais il était déjà ailleurs, retranché derrière sa colère. Elle regarda par la fenêtre, lissant le dessus-de-lit du plat de la main. Tu as ouvert toi-même la porte ; ne t'étonne pas si les monstres reviennent, songea-t-elle.

Presque dix-sept ans après la mort de sa mère, Lydia n'en conservait que des souvenirs lacunaires. Ces images étaient floues et mystérieuses, comme des photos sous-exposées. Souvenirs fiévreux de Marion penchée au-dessus d'elle, bouche pincée et œil inquiet, le jour où sa fille avait eu la varicelle. Marion avec ses lunettes rondes de mémé, la surveillant pendant qu'elle faisait ses devoirs dans la cuisine, sous la suspension orange, copie d'une lampe Tiffany. Les moments, plus rares, où elle riait à gorge déployée, chignon défait, les yeux brillants. Et elle entendait toujours la voix de sa mère dans sa tête. Bien sûr, celle-ci se confondait à présent avec sa propre voix intérieure. Les deux réunies étaient de puissantes et fiables alliées. Elle se demandait souvent si cette voix était bien celle de sa mère qui lui parlait de l'au-delà, la guidait. Comment en être sûre ?

« Elle est avec toi. Elle sera toujours avec toi », lui répétait sans relâche sa grand-mère.

Mais Lydia avait beau la *voir* et l'*entendre*, elle ne ressentait pas sa présence. Elle avait entendu tant de fois d'autres dire de leurs chers disparus : « Je ressens sa présence en moi. » Malgré tous ses efforts, elle n'avait jamais ressenti cette présence tant désirée. C'était une déception qu'elle éprouvait comme une trahison, et elle enviait toujours ceux qui prétendaient porter dans leur cœur leurs défunts.

Jeffrey avait une telle colère dans la voix que cela la tira de ses pensées. Il perdait rarement son sang-froid et, lorsque cela se produisait, on pouvait légitimement être effrayé, car s'il ne parvenait pas à contrôler une situation, c'était en général qu'elle était incontrôlable.

Il raccrocha et regarda l'appareil comme si c'était Jed McIntyre en personne, vert de rage, puis décrocha de nouveau et, délibérément, arracha le combiné du mur et le balança dans l'escalier. Après quoi, comme si ce geste l'avait totalement vidé, il alla s'asseoir sur le lit. Lydia se rapprocha de lui et lui mit la main sur l'épaule.

– Ils l'ont relâché. Il ne s'est pas enfui. Il a été libéré.

– Comment est-ce possible ? Sa prochaine audition devant la commission de remise de peines était pour 2005. La dernière fois, le directeur t'a assuré qu'il avait autant de chances d'être libéré que Charlie Manson.

– Je ne parviens pas à obtenir d'explications...

– Tu es sûr que c'était lui ?

– J'en mettrais ma main à couper.

Le bourdonnement de l'interphone les fit sursauter. Jeffrey appuya sur la touche, près de l'interrupteur.

– Oui... quoi ?

– C'est Jacob. Je peux monter ? Je viens d'apprendre la nouvelle...

Ils se regardèrent, partageant la même pensée : comment avait-il pu être au courant si vite ?

– Écoute, je n'aime pas jouer les pythies, mais... je te l'avais bien dit, déclara Jacob en ôtant son manteau.

Il prit ses aises sur le divan. Jeffrey tâcha de se rappeler qu'ils étaient toujours amis, mais sa récente défiance à l'égard de Jacob le rendait impatient et à peine poli.

– De quoi parles-tu ?

L'autre le regarda comme on regarde un enfant attardé, avec un mélange de pitié et de répugnance.

– Je te parle de Jed McIntyre. Tu ne crois tout de même pas qu'il s'agit d'une coïncidence, non ?

– Tu crois qu'il y a un rapport avec Tatiana ?

– Je crois qu'il y a un rapport avec Nathan Quinn.

– Ridicule !

– Qu'est-ce qui vous fait penser cela ? intervint Lydia, qui venait d'apparaître en haut de l'escalier.

Avec ses cheveux mouillés, elle avait l'air toute petite dans son long caleçon noir et le sweat-shirt gris de Jeffrey. Elle se percha sur la dernière marche. Elle n'avait pas parlé à Jeffrey de leur conversation et ne le ferait pas. Cela ne servirait qu'à envenimer la situation et ne changerait rien au fait que Jacob ne l'aimait pas... et réciproquement.

– Qu'aurait-il à y gagner ?

– S'il voit en vous des gêneurs... une façon de vous empêcher de trop fouiner dans ses affaires.

– C'est un peu extrême... Ne serait-il pas plus simple de nous liquider ?

Il haussa les épaules, renonçant à discuter.

– Je ne suis pas à sa place, j'ignore comment il raisonne, mais peu de gens auraient pu orchestrer une chose pareille.

– Et toi, de quoi te mêles-tu ? lança Jeffrey.

– L'agence est concernée. Tu crois que je m'en fiche ?

– Pour être franc avec toi, je ne sais plus que penser depuis quelque temps. Vois la situation de mon point de vue : voilà des mois que je te demande les livres de comptes et que tu tergiverses... J'ai essayé de me connecter au programme comptable pour découvrir qu'il fallait un mot de passe qu'on ne m'avait pas communiqué. Quelques heures après notre arrivée à Miami, nous avons été suivis, alors que notre seul contact avec l'agence – c'est-à-dire Craig – se trouvait à New York. Tous ceux qui nous ont parlé sont morts. Et tu viens nous cueillir à l'aéroport avec de sibyllines menaces...

« Et puis, tout à coup, voilà que Tatiana est retrouvée morte dans un squat... comme bien des fugueuses. Affaire classée, les enfants... n'insistez pas... et soudain je me rappelle l'affaire George Hewlett...

– C'est de l'histoire ancienne, dit Jacob.

Jeff et Lydia le dévisagèrent. Jeffrey se leva et alla s'asseoir dans un fauteuil, en face de lui.

– Qu'est-il arrivé cette nuit-là, Jacob ?

– C'est si vieux... je ne me souviens plus, fit l'autre avec un rire forcé. Je croyais que c'était Lydia, la spécialiste des scénarios tirés par les cheveux !

Il rit de nouveau, plus nerveux.

– Non, vous êtes sérieux ? Quoi ? Vous croyez que je suis dans le coup ? Où serait mon intérêt ?

Son regard se voila d'une expression peinée et il se pencha sur sa sacoche en cuir pour en retirer une liasse de papiers.

– Jeff, voici un tirage des comptes concernant les cinq dernières années. Tu y trouveras le mot de passe qui te permettra de te connecter au logiciel comptable pour vérifier les chiffres par toi-même. Sache que je ne t'ai jamais menti. Je ne t'ai jamais trahi, au contraire...

– Qu'est-ce qui se passe, Jacob ? demanda Jeffrey avec froideur et tristesse.

Les deux hommes se mesurèrent du regard et Lydia comprit qu'une bataille s'était engagée. Ils avaient eu l'habitude de se fier l'un à l'autre, de compter l'un sur l'autre, mais à présent c'étaient deux étrangers.

– Crois-moi quand j'affirme que tu fais fausse route, déclara Jacob d'une voix douce.

Il ne les regardait plus mais fixait un point indéterminé dans l'espace. Puis il se leva et remit son manteau.

– Nathan Quinn est un homme puissant, trop puissant. Des mesures vont être prises pour l'arrêter.

– Que veux-tu dire ?

– Vous en savez déjà trop. Suivez mon conseil et restez en dehors de tout ça. Oubliez l'Albanie, oubliez Tatiana.

– Oh, bon sang ! s'écria Lydia. J'en ai vraiment par-dessus la tête, on dirait un remake de *X-Files*.

– Je vais être très clair : vous avez irrité Nathan Quinn et maintenant il vous rend la pareille. C'est déjà allé trop loin et il n'est plus en mon pouvoir de vous aider. J'ai essayé... dorénavant, vous ne pourrez plus compter que sur vous-mêmes...

– Comment sais-tu que nous allons en Albanie ?

Jacob marqua un temps d'hésitation.

– Si tu veux me cacher tes projets de voyage, ne fais pas tes réservations via notre compte Expedia.

– Tu vas t'en aller, Jacob...

– Oui, je m'en vais.

– Non. Je veux dire : tu vas quitter l'agence. On ne peut plus te faire confiance. Fixe ton prix. Je paierai tes indemnités.

– Merde...

– Tu as trempé là-dedans ? Dans la libération de Jed McIntyre ?

Il eut un rire dédaigneux.

– Crois-tu que j'aie ce genre de pouvoir ?

– Comment as-tu fait pour être au courant si vite ?

– Pendant que tu engueulais le directeur de l'asile, il me prévenait par courrier électronique... Ce n'était pas sa faute. Tout s'est passé au-dessus de sa tête.

– Ses excuses, je m'en fous ! Aujourd'hui, McIntyre est en liberté et il court après Lydia.

– Et vous avez deux psychopathes sur les bras – résultat de vos vacances à Miami ! Le jeu en valait-il la chandelle ?

Jeffrey s'était levé lui aussi et les deux hommes ne se tenaient plus qu'à quelques centimètres l'un de l'autre. Lydia redoutait un échange de coups, mais Jeffrey se recula en serrant les poings. Quand il reprit la parole, sa voix était dénuée d'agressivité mais d'une froideur mortelle :

– Barre-toi, Jacob. Dégage ! Et prends un avocat, parce que je vais te virer à la vitesse grand V. C'est mon agence, ne l'oublie pas !

– On verra...

Le silence s'installa après son départ. Lydia avait l'impression que sa vie partait en quenouille et qu'elle était la seule coupable. Elle regrettait presque d'avoir ouvert l'enveloppe.

– La prochaine fois, dit-il en la rejoignant, c'est moi qui choisirai notre lieu de villégiature.

28

Jeffrey était assez intelligent pour savoir qu'il y avait certaines choses que Lydia lui cachait. Il ne s'en formalisait pas : il n'avait pas besoin de tout savoir d'elle à chaque seconde... du moment qu'il savait ce qu'elle avait dans le cœur. Et sur ce point, il était sûr de lui. De son côté, il gardait pour lui certaines choses, qui concernaient son métier.

Lydia ignorait, par exemple, une part des activités de l'agence. Elle savait que l'agence travaillait sur certaines affaires avec le FBI et la police de New York, mais en ignorait la nature, comme elle ignorait que le personnel de l'agence devait très souvent aller dans des endroits interdits aux personnes arborant un insigne. Il avait partagé beaucoup de choses avec elle, parfois à tort, mais pas tout. De même qu'elle avait des contacts dont elle ne lui avait jamais révélé l'identité, lui-même avait les siens.

Parfois, la loi impose plus d'obligations aux représentants de l'ordre qu'aux criminels. Dans une démocratie, ceux dont on considère qu'ils ont payé leur dette à la société doivent être libérés. Manifestement, il y avait une manipulation machiavélique derrière la remise de peine de McIntyre. La police ne leur serait d'aucun secours, mais il connaissait quelqu'un qui pourrait agir...

Lydia se déplaçait au-dessus de sa tête, faisant les bagages. Il avait été surpris et soulagé de constater qu'elle souhaitait toujours aller en Albanie ; ce voyage lui paraissait à présent beaucoup moins risqué que l'idée de rester à New York. Mais on ne pouvait pas laisser McIntyre en liberté.

Il décrocha, les yeux fixés sur l'escalier, et composa le numéro. Dax Chicago répondit d'un grognement.

– Dax... ?

– Ouais..., dit l'autre, de son traînant accent australien.

– Jeff Mark...

– Salut, quoi de neuf ?

– J'ai un boulot pour toi...

En entendant Jeffrey parler en bas, les modulations de sa voix, ses phrases courtes, hachées, Lydia se demanda à qui il pouvait bien s'adresser. Elle avait tiré les rideaux de la chambre, par précaution, et tentait de chasser le sentiment que sa merveilleuse vie avec Jeffrey vacillait sur ses bases – et que c'était sa faute.

Elle n'avait pas vraiment de reproches à se faire ; après tout, elle avait toujours suivi la même ligne de conduite, tâchant de venir au secours de quelqu'un qui l'avait sollicitée. Elle se demandait à présent si « être elle-même » n'entrait pas en contradiction avec l'idée d'un foyer paisible, si elle ne l'avait pas trompé sans le vouloir. Ou peut-être n'était-elle pas faite pour le bonheur ; peut-être était-ce son destin. Lui faudrait-il choisir entre son métier, sa vocation et son bonheur ? Non, ce n'était pas juste, elle pouvait avoir l'un et l'autre. Elle ne savait pas si elle pourrait vivre sans cela.

– Rappelle-moi encore pourquoi on s'est lancés là-dedans ? lui demanda Jeffrey qui venait d'entrer.

– Nous sommes à la recherche de Tatiana, dit-elle en gardant les yeux baissés.

– C'est pour cela qu'on va en Albanie ?

– L'inspecteur Ignacio nous a dit de suivre la piste de l'argent. L'argent est en Albanie. Idem pour American Equities et Sacha Fitore... donc, c'est là que nous allons.

Elle faisait la navette entre la penderie et le lit, tassant les vêtements dans deux sacs à dos. Il s'assit sur la couverture pour mieux l'observer. Elle avait des gestes raides, mais vifs, comme si elle agissait un peu contrainte et forcée. Elle ne l'avait pas regardé en face depuis qu'elle avait appris la libération de Jed McIntyre. Sa figure était pâle, son regard indéchiffrable.

– Bon, à quel jeu joues-tu ? dit-il avec plus de colère qu'il ne l'aurait voulu. Tu veux faire comme si de rien n'était ? Comme si cela ne t'affectait pas, comme si tu étais trop forte pour t'inquiéter du fait que l'assassin de ta mère était en liberté ?

– Jeffrey...

– Quoi ? Je suis sérieux. Dis-moi comment me comporter.

– Donne-moi un peu de temps ! Comment veux-tu que je le sache ! dit-elle sèchement en fourrant un pull dans l'un des sacs. Je n'avais jamais pensé être confrontée à une chose pareille. Je le croyais enfermé à vie. C'est pourquoi je conservais toutes ses lettres... Chaque mois, c'était comme une confirmation qu'il était hors d'état de nuire, que mes pires cauchemars n'étaient pas la réalité... J'ai besoin de réfléchir. Tu préférerais que je m'effondre dans tes bras ?

Il baissa la tête. Elle avait raison, bien sûr. Il lui en

voulait de ne pas réagir d'une façon qui lui aurait permis de la réconforter.

— Pardonne-moi, je me sens si désarmé, moi aussi...

Elle s'assit à son côté.

— Tu n'es pas responsable de tout, Jeffrey. Nous deux, on forme une équipe ! On résoudra le problème. À notre retour...

— Ça me paraît étrange de fuir alors qu'il est à New York.

— Plus je serai loin de lui, mieux je me porterai. D'ailleurs, si Jacob a raison et que c'est Nathan Quinn qui a machiné tout cela pour m'empêcher d'aller en Albanie, je n'ai pas l'intention d'entrer dans son jeu. Et puis, que veux-tu ? Qu'on attende que Jed vienne ici ? Il n'y a pas de raison valable pour ne pas partir.

Il frissonna de l'entendre prononcer son prénom avec un tel naturel, comme si c'était une relation rencontrée dans un cocktail. Cela impliquait une intimité dans son esprit, trahissait le fait qu'elle songeait souvent à lui.

— Ta logique est sans faille, comme d'habitude...

— En attendant, si tu appelais l'un de tes Rambo, pour voir s'il ne pourrait pas s'occuper de ça ?

— Quel Rambo ? dit-il avec un sourire à la fois innocent et roublard.

29

– Comment savoir si on peut lui faire confiance ? demanda Jeffrey en suivant le jeune homme maigrichon et pauvrement vêtu à travers l'aéroport.

Comme la plupart des bâtiments albanais, celui-ci avait souffert des émeutes et pillages de 1997 ; tout était délabré et crasseux, puant l'urine ; il y avait plus d'hommes armés et en kaki que de voyageurs. On les voyait faire le pied de grue un peu partout, mitraillette en bandoulière, en train de fumer. Lydia se demanda quel ordre ils pouvaient bien vouloir faire respecter avec ces armes, dans cet état de relative anarchie.

– On n'a pas le choix ! s'exclama-t-elle.

Elle l'avait repéré dans la foule de types qui attendaient devant le tapis roulant des bagages avec des panonceaux CHAUFFEUR ou GUIDE. Ses yeux d'un bleu étonnant et ses taches de rousseur lui donnaient une mine innocente mais elle lui trouva l'air débrouillard et l'avait donc choisi parmi cette multitude humaine qui convoitait ses dollars.

– Vous pouvez nous conduire à Vlorë ?

Il parut désarçonné.

– Très loin, dit-il. Très dangereux.

– Vous nous accompagnez là-bas et vous nous ramenez. On vous paie en dollars américains... cinquante dollars par jour.

Elle savait que ça représentait plus d'un mois de salaire pour la majorité des Albanais. Son attitude changea du tout au tout.

– Oui, oui... Vlorë belle ville. Par ici, s'il vous plaît.

Ils le suivirent à l'extérieur, entre des poubelles archipleines qui bloquaient les portes. Lydia fut surprise de le voir se mettre au volant d'une berline Mercedes qui semblait en assez bon état. Elle se rappela avoir lu quelque part que la plupart des Albanais n'avaient appris à conduire que depuis 1991 ; c'était interdit sous le régime communiste – d'où la forte proportion actuelle de spectaculaires accidents de la route. Elle prononça une petite prière silencieuse quand il quitta l'enceinte du terminal et prit de la vitesse.

– Comment vous appelez-vous ? dit-elle, cherchant en vain sa ceinture de sécurité et ne trouvant que des bouts de sangle effilochés ; pour une raison obscure, elle avait été sectionnée.

– Gabriel, mademoiselle, dit-il, avant d'ajouter : Mon anglais est bon.

– Oui, en effet. Moi, c'est Lydia. Et voici Jeffrey.

– Pourquoi vous venez ici ? Albanie ?

– C'est pour un article. Je suis écrivain.

– Oh ! fit-il, impressionné. Vous écrivez sur Albanie. Peut-être quelqu'un vient nous aider.

– Je l'espère, dit-elle, sincère.

Il faisait déjà sombre et la campagne défilait à l'ombre des nuages qui flottaient devant la lune, révélant des villages abandonnés, des carcasses de voitures ou de tracteurs au bord de la route, ainsi que des monceaux d'ordures. Par deux fois, Lydia entendit le bruit spécifique d'une rafale de mitraillette. L'Albanie ressemblait à tous les pays du tiers-monde, mais sans l'énergie, l'effervescence traditionnelle, comme si la population était découragée. La chaussée se composait principalement de cailloux et de terre, et paraissait plutôt empêcher que favoriser leur progression. D'après sa carte, la ville de Vlorë n'était qu'à une centaine de kilomètres, mais il faudrait sans doute deux ou trois heures pour l'atteindre étant donné l'état de la route. L'avion avait décollé avec du retard, puis était resté en rade à Zurich et, enfin, il avait fallu faire la queue pour les visas en arrivant ; en conséquence, il était bien plus tard que prévu et le trajet promettait d'être interminable.

Et en cas de panne ? C'était le plus embêtant dans ces pays-là – tous ces impondérables. Aux États-Unis, en cas de panne ou d'accident, il y avait toujours quelqu'un à appeler – la police, l'hôpital, la dépanneuse. Ici, si vous aviez un pneu crevé ou un accident, tant pis pour vous. Elle se demanda ce que cela pouvait représenter de vivre ainsi, toujours au bord du gouffre, sans filet de sécurité. Elle espérait qu'elle n'aurait pas à le découvrir.

— Les communistes ne réparaient pas routes, déclara Gabriel sur le ton de l'excuse. Ils n'aimaient que les gens voyagent. Eux avaient des hélicoptères. J'ai de la chance d'avoir cette voiture. Très bonne voiture.

— Où l'avez-vous eue ? demanda Jeffrey.

— Après communistes partis, la vie est meilleure. On vote ; c'est la démocratie. Voitures, ordinateurs, télévisions viennent chez nous. Mais après émeutes, c'est pire que communisme. Il y a pas essence, alors les gens laissent la voiture sur route. Moi, j'ai trouvé celle-là. Quand il y a essence, je fais le taxi.

Lydia songea à ce que disait Marianna des Américains : de grands enfants qui croient au Père Noël. L'idée d'un gouvernement en déroute, d'un pays sombrant dans le chaos et l'anarchie, incapable d'acheter du carburant, aurait semblé inconcevable aux États-Unis. C'était étonnant comme une demi-journée d'avion pouvait vous transporter dans un autre univers.

Jeffrey la serra contre lui, se raidissant contre les chocs, et elle finit par s'assoupir, malgré les cahots que n'absorbaient plus les amortisseurs. À son réveil, elle se demanda combien de temps s'était écoulé.

– C'est bien que nous sommes ici, dit enfin le chauffeur en désignant des lumières à l'horizon. Bientôt plus essence.

Depuis l'effondrement général, en 1997, qui avait entraîné les émeutes, l'Albanie était une région complètement sinistrée. Coupés du monde depuis la fin de la Seconde Guerre mondiale, puis subissant la chute du communisme et le krach consécutif à la brève parenthèse capitaliste, le pays et son peuple étaient dévastés. Vlorë était une cité en ruine. Des échos de son ancienne splendeur se voyaient encore dans ses rues défoncées et ses bâtiments de guingois aux fenêtres mitraillées, marqués de graffitis et aux porches sordides. Une mosquée très dégradée au minaret croulant s'affaissait sur ses fondations ; une vieille remontait péniblement les restes d'un trottoir, suivie de son âne. On sentait la puanteur d'un égout à ciel ouvert.

– Tu as raté ta vocation, lui dit Jeffrey. Tu aurais dû faire tour-opérateur...

– Connaissez-vous un petit hôtel ? demanda-t-elle au chauffeur.

– Oui, oui. Moi, j'emmène vous meilleur hôtel de Vlorë !

Elle se demandait à quoi il fallait s'attendre.

Il faisait sombre dans le hall ; les seuls points lumineux provenaient de bougies disposées un peu partout ; la réceptionniste, une blonde aux cheveux mous, les vit arriver sans grand intérêt. Gabriel alla lui dire quelques mots en albanais. Elle lui répondit sur un ton monocorde.

– Pas d'électricité depuis trois jours, expliqua-t-il en se tournant vers ses clients. Pas d'eau chaude.

– Comment est-ce possible ?

– Un accident. Quelqu'un rentre dans lignes haute tension. Personne sait quand cela reviendra.

Des hommes étaient attablés près du bar, dans un coin ; ils devaient boire du raki, la boisson nationale – un genre de grappa pour les pauvres. Ils avaient des vêtements miteux, sauf un jeune qui portait une chemise à l'occidentale, un pantalon ajusté et des lunettes à monture d'acier. Les nouveaux venus furent dévisagés avec curiosité, mais sans malveillance.

– Tant pis ! dit Lydia, sachant qu'ils ne trouveraient pas mieux ailleurs et n'ayant aucune envie de remonter en voiture. Prenez une chambre pour vous aussi. Nous paierons.

– Non, non ! Mon frère vit ici, je vais chez lui et je reviens demain.

Il lui tendait une clé, sans toutefois la lâcher, et lorsqu'elle le regarda, il dit à mi-voix :

– Fermez la porte et gardez toutes vos valeurs dans vos poches. On ne sait jamais...

– Merci, dit-elle en lui remettant discrètement cinq billets d'un dollar pliés en deux.

Elle eut le sentiment d'avoir remonté le temps lorsque la femme, en costume de paysanne – longue jupe en laine et tunique recouverte d'un tablier taché –, les cheveux noués en chignon, avec des mèches folles comme des fils d'araignée, les entraîna à la lueur d'une bougie dans un couloir. Elle leur ouvrit une porte et Lydia lui tendit les quinze dollars convenus – un prix réservé sans doute aux Américains. Leur ayant laissé la bougie, elle repartit sans un mot.

Lydia était heureuse de n'avoir qu'une bougie, car elle n'avait aucune envie de regarder de trop près son environnement. Le grand lit était affaissé au milieu comme un hamac. Le fauteuil près de la fenêtre semblait tout triste et branlant au clair de lune. La salle de bains attenante, un luxe dans un endroit pareil, était passablement propre, si l'on voulait bien oublier une vague odeur.

– C'est parfait ! dit Jeffrey en s'allongeant tout habillé.

– Ne t'endors pas...

– Pourquoi ?

– On n'a que quelques heures pour trouver ce point d'embarquement...

Si l'hôtel avait quelque chose de moyenâgeux, le Paradiso avait tout du night-club moderne, comme on en voit dans toutes les grandes villes occidentales. Lorsqu'ils s'étaient aventurés dans les rues noires et creusées d'ornières, son enseigne au néon les avait attirés comme un phare. Une musique tonitruante s'entendait depuis la porte gardée par deux solides gaillards au crâne rasé et qui portaient des chaînes en or. Une limousine blanche était garée devant l'établissement. Des prostituées paradaient à proximité, le long d'un mur croulant et couvert de graffitis. Elles avaient l'air extrêmement jeunes. L'une d'elles, une blonde oxygénée en robe rose moulante et qui n'avait pas encore de seins ni de hanches, envoya un baiser à Jeffrey.

Un billet de vingt dollars leur permit de passer.

– Américains ? lança l'un des deux costauds.

Comme Lydia acquiesçait, il eut un sourire enthousiaste :

– Bienvenue !

Au bar s'alignaient les marques américaines et européennes d'alcool et de cigarettes. Ces multinationales s'étaient empressées de s'implanter dans ce pays en ruine, et rien d'étonnant à cela : les consommateurs des pays développés étaient à présent si soucieux de leur santé qu'elles étaient à la recherche de nouveaux débouchés. Un rythme puissant de techno dominait le vaste espace, qui était bondé et très enfumé. La piste de danse était saturée. Jeffrey commanda deux Stolis au bar et ils trouvèrent un coin d'où assister au spectacle.

Sur une scène, au-dessus de la piste, des filles en tenue légère, vulgaires, tournaient sur elles-mêmes avec apathie. De temps en temps, certaines descendaient se mêler au public presque exclusivement masculin. D'autres les remplaçaient. Lydia remarqua que celles qui quittaient la scène disparaissaient au fond du club avec un compagnon. Après avoir observé ce manège, ils allèrent eux aussi dans cette direction, suivant une gamine dont les cheveux grossièrement teints en noir montraient des racines blondes et un type si gros qu'il avait trois bourrelets à la nuque et que le plancher craquait sous ses pas. Il portait le plus atroce des costumes bleus en polyester. Ses pellicules luisaient sur ses épaules. Lydia se demanda à quel prix elle accepterait de coucher avec un pareil poussah et ne trouva pas ; elle se crispa en voyant la grosse main chargée de bagues se poser sur la nuque fragile. Le couloir étroit semblait interminable ; le couple disparut derrière un rideau de velours.

Lydia et Jeffrey furent stoppés par un autre videur. Lydia se demanda si c'était l'un de ceux qui étaient à la porte, car ils se ressemblaient tous avec leur crâne rasé et leurs chaînes en or. Mais son attitude était fort peu cordiale.

– Privé ! bougonna-t-il.

Comme elle lui tendait un billet de cinquante dollars, il fit signe à un autre videur, et ils se retrouvèrent escortés, sur le point d'être expulsés.

C'est alors que Gabriel apparut de derrière le rideau, tel leur ange gardien. Il dit quelques mots en albanais et les types semblèrent se détendre. Puis il accompagna Lydia et Jeffrey à une table qui se trouvait derrière la tenture.

– Pourquoi vous venir ici ? leur demanda-t-il en se penchant vers eux.

Il avait l'haleine chargée et Lydia remarqua que ses dents étaient brunâtres et déchaussées. Le visage qui lui avait paru si jeune, avec ses taches de son, était plus anguleux et semblait celui d'un homme plus vieux. Elle se demanda jusqu'à quel point on pouvait lui faire confiance.

– On voulait s'amuser, répondit-elle.

– Foutaises ! C'est bien ce qu'on dit en Amérique ?

Son expression était entre sourire et rictus.

En regardant autour d'elle, elle nota avec un léger dégoût que le couple qu'ils avaient suivi était là. La fille s'était lancée dans une sorte de danse du ventre plutôt triste et caressait la grosse tête de son compagnon. Son regard vitreux fixait un point invisible. D'autres couples étaient engagés dans la même activité. Il y avait un second rideau au fond de la pièce. On imaginait facilement la suite des événements si jamais l'élu passait derrière. Apparemment, au Paradiso, il y en avait pour tous les budgets.

– Pourquoi, ça vous intéresse ? dit Jeffrey.

– Je peux aider vous, peut-être...

– Pourquoi voudriez-vous nous aider ?

Il tira une Marlboro d'un paquet souple, en offrit une à Lydia, qui accepta malgré les sourcils froncés de Jeffrey. Gabriel l'alluma pour elle avec un moulinet de son Zippo argenté.

– J'aime les dollars américains, dit-il sans complexe.

Lydia le considéra, essayant de mesurer ce qu'ils pourraient bien avoir à perdre – et surtout à gagner – en lui faisant confiance. Elle décida de prendre le risque.

– Qui possède cet endroit ?

– Les mêmes qui ont tout le reste : la mafia... Pas l'italienne, l'albanaise... Tout le pays est à elle. Il n'y a plus de gouvernement. Les gens au pouvoir sont des pantins...

Il avait un air à la fois plein de grandeur et fragile, comme s'il faisait semblant d'être un autre homme et vivait dans la crainte d'être démasqué.

– Ces filles, d'où viennent-elles ?

– Des villages. Ce sont des filles simples, vous savez, pas malignes... (Il se tapota la tempe.) Elles croient qu'elles vont être serveuses dans une grande ville, gagner de l'argent pour leur famille, mais elles deviennent des prostituées...

– De gré ou de force ?

– Qui sait ? Certaines disent : par force, mais peut-on croire une putain ? Après, elles ne peuvent plus rentrer chez elles. Chez nous, une femme violée est considérée comme impure. Elle peut être tuée par ses frères ou son mari.

Il parlait sans porter de jugement. C'était là son monde, et il ne semblait pas tenir à avoir une opinion nette. Lydia avait des doutes sur sa loyauté, mais tant qu'elle aurait des dollars à lui donner, il lui dirait ce qu'elle voulait savoir et la conduirait là où elle voulait.

– Le nom de Nathan Quinn vous dit quelque chose ?

Il secoua la tête, comme s'il réfléchissait.

– Non. Non, je ne crois pas avoir entendu ce nom.

– Et Radovan Mladic ?

Une expression de dégoût passa sur son visage tandis qu'il se raclait la gorge et crachait théâtralement par terre.

– La ruine de notre pays est sur sa conscience...

Il alluma une autre cigarette et ajouta :

– Après la chute du communisme, il y eut de l'espoir. Les marchandises et l'argent venaient de l'Occident. On avait la télévision, la presse...

Il gesticulait et son regard passait de l'un à l'autre comme s'il cherchait à discerner leur réaction.

– Nous avons vu combien nous sommes en retard. Quand des hommes d'affaires sont venus d'Italie, de Grèce et des États-Unis, on a cru qu'on serait riches. American Equities était l'une de ces compagnies. Beaucoup d'Albanais ont investi toutes leurs économies... mais Radovan Mladic était un criminel... depuis toujours, un maquereau, comme disent les Américains, un trafiquant d'armes et d'héroïne, mais tout le monde s'en fichait. On ne pensait qu'à s'enrichir ; on ne savait même pas ce qu'étaient American Equities ou ses activités ; les gens sont si naïfs. American Equities a volé l'argent. Et puis, il y eut les émeutes. La plupart d'entre nous ne comprennent toujours pas ce qui est arrivé. Mais l'argent n'a pas été retrouvé.

– Et lui, qu'est-il devenu ? demanda Jeffrey.

– Il a été tué. Une balle dans la tête.

– Assassiné ? dit Lydia. Je croyais qu'il s'était suicidé.

– Non, il a été tué.

– Par qui ?

– On ne le sait pas avec certitude. On a trouvé son cadavre dans les ruines calcinées des locaux qui abritaient American Equities.

– Qu'est-il arrivé à sa femme ?

Il haussa les épaules.

– Je ne sais pas. On dit qu'elle est partie pour l'Amérique.

Depuis qu'elle avait vu Jenna Quinn au centre albanais de Miami, une idée trottait dans la tête de Lydia. Elle était convaincue que cette femme était la pièce manquante du puzzle, qu'il fallait déterminer son rôle exact dans cette affaire pour y comprendre quelque chose. Mais elle ne saisissait toujours pas les motivations de cette femme ni comment elle pouvait être impliquée – si elle l'était – dans l'enlèvement de sa fille.

Elle consulta sa montre, se rappelant soudain la raison de leur présence.

– Je voudrais que vous nous meniez quelque part, Gabriel...

– Où ?

Elle se pencha et baissa la voix :

– Là où les filles sont embarquées pour l'Italie.

– Je ne sais pas ce que vous voulez dire, fit-il, soudain distant.

– Foutaises !

Il regarda autour de lui, paraissant retourner la question dans son esprit. Sur le moment, elle crut qu'il allait se lever brusquement et déguerpir.

– Peut-être, dit-il en allumant une autre cigarette avec la précédente. Parlons argent...

Le jour se levait à peine lorsqu'ils virent ce qui les intéressait. Le ciel était passé du noir d'encre au gris anthracite, les étoiles pâlissaient lentement, quand ils entendirent le vrombissement d'une vedette pourvue d'un spot en poupe. Cachés derrière de gros fûts rouillés, ils observaient le dock à cinquante mètres de là. Le bateau arriva à petite vitesse, puis son moteur fut coupé et il accosta en douceur. Un homme monta à la poupe et un autre à la proue. Sortant d'un hangar obscur, deux types se précipitèrent pour saisir les filins. Ils portaient des mitraillettes en bandoulière.

— S'ils nous prennent, ils nous tueront, dit Gabriel, avec gravité.

Lydia hocha la tête, tout en se demandant comment il avait pu accepter de risquer sa vie pour cent dollars. L'argent était-il si important ? Ou était-ce sa vie qui ne valait pas cher ?

— Ils les prennent dans leurs villages, à l'école, dans des boîtes de nuit, chuchota-t-il. Ils leur promettent une carrière dans la mode ou un riche mariage avec un Américain. Puis ils les amènent ici. Ce n'est qu'à quelques heures en bateau de l'Italie, où elles sont vendues à des proxénètes. Les jeunes vierges sont les plus recherchées.

Deux hommes émergèrent du bateau et mirent pied à terre ; trois gros fourgons militaires arrivaient à vive allure. Le dock se trouvait au milieu d'un ensemble isolé de jetées cernées par des entrepôts désaffectés. L'endroit avait sans doute été autrefois au cœur d'une importante activité d'import-export, Vlorë étant le plus grand port d'Albanie après Durrës. Mais tous les bâtiments semblaient sur le point de s'enfoncer sous terre ; la négligence se voyait à l'abondance de détritus, aux graffitis, et au silence sinistre. On n'entendait que le clapotis de l'eau. L'air était chargé d'odeurs de poisson pourri.

– La police est venue ? murmura Lydia en voyant des policiers sauter des véhicules.

Gabriel eut un rire lugubre.

– Oui... toucher son chèque !

Une à une, les filles descendirent des fourgons et se mirent à la queue leu leu, se croyant en route pour une vie meilleure. Elles étaient bien soixante-dix. À cette distance, et compte tenu de l'obscurité, on ne distinguait pas leurs traits, mais certaines se tenaient par la main et d'autres formaient de petits groupes. Elles n'étaient ni ligotées ni menottées, sinon par leurs espoirs et leurs rêves. La plupart d'entre elles allaient à la mort et n'en savaient rien.

– Il faut intervenir ! dit-elle à Jeffrey.

– Non... Il y a au moins quatre types armés de mitraillettes. Et ils ne sont sans doute pas seuls. Nous, nous sommes désarmés. Tu veux te faire tuer ? À quoi ça servirait ?

– Pas de folie, dit Gabriel en lui touchant le bras. Ici, ce n'est pas l'Amérique. C'est un pays sans héros. Personne ne gagne...

– Excepté les criminels...

– Même pas. Regardez-les... Que s'offrent-ils avec cet argent ? Des maladies vénériennes et une mort prématurée à coups d'alcool, de drogues ou de tabac...

Sa logique était imparable, mais elle souffrit de son impuissance en voyant les hommes du bateau remettre des enveloppes à chacun des policiers. Les autorités vendaient ces filles comme esclaves. Jacob avait raison, finalement, ils étaient impuissants – alors pourquoi être venus ? C'était aussi stupide que de vouloir mettre un terme au trafic de drogue les mains nues.

Jeffrey lui broyait le bras, comme s'il craignait un coup de tête de sa part.

Ils regardèrent les filles embarquer sans un coup d'œil en arrière. Les camionnettes repartirent en silence pour disparaître derrière les bâtiments décrépis tandis que le ciel se teintait d'un beau lavis jaune. Le bateau redémarra au moment où une limousine blanche pilait dans un jet de petits cailloux. Lydia se demanda si c'était la même que celle qu'ils avaient vue devant la boîte de nuit ; il ne devait pas en circuler beaucoup en Albanie. Le ciel passait au rose et à l'orange et on voyait encore la lune, lorsqu'une silhouette sortit de l'embarcation et sauta sur le quai, s'avança tranquillement vers la limousine tandis que le bateau s'éloignait. Malgré la pénombre, Lydia le reconnut à sa démarche. Ce beau gosse roulant des mécaniques était Sacha Fitore.

30

— Ça va être dur de le suivre sur ces routes désertes, dit Jeffrey, comme la limousine redémarrait et que le bruit du moteur de la vedette s'estompait dans le lointain.

— On n'a pas besoin de les suivre trop près, je sais où ils vont, dit Lydia, tirant un papier de sa poche. Voici l'adresse d'American Equities. Craig me l'a donnée...

Elle la tendit à Gabriel, qui opina.

— Vous savez où ça se trouve ?

— Je sais...

— Très bien. Vous allez nous conduire là-bas.

Il marcha vers la Mercedes, mais Jeffrey la retint par le bras.

— Ce n'est pas une bonne idée, lui souffla-t-il.

— J'ai l'impression que si nous le suivons, cela va nous mener directement à Tatiana.

— Et moi, j'ai le sentiment qu'on va se fourrer dans un guêpier.

— Ce ne serait pas la première fois.

Il comprit que toute discussion serait inutile. Elle avait une lueur combative dans les yeux et cherchait à se dégager. Il la suivit jusqu'à la voiture.

— Allons-y ! dit-elle à Gabriel.

– Qu'est-ce qui te fait croire qu'on va la trouver là-bas ? demanda Jeffrey.

La voiture escaladait une colline escarpée pour rejoindre une petite route bordée d'arbres. Elle serpentait de telle sorte que des feux arrière pouvaient être vus de très loin.

– J'ai réfléchi aux pièces de notre puzzle et à leur manière de s'emboîter.

– Que veux-tu dire ?

– Eh bien, d'abord le fait que quelqu'un devait être dans la maison le jour où Tatiana a disparu, par exemple. Quelqu'un a débranché la caméra. Et puis le désespoir avec lequel Nathan Quinn la recherchait et mettait la pression sur la police, alors que le haut de la hiérarchie demandait à l'inspecteur Ignacio de ne pas fourrer le nez dans ses affaires... L'inspecteur savait que ses connexions nous mèneraient quelque part ; voilà pourquoi il nous a dit de suivre la piste de l'argent, mais il a laissé tomber parce qu'il avait peur. Ensuite, la façon dont nous avons été suivis à Miami, dont nos témoins ont été tués avant de pouvoir nous parler. Puis Jacob, avec ses avertissements voilés, qui nous apprend que le corps de Tatiana a été retrouvé. Ce n'est pas seulement comme si elle avait disparu : on dirait que toutes ces forces conspirent pour qu'on ne la retrouve pas.

– « On » ?

– Donc, je me suis demandé qui serait assez motivé pour cacher et protéger Tatiana. Si motivé qu'il ne reculerait devant rien. Et face à quelle menace ? Une seule réponse s'est imposée à moi.

– Laquelle ?

– Seule une mère ferait tout cela pour sa fille.

– Jenna Quinn ? Mais de qui la protège-t-elle ?

– De Nathan Quinn...

– Et qu'est-ce qui te fait croire qu'elle aurait le pouvoir de faire tout ceci ?

– Et si elle avait le concours de gens puissants poursuivant un objectif parallèle ?

– Je ne te suis plus...

– Jacob a dit un truc qui a fait tilt en moi. Tu te souviens quand il a dit que Nathan Quinn était devenu incontrôlable et que des mesures seraient prises ? Et sur la cassette, Tatiana disait : « Je n'en reviens pas qu'elle m'ait fait cela... » *Elle !*

– Oui, je me souviens que...

– Ces mesures, qui va les prendre ? Peut-être que certaines relations de Nathan se sont retournées contre lui... Peut-être qu'il ne joue plus le jeu du Conseil. Il leur a échappé...

– Et maintenant, ils essaient de le contrecarrer ?

– Et Jenna Quinn a accepté de les aider.

– D'accord. Mais qui sont-ils ?

– Je crois, dit Gabriel en freinant brutalement, que vous allez bientôt le découvrir...

Ils sortirent des fourrés comme des spectres. Impossible d'avancer ; la route était coupée par un 4 × 4 noir, et un autre approchait par-derrière. Lydia sentit son cœur se serrer et sa bouche se dessécher lorsque au moins dix types portant cagoules, gilets pare-balles et armes automatiques cernèrent le véhicule. L'un d'eux alluma une lampe torche et éclaira l'habitacle. Lydia ferma les yeux et se serra contre Jeffrey, songeant qu'une fois de plus il avait eu raison. Elle espérait qu'elle aurait l'occasion de vivre assez longtemps pour être plus raisonnable.

Le ciel devenait d'un gris vaporeux et, au bord de la route, on voyait des restes calcinés d'oliviers, avec leurs branches noires et tordues comme des doigts de sorcière. Sans un mot, mais aussi sans violence, on les avait fait descendre. L'un des hommes encagoulés s'était penché par la portière pour parler à Gabriel en lui tendant une grosse liasse de billets. Le 4 × 4 lui ayant dégagé le passage, le jeune homme avait filé sans un regard en arrière. Les captifs avaient été amenés vers le véhicule de tête et contraints d'écarter bras et jambes contre le capot encore chaud. Lydia commençait à avoir mal à la tête et s'efforçait de contrôler sa respiration. Cette scène – les hommes masqués, les gilets pare-balles, les arbres morts et le ciel ardoise – était irréelle et d'un calme sinistre. On n'entendait que le vent et les bruits de pas de leurs ravisseurs.

En d'autres circonstances, Lydia se serait aussitôt mise à les insulter, mais elle garda le silence, ne sachant à qui elle avait affaire. Et elle avait peur. C'est plus facile de protester dans le monde civilisé, où on ne risque pas d'y laisser sa vie. On lui fit subir une fouille musclée, qui se solda par la perte de son arme. Le type examina l'objet avec un borborygme approbateur, puis le glissa dans sa poche.

– Du calme..., dit-elle à l'homme qui continuait à la palper alors qu'il aurait dû se satisfaire d'avoir trouvé l'unique arme qu'elle portait.

Il ne répondit pas, mais s'interrompit et la fit monter à l'arrière du 4 × 4 où Jeffrey se trouvait déjà.

– Où nous emmenez-vous ? dit-elle au compagnon du chauffeur, qui se retourna et les braqua avec le Glock de Jeffrey.

– La ferme !

Elle fut surprise de découvrir qu'il était américain. Vraiment, elle détestait qu'on lui parle sur ce ton... Jeffrey lui mit la main sur l'épaule et l'attira contre lui avec un regard qui se passait d'explications.

La route serpentait entre les bouquets d'oliviers calcinés et ils finirent par arriver devant une grille noire fixée à un mur d'enceinte hérissé de tessons de bouteilles. Le portail pivota sur ses gonds puis se referma derrière eux dans un fracas métallique. Lydia chercha la main de Jeffrey. Il l'étreignit avec un regard rassurant, mais elle voyait au pli amer de sa bouche qu'il ne jugeait pas la situation très brillante.

Ils approchaient d'une vraie forteresse aux tours percées de meurtrières. Au sommet d'une de ces tours, un homme armé faisait le guet. La limousine blanche qu'ils avaient déjà vue était garée devant le porche monumental éclairé par deux lanternes. Elle frissonna – dans quelle situation s'était-elle fourrée ?

La vue de Sacha Fitore s'approchant tranquillement n'était pas pour la rassurer.

– Bonsoir, mademoiselle Strong, dit-il avec un sourire dur en lui ouvrant la portière. C'est drôle de vous voir ici.

– Vous savez ce que c'est... comme on était dans le coin, on a voulu dire bonjour...

La plaisanterie le fit rire, mais son rire était glaçant.

32

Au crépuscule, avec les feuilles qui tombaient des arbres dans la froideur âpre, il goûtait à sa liberté retrouvée. Le ciel était d'un gris un peu vert comparé à ces teintes automnales ; déjà le rouge feu avait fait place au rouge orangé, le jaune à l'ocre. L'odeur de feu de bois, portée par le vent, lui inspirait la nostalgie d'une douceur familiale qu'il n'avait pas connue. Il respira à fond et constata alors qu'il s'agrippait si fort à son volant qu'il commençait à avoir des crampes. David Bowie et Bing Crosby chantaient leur version de *The Little Drummer Boy* à la radio.

Il orienta le miroir de courtoisie et ôta son bonnet. Il avait l'air du monstre qu'il était, avec ses yeux d'un bleu glacial tels deux lacs dans le paysage de son visage anguleux aux pommettes saillantes. En passant sur son crâne mal rasé, où les cheveux commençaient à repousser, ses mains musclées effleurèrent le bourrelet d'une cicatrice, souvenir d'une bagarre avec un codétenu. Il soupira. Il se sentait irrité et usé.

Étant donné son pedigree, il s'était attendu à être traité avec plus de respect. Enfin, *respect* n'était peut-être pas le mot juste. *Inquiétude*, *crainte*, *répulsion* convenaient davantage. Il adorait quand on tremblait devant lui, quand la peur se lisait dans les regards. Mais aujourd'hui, les gens étaient moins sensibles. Ce n'était pas comme autrefois où il suffisait d'être fou à lier. Le public était effrayé mais fasciné : quelqu'un comme Richard Ramirez avait un fan-club, des correspondants et les femmes s'offraient même à lui ! Lui-même n'avait pas reçu l'attention qu'il méritait.

C'était la faute de Thomas Harris et de tous ces écrivains, avec leurs personnages de criminels plus grands que nature. Comment un véritable tueur en série pouvait-il arriver à la cheville du brillant et raffiné Dr Lecter, par exemple ? Ce n'était pas réaliste. Rien n'était aussi cool dans la vie réelle que dans les bouquins ou les films, même pas les homicides en série.

D'un autre côté, il était intéressant de voir que dans *Le Silence des agneaux*, c'était seulement quand Clarice Starling avait tout perdu que Lecter était capable de parvenir à ses fins avec elle. C'était la seule chose qui lui avait permis de se tenir à carreau, quand l'envie d'étrangler maître Harriman le démangeait. Quelques milliers de dollars, des habits neufs et une bagnole étaient censés le transformer en un genre de guignol aux ordres d'un mystérieux nabab... Ils n'avaient donc pas compris ? Il n'était ni un voyou, ni un tueur à gages... mais un maniaque soumis à des pulsions que même lui ne pouvait contrôler. Enfin, il était fier de lui parce qu'il avait su se dominer, comprenant que le type qui était capable de le faire sortir du trou était assez puissant pour l'y remettre. En attendant, son bienfaiteur le laissait voyager dans une voiture très classe... et faire exactement ce qu'il aurait fait, de toute façon : arracher la chair de l'existence de Lydia Strong, lui faire sentir qu'elle n'était plus qu'une coquille vide, brisée.

Les deux automobiles étaient sur la rampe du garage : une Lincoln Continental noire et une BMW rouge très chic, mais l'éclairage était faible et il n'avait enregistré aucune activité à l'intérieur de la maison. Il se pencha pour ramasser le sachet de beignets qu'il avait acheté avant de quitter Manhattan pour se rendre à Sleepy Hollow.

33

Avec le feu pétillant dans l'âtre, le parquet verni, le mobilier rustique et les kilims disséminés un peu partout, l'endroit aurait pu être plaisant et chaleureux sans la présence des hommes armés, encagoulés et portant des gilets pare-balles, qui bloquaient les issues. Les deux captifs se tenaient avec raideur sur un canapé de velours rouge ; on ne les avait pas ligotés. Lydia remarqua que son compagnon examinait les lieux et comptait les hommes, évaluant leurs options. Son visage était de marbre, mais sa tension palpable.

Une dame âgée, aux cheveux poivre et sel, entra d'un pas vif et léger avec son plateau. Elle était vêtue d'une simple robe noire et apportait du thé et des petits gâteaux. Ayant tout disposé devant eux sans les regarder, elle s'éclipsa rapidement.

– Comme c'est aimable à eux..., commenta Lydia, usant d'ironie pour dominer son angoisse.

– Pourquoi ne pas être aimable ? dit Sacha, qui venait d'entrer et s'installa devant eux.

Il jeta une jambe par-dessus son accoudoir et joignit le bout de ses doigts.

– En Albanie, l'hospitalité est une tradition...

– Et la traite des blanches ?

Sacha sourit et haussa les épaules.

– Il n'y a pas beaucoup de moyens de gagner sa vie chez nous, dit-il simplement.

Son visage avenant mais froid ne trahissait pas la moindre honte. Il avait l'air à son aise, parfaitement sûr de lui, et elle se demanda ce qu'on pouvait ressentir à agir ainsi sans aucun code moral tout en sachant au fond de soi qu'on était un monstre.

– Pourquoi nous avoir amenés ici ?

Il rit.

– Je ne vous ai pas amenés ! C'est vous qui m'avez suivi ! Ça fait des jours que j'essaie de vous semer, mais vous êtes terriblement collants...

– Vous m'avez comprise... Pourquoi nous avoir amenés ici au lieu de nous supprimer ?

– La décision ne m'appartenait pas. S'il ne tenait qu'à moi, je vous aurais éliminés depuis longtemps...

Sa voix laissait filtrer sa colère et assombrissait son regard. Comme il se penchait en avant, Lydia eut un involontaire mouvement de recul.

Elle s'était attendue à voir quelqu'un d'abominable, mais vu de près, il était beau et élégant, s'exprimait avec douceur. Cela ne le rendait que plus effrayant ; les jeunes femmes conduites à l'abattoir devaient être séduites, charmées. Dans ses yeux bleus, elles voyaient quelqu'un digne de confiance et croyaient naïvement à ses belles promesses. C'était un tour horrible que jouait la nature. Les monstres auraient dû être aisément reconnaissables ; or c'était rarement le cas.

– Bon, expliquez-moi, Sacha... (Prononcer son prénom avait quelque chose de révulsant.) Que se passe-t-il ?

Il prit un air maussade et se leva au moment où les portes s'ouvraient. Elle faillit ne pas en croire ses yeux en voyant Jenna Quinn entrer, suivie de Jacob Hanley.

Jacob fit un signe aux types en faction. Quand ils ôtèrent leurs cagoules, elle reconnut les agents du FBI : Bentley et Negron.

– Ah merde ! dit Jeffrey en se levant. Qu'est-ce qui se passe ici ?

– Vous ne pouviez pas rester tranquillement à New York ? dit Bentley avec un sourire sinistre.

– Suffit, Bentley ! aboya Jacob, et un voile passa sur le visage de l'agent.

Il resta coi mais continua à les foudroyer du regard.

Jeffrey reprit sa place sur le canapé et se mit à dévisager Jacob en tâchant de comprendre. Lydia était sans voix – phénomène rare chez elle. Elle considérait Jenna et Jacob tout en passant à toute vitesse dans son esprit les différentes explications possibles. Jenna, qui était plus petite que dans son souvenir, alla à la fenêtre tandis que Jacob venait se camper devant eux. Il portait un pantalon de toile noir et un gros pull beige. Le léger renflement était sans doute formé par la crosse de son arme. Les mains dans les poches, il se balançait sur ses souliers en daim. Son expression était à la fois condescendante et triomphante. Les éléments du puzzle commençaient à s'agencer dans l'esprit de Lydia, et certaines choses s'éclaircissaient.

– Elle est là, n'est-ce pas ?

– Oui, elle est là, dit-il avec un soupir.

Il s'appuya au manteau de la cheminée et la regarda avec une commisération irritante.

– Et cela depuis le début ?

Il était stupéfiant de penser que cet homme, qu'ils croyaient bien connaître, était en fait pour eux un parfait inconnu.

– Oui, dit-il. On n'avait pas le choix...

Elle fronça les sourcils, tâchant de comprendre. Malgré tout, quelque chose résistait à ses efforts.

– Pourquoi ?

– Parce que la sécurité de Tatiana était la seule condition acceptable pour la personne qui pouvait nous aider à faire tomber Nathan Quinn...

– « Nous » ?

– Le FBI, dit Jeffrey. Tu bosses pour eux, Jacob ?

Il y avait une note d'espoir dans sa voix, car il cherchait toujours à trouver des excuses à celui qui avait été son ami.

– Plus ou moins..., fit l'autre avec un haussement d'épaules. Disons que les objectifs du FBI ont coïncidé à un moment donné avec ceux d'une autre organisation qui ne pouvait plus tolérer les agissements de Nathan Quinn.

– Le Conseil..., dit Lydia.

Un autre haussement d'épaules et un signe vague confirmèrent ses soupçons.

– Et Jenna Quinn était la seule à pouvoir vous aider ?

L'intéressée se tenait à la fenêtre. Elle ne devait pas mesurer plus d'un mètre soixante, mais il y avait une dureté dans son maintien que Lydia ne lui connaissait pas. Elle était appuyée à la rambarde, les bras croisés. Le jour était gris, terne ; une lumière défavorable, qui la faisait paraître vieille et fatiguée. On avait du mal à la croire le pivot de toute cette opération.

– Elle et Sacha Fitore, répondit Jacob.

– Donc, le FBI a fricoté avec la pègre albanaise dans le but d'arrêter Nathan Quinn ? dit Jeffrey. Ils ne sont pas dégoûtés...

– Nathan Quinn est un homme très dangereux qui doit être arrêté, intervint Bentley avec une passion qui surprit Lydia. Par n'importe quel moyen.

– Comment le FBI a-t-il réussi à amener Jenna Quinn et Sacha Fitore à coopérer ? demanda Lydia.

– Je n'étais qu'une enfant quand j'ai épousé Radovan, dit Jenna, si doucement qu'au début Lydia crut
avoir mal entendu. J'avais quinze ans. C'était un
mariage arrangé, comme souvent ici. Nos familles
tenaient une place très importante dans le syndicat du
crime qui existait même au temps du communisme.
J'étais trop jeune pour savoir... mais il m'a tout appris.
Au fil des ans, il s'est mis à me traiter plus comme
une associée que comme une épouse, fait remarquable
pour un Albanais.

Quittant la fenêtre, elle se mit à marcher de long
en large devant la cheminée, les bras toujours croisés,
regardant à ses pieds.

– Après la chute du communisme, Radovan est
devenu encore plus puissant – c'était l'homme le plus
puissant d'Albanie. Même le nouveau gouvernement
était à sa botte, car ses membres s'étaient enrichis en
fermant les yeux sur ses activités. Il était dans le trafic
d'armes, d'héroïne, de femmes – tout passait par lui.
Mais avec la manne d'argent venue d'Occident, il a
compris qu'il y avait des opportunités à saisir et a
fondé une société : American Equities, qui était censée
exporter du tabac, mais qui en fait vendait des
femmes...

« Il a cherché des investisseurs américains. Nathan
en faisait partie. Le gouvernement voulait sa part, bien
entendu, donc il a exigé que la compagnie s'ouvre aux
investisseurs albanais. La population a été invitée à y
investir ses maigres économies. C'était comme un
vent de folie : tout le monde rêvait d'être aussi riche
que les Américains, mais l'agent est allé directement
aux mains du gouvernement corrompu. Une gigantesque escroquerie : en l'espace d'un an, tout l'argent
avait disparu, volé : le peuple a tout perdu. Le pays,
comme vous le savez, a sombré dans l'anarchie...

« Radovan a été assassiné. Je suis devenue une indésirable. Bien des gens auraient aimé me voir morte aussi. J'ai bien été obligée d'accepter la proposition de Nathan et d'amener Tatiana en Amérique. J'avais toujours rêvé qu'elle fasse ses études là-bas.

Elle débitait ce récit d'une voix monocorde, qui ne trahissait ni émotion ni regret.

– Au début, en Amérique, j'étais en deuil et j'avais peur... Sacha, qui avait été le plus proche associé de Radovan, a repris les activités commerciales, mais, voyant là une meilleure opportunité, il est venu aux États-Unis fonder American Beauty, la compagnie de films. Nathan l'a financée pour une grande part, et ses relations d'affaires sont devenues les plus gros clients d'American Beauty. Sans lui, Sacha n'aurait jamais pu pénétrer ce milieu-là.

– Donc, vous saviez que lui et ses sbires enlevaient par la ruse ou la force des jeunes Albanaises pour les faire assassiner par des sadiques, avec la complicité active de votre mari ? l'interrompit Lydia.

– Qu'est-ce que j'y pouvais ? Je n'étais pas en mesure de m'interposer...

Elle mit un moment à se ressaisir et lâcha :

– ... jusqu'à présent...

Lydia se rappela la cassette où Tatiana accusait sa mère d'être faible – la petite avait raison.

– Puis, j'ai remarqué comment il regardait ma propre fille et j'ai pris peur. Il fallait trouver une issue. Mais laquelle ? Il était si puissant... jamais je n'y serais arrivée toute seule.

Elle posa un regard implorant sur Lydia et Jeffrey, comme pour les supplier de comprendre sa situation. Lydia se demanda si elle considérait que Nathan était plus mauvais que son premier mari qui, de son propre aveu, était un trafiquant d'armes, de drogue et un proxénète, un homme qui avait causé l'effondrement de son pays – ou que son amant, producteur de films snuff.

– Nathan Quinn était l'étoile du Conseil, autrefois, dit Jacob. Grâce à ses brillants investissements et ses relations internationales, il a fait gagner beaucoup d'argent à beaucoup de gens.

– Laisse-moi deviner..., dit Jeffrey. Il est advenu qu'un jour, ses intérêts n'ont plus concordé avec ceux de l'organisation, mais à cause de tous les gens qu'il manipulait, il était devenu intouchable. Certains gagnaient beaucoup d'argent... mais pas tous, et la décision fut prise de l'abattre. Seulement, ça s'est avéré plus difficile que prévu...

– Il tient beaucoup de gens haut placés.

– Comment cela ?

– Ce sont des clients d'American Beauty, dit Lydia.

En repensant au DVD, elle en eut la nausée. Elle avait imaginé que les hommes à l'image étaient des mafieux – jamais elle n'aurait pensé que c'était des hommes d'affaires ou des politiciens. Sacha, lui, avait grandi au milieu de la misère, du désespoir, du crime, alors que ceux-là étaient des privilégiés.

– En effet, dit Jacob. Ce sont des hommes qu'on ne croirait jamais capables de violer et d'assassiner des jeunes femmes pour le plaisir. C'est une société secrète composée d'individus dépravés, sans scrupules. Quinn était intouchable au regard de la loi ; et même les membres du Conseil ne pouvaient l'approcher...

– Donc, il s'est livré une sorte de guerre ?

– Une guerre silencieuse – une guerre qu'ils perdaient quand nous avons découvert que les agents du FBI enquêtaient sur lui et Sacha Fitore. Grâce à leur infiltration dans les rangs de la pègre albanaise, nous avons appris que toutes les opérations illégales de Nathan, y compris American Beauty, étaient au nom de sa femme.

– Donc, vous l'avez menacée de l'envoyer en prison ?

– Nous avons menacé de l'extrader en Albanie où elle devrait répondre des charges dont elle était accusée, dit Jacob avec un sourire lugubre. Ce qui est bien plus effrayant.

– Mais elle est ici, maintenant...

– Ces charges n'ont pas été maintenues, dit-il en s'installant dans le fauteuil qu'avait occupé Sacha.

Jenna était toujours devant la cheminée et regardait danser les flammes en s'y réchauffant les mains. Elle semblait perdue dans ses pensées. Elle se tenait voûtée, et Lydia se demanda si elle avait aussi honte qu'elle le paraissait. Son attention se reporta sur Sacha qui restait debout dans son coin et contemplait Jenna d'un œil mauvais.

– Évidemment ! Et maintenant, comment avezvous fait pour impliquer cette raclure dans votre combine ? dit Lydia en désignant Sacha.

Elle le vit rougir et serrer les poings et en tira une petite satisfaction.

– Toujours grâce au FBI. Les fédéraux le surveillaient depuis plus d'un an, accumulant les preuves contre lui. Marianna jouait là un rôle essentiel, même si elle n'avait pas plus en confiance en eux qu'en son oncle... mais les toxicomanes sont faciles à manipuler. Grâce à elle et aux agents Bentley et Negron, on en sait assez sur M. Fitore pour l'envoyer en prison pendant un siècle. De quoi le convaincre de collaborer...

Là-dessus, Sacha partit d'un petit rire, que Jacob parut ignorer. Il avait l'air encore plus en colère et son attitude évoquait un pit-bull tirant sur sa chaîne. Il avait l'arrogance d'un homme qui a quelque chose à prouver, un ego monumental, et qui ne reculerait devant rien pour se défendre s'il était attaqué. Ce n'était pas un associé très fiable et il était à espérer que la laisse qui le retenait était assez solide.

— Et qu'est-ce que Jenna vous a fourni contre Quinn ? demanda Jeffrey.

— Information, codes, références de comptes bancaires, habitudes, identité des associés, toutes choses auxquelles Sacha n'a pas accès. Nous rassemblons des preuves contre lui.

— Des preuves ? Vous avez jeté le DVD où il y avait sa voix enregistrée par la portière, l'autre jour ! s'exclama Lydia, qui se rappelait la scène avec précision.

— Oh, fit Jacob avec un rire indulgent. On ne le pincera pas avec ça... trop de gens haut placés sont impliqués. Le snuff n'existe pas, d'après le FBI.

— Alors avec quoi ? dit-elle en essayant de refouler sa bouffée de rage.

— Évasion fiscale... quelque chose dans ce goût-là, dit Jacob avec un soupir désabusé.

— Et il ira dans une prison fédérale, dit Jeffrey, où, ayant tout perdu, il se « suicidera ».

Jacob lui lança un sourire énigmatique et croisa les jambes.

— Il faut dire que le coup aura été rude pour lui... !

— Ils ne souhaitent pas le traîner en justice..., expliqua Jeffrey en se tournant vers Lydia avec un sourire triste – son visage était comme le miroir de ses émotions à elle. Parce que ce serait étaler au grand jour l'existence du Conseil et ses sales petits secrets. Ce qu'ils veulent, c'est se débarrasser de lui.

— C'est ce qu'on peut faire de mieux, Jeff...

– Et les autres ? protesta Lydia. Ces hommes qui figurent sur le DVD, par exemple ? Qui sont-ils ?

– Je pourrais vous le dire, fit Jacob en souriant, mais alors je devrais vous tuer ensuite...

Il eut un rire ravi et ajouta :

– J'ai toujours eu envie de dire ça... !

Jeffrey lui adressa un regard noir.

– Nous avons un double de cette cassette, dit Lydia, sans conviction. On pourrait arriver à les identifier...

Sa haine envers Jacob était si intense qu'elle en avait un goût de bile dans la gorge. Il était plus haïssable que Sacha, qui lui au moins savait qui il était, alors que Jacob se croyait du côté du Bien.

– Je n'en doute pas, dit ce dernier avec un sourire indulgent. Mais cela n'aurait aucune importance. Il n'y a pas une agence de communication au monde qui toucherait à eux. Essayez et vous serez balayés... Vous gagnerez peut-être le prix Pulitzer, mais votre carrière sera brisée du jour au lendemain. Vous ne devriez pas sous-estimer la puissance des médias. Croyez-moi : vous ne trouverez plus jamais de travail...

Lydia se leva, alla à la cheminée et contempla les flammes. Jenna, quant à elle, se déplaça de l'autre côté de la pièce et resta plantée à la porte. La colère de Lydia atteignait son crescendo et elle se sentait toute faible et tremblante. C'était la colère de quelqu'un qui sait avoir perdu la bataille : elle se sentait petite et désarmée, vaincue ; mais mille questions continuaient à flotter dans sa tête.

– Et lui ? dit-elle d'une voix plus aiguë en regardant Sacha. Il va s'en tirer comme ça, sans que les femmes qu'il a vendues, tuées ou fait assassiner en Technicolor soient vengées ? Et qu'en est-il d'American Beauty ?

Elle regarda cet homme et songea à la fille du DVD,

à son attitude confiante au début, confiance qui s'était transformée en terreur, et à sa fin horrible. Elle n'avait pas de nom et jamais n'obtiendrait justice. Lydia aurait aimé que Sacha souffre comme sa victime et l'idée qu'il échapperait au châtiment l'écœurait. Elle le regarda et il lui renvoya un regard satisfait, la bouche figée en un rictus condescendant. Lydia aurait voulu le bourrer de coups de poing afin qu'il comprenne ce que cela signifiait d'avoir mal, d'être désarmé, terrorisé et de crever tout seul.

— Les termes de notre accord ne vous regardent pas, dit Jacob.

— Circulez, il n'y a rien à voir... C'est comme d'habitude, hein ? dit Jeffrey.

Bentley et Negron restaient muets, visage de marbre. Lydia crut voir de la colère dans les yeux de Bentley, mais elle n'en était pas sûre. Elle avait ignoré jusque-là que ceux qui font les lois jouent à un jeu inconnu du commun des mortels. Peut-être que le FBI se contentait de ce genre de justice, mais pas elle.

— Nous arrêterons Nathan Quinn, c'est tout ce que je peux promettre. Le reste est... trop compliqué, dit Jacob. Je sais que ce n'est pas satisfaisant, mais... nous sommes dans le bon camp, bon sang !

— Heureusement que vous le dites, commenta Lydia.

— Comment t'es-tu retrouvé impliqué là-dedans ? demanda Jeffrey.

— Je ne peux pas en parler avec toi...

— Pourquoi, mon pote ? On n'est pas collègues ?

Jacob prit une attitude compassée.

— Mieux vaut pour vous ne pas savoir... Disons que ça ne concerne pas directement l'agence.

— Comme dans l'affaire George Hewlett.

– Il y a, en effet, des forces similaires en jeu. Mais la dernière fois, tu m'avais écouté...

– Je n'avais pas le choix ! Tout m'avait claqué dans les doigts...

– Si tu m'avais écouté cette fois-ci, reprit Jacob en regardant Lydia, Jed McIntyre serait encore sous les verrous.

Jeff se leva vivement, et Bentley et Negron réagirent tout aussi vivement.

– Du calme, les gars, fit Jacob tandis que Jeffrey reprenait sa place en regardant leurs armes.

– C'est toi qui as manigancé cela ?

– Ne dis pas de bêtises ! Tu crois que je serais ici avec ces crétins, dit-il en désignant les fédéraux, si j'avais ce genre de pouvoir ? Je t'ai déjà dit que c'était Quinn. Il savait que vous étiez sur le point de découvrir toute la vérité sur American Beauty. C'était un genre de diversion. Tout ce que j'ai fait, c'est ramener un corps qui était censé être celui de Tatiana, pour le décourager. J'ai cru que cela vous découragerait aussi, par-dessus le marché... Je ne suis qu'un pion, Jeff. Je ne fais qu'obéir aux ordres...

– Pourquoi, Jacob ? Pourquoi jouer leur jeu ? demanda Jeffrey.

Dans sa voix se mêlaient exaspération et tristesse. Jacob regarda par la fenêtre, comme s'il tentait de trouver une réponse pour lui-même.

Le silence dura longtemps. Jenna restait concentrée sur le paysage dévasté. Negron et Bentley se tenaient près d'elle, à la porte, visage inexpressif. Lydia retourna s'asseoir sur le divan, trop faible pour rester debout. Jeffrey soutenait le regard de Jacob avec intensité. Sacha, un peu en retrait, souriait avec malveillance. Chacun avait des buts divergents et des motivations complexes, et Lydia se demanda quel bien sortirait de tout ceci.

– Et Valentina... et Marianna ? dit-elle. Pourquoi devaient-elles mourir ?

– Sans elles, répondit Sacha, vous n'auriez jamais été au courant. Elles m'ont trahi... mon propre sang.

Elle ne put s'empêcher de rire en l'entendant invoquer la vertu et il la regarda avec morgue.

– Elles étaient innocentes, dit Jenna avec amertume, en lui crachant pratiquement ces mots à la figure. Elles craignaient pour Tatiana ; elles ignoraient qu'elle était cachée par le FBI. Valentina était déchirée depuis toujours par les agissements de son frère. Quand elle a cru que Tatiana était tombée entre ses griffes, elle n'a pu le supporter et vous a contactée. C'était une erreur qui leur a coûté la vie...

Les deux amants se dévisageaient fixement. Une pierre dans leur jardin..., songea Lydia.

– Et la cassette ?

– Tatiana se sentait seule, elle avait peur lorsque le plan est entré en action. Elle était sous la garde du FBI. Elle m'en voulait et souhaitait parler aux seules personnes en qui elle avait confiance : Valentina et Marianna. Elle savait qu'il lui était défendu de téléphoner, mais elle l'a fait tout de même.

– Et maintenant ? dit Jeffrey.

– M'man... ?

Tout le monde se tourna vers le seuil de la pièce, où Tatiana venait d'apparaître, le visage pâle et mouillé de larmes.

Elle était frêle et dégingandée, comme un faon peu assuré sur ses pattes. Sa chevelure magnifique était nouée en queue-de-cheval, ses yeux verts en amande étaient bordés de cils d'une longueur incroyable. Elle portait un jean et un T-shirt blanc. Ses ongles étaient vernis de rose. Elle était adorable et deviendrait une superbe jeune femme – mais, pour le moment, ce n'était qu'une adolescente luttant pour sortir de l'enfance, sans être tout à fait prête à entrer dans le monde des adultes. Une fillette qui, au cours de sa brève existence, avait perdu son père et son foyer... par deux fois. Lydia se demanda ce qu'elle avait vu et les conséquences que cela aurait sur elle. Quel genre de femme deviendrait-elle après avoir baigné dans ces horreurs ? Tatiana s'avança lentement, comme intimidée d'être au centre de l'attention générale.

Lydia lui sourit. Car malgré toutes les jeunes filles perdues de par le monde, comme celles qui avaient embarqué l'autre nuit dans l'espoir de recommencer leur vie et qui ne trouveraient que la misère et la mort au bout du voyage, malgré toutes les Shawna Fox qui avaient été brisées à l'aube de leur existence, Tatiana était saine et sauve – et une seule vie sauvée était une victoire remportée dans ce combat où les lignes de front étaient de plus en plus vagues, et l'identité de l'ennemi douteuse.

– C'est vrai ? Ce qu'ils ont dit... c'est vrai ?

Sa mère ne disait rien, et pendant un moment tous les présents se regardèrent à travers les yeux innocents de Tatiana. Même le sourire de Sacha s'effaça. Jenna s'approcha de sa fille et l'entraîna dehors. Lydia l'entendit lui murmurer quelque chose dès qu'elles furent hors de portée d'oreilles.

– Elles sont mortes ! Tu m'as encore menti ! hurla soudain Tatiana d'une voix stridente.

– Et maintenant, Jacob ? répéta Jeffrey, ignorant la scène qui se déroulait à l'extérieur.

Il s'inquiétait davantage de savoir comment ils feraient pour sortir d'Albanie que de la psychologie de la gamine.

– Vous allez rentrer à New York vous occuper de Jed McIntyre. Nous, on se charge de Quinn...

– Ça, je ne crois pas ! dit Sacha.

Personne n'avait remarqué qu'il s'était déplacé vers la porte et avait tiré une arme munie d'un silencieux. Et au moment où les regards convergeaient sur lui, il logea une balle entre les yeux des agents Bentley et Negron. Les deux hommes glissèrent à terre telles des poupées de son, laissant de longues traînées sanglantes au mur, morts sur le coup. Lydia poussa un cri, paniquée, et se rapprocha instinctivement de Jeffrey. En se tournant, elle vit Jenna tirer Tatiana de l'encadrement de la porte. Jeffrey bondit sur ses pieds, prêt à servir de bouclier à Lydia. Jacob, lui, se leva lentement et Sacha pointa son arme sur lui.

Lydia contempla les deux cadavres, ahurie par la soudaineté du décès. Elle se rappela les paroles de Bentley : « Vous laissez toujours autant de victimes sur votre passage, mademoiselle Strong ? » et regretta que tout se soit terminé ainsi pour eux.

– Qu'est-ce qui vous prend, Sacha ? Il n'y a pas de lézard..., dit Jacob, portant lentement sa main à sa taille.

Son front était en sueur, une veine battait à son cou. La laisse de Sacha venait de casser, et Jacob comprit qu'il était joué.

– Parfaitement d'accord, dit l'autre d'une voix unie. Et si vous vous couchiez tous les trois sur le ventre, les mains derrière la tête ?

Sur ce, il se mit à rire.

– Qui c'est, la « raclure », maintenant ?

Tous trois hésitèrent, échangeant un regard. Ils étaient en train de penser que Sacha ne pourrait pas les tuer tous ensemble et que quelqu'un pourrait le descendre. Jeffrey supposait que Jacob était armé. Il vit tressaillir la main droite de ce dernier.

— Ne faites pas ça, Jacob. Donnez-moi votre arme.

Tout en parlant, il tendit le bras en arrière et attrapa Jenna par les cheveux, la traîna dans la pièce. Elle criait et lui griffait les mains. Le sang perla, mais Sacha ne sourcilla même pas. Passant le bras autour de sa gorge, il porta son arme à sa tempe.

— Maman ! cria Tatiana, d'une voix minuscule.

— Au moindre geste de votre part, elle est morte..., dit-il doucement. Le flingue, Jacob ! Passez-le-moi.

L'intéressé tira l'arme de sa ceinture tandis que Lydia embrassait les lieux du regard, cherchant une issue. Elle aperçut des hommes masqués par la fenêtre. L'un faisait les cent pas, l'autre fumait. Elle se demanda dans quel camp ils étaient et si elle pourrait attirer leur attention.

Jacob s'accroupit pour faire glisser son arme sur le parquet.

— Tout le monde à terre ! aboya Sacha.

On entendait gémir Jenna.

— La ferme, toi ! gueula-t-il en lui serrant la gorge de plus belle.

Elle eut un affreux râle et s'empourpra. En se baissant comme les autres, Lydia réfléchit à toute allure. Elle ne pouvait pas se résoudre à détacher les yeux de Sacha, convaincue que ce plancher serait la dernière chose qu'elle verrait de sa vie si jamais elle obéissait. Elle croisa le regard de Jeffrey comme pour lui dire combien elle regrettait de l'avoir entraîné dans cette aventure.

— Quel est votre intérêt, Sacha ? dit Jacob. (Il s'efforçait de parler calmement mais sa voix naviguait dans les aigus.) Si vous me tuez, vous n'avez plus de monnaie d'échange. La maison est cernée et vous avez déjà descendu deux de leurs collègues. Vous serez recherché à la fois par le FBI et par Nathan Quinn... si jamais vous parvenez à sortir d'ici vivant !

— Vous êtes encore en train d'essayer de me dominer, hein ? Vous ne connaissez pas mon pouvoir. Je n'ai pas peur de vous ni de vos agents. Ils n'ont même pas eu le temps de dégainer ! dit Sacha avec un sourire.

Détachant les yeux de Sacha, Lydia aperçut une petite main qui se faufilait par l'ouverture de la porte, cherchant le pistolet semi-automatique de Bentley, encore dans son étui. Elle rencontra le regard de Tatiana.

— Vous croyez que j'ai besoin de votre combine, de votre protection ?

La voix de Sacha se chargeait de colère.

— Les termes du contrat ont changé !

Jacob lança un regard embarrassé à Lydia et Jeffrey. La tension de Lydia montait et ses oreilles bourdonnaient terriblement.

— On peut en discuter...

— On est en train d'en discuter ! dit Sacha avec un rire.

Tatiana avait réussi à tirer l'arme de l'étui et la pointait sur la tête de Sacha. Le lourd Glock tremblait entre ses mains. La bizarrerie de cette image frappa Lydia : les petits bras, la frimousse adorable ne cadraient ni avec l'intention meurtrière du regard ni avec la présence de cette arme dans ses mains. Si Lydia avait été en position de le faire, elle lui aurait arraché l'arme pour tuer Sacha elle-même. Après tout ce qu'elle avait déjà subi, Tatiana n'avait pas besoin d'être celle qui tuerait l'amant de sa mère, mais elle semblait plus que prête – et était leur seul espoir.

Lydia vit la petite ôter le cran de sûreté comme une pro.

Cette dernière n'avait pas quitté des yeux Lydia, comme si elle cherchait en elle force et approbation. Lydia hocha légèrement la tête ; à ce moment-là, Sacha posa les yeux sur elle. Le temps se cristallisa en millisecondes lorsqu'il suivit la direction de son regard. La surprise se peignit sur son visage et il pivota sur lui-même, oubliant Jenna qui tomba à terre. Elle se reçut lourdement, suffoquant, les mains à la gorge, et essaya de s'éloigner. Sacha braqua son arme sur Tatiana mais parut hésiter en la voyant là.

C'est alors que Tatiana vida son chargeur sur lui. Ce fut une série d'explosions ; le miroir de la cheminée vola en éclats, une lampe se brisa en mille morceaux, et la bourre jaillit des sièges. Jeffrey rampa vers Lydia afin de la protéger. Jacob était couché par terre, les mains sur la tête. Jeffrey vit Sacha s'écrouler, la poitrine ensanglantée, le visage déchiqueté ; il plongea vers l'arme semi-automatique et la rattrapa avant qu'elle ne touche terre. Il y eut un silence ; personne n'osait se relever.

Puis, Tatiana laissa ses mains – qui tenaient toujours l'arme – retomber. Sa bouche était molle et ses yeux vitreux. Elle fondit en larmes, laissant libre cours à des pleurs déchirants.

Trois agents du FBI surgirent par la porte avec leurs mitraillettes tandis que la gamine s'effondrait sur le sol. Jenna se précipita vers elle et la prit dans ses bras, toute tremblante.

– Bravo, les gars ! dit Jacob, sarcastique, aux hommes qui arrivaient trop tard.

Il se releva et tapota ses vêtements. Les fédéraux ôtèrent leurs cagoules et contemplèrent le cadavre de Sacha.

– Rendez-vous utiles et débarrassez-nous de ça !

Il jouait la décontraction, mais son ton racontait une tout autre histoire.

– Bon sang, fit Jeffrey en s'agenouillant en même temps que lui auprès de Bentley et Negron.

Il prit leur pouls, mais c'était inutile.

– C'étaient eux, les bons..., dit Jacob comme s'il fallait clarifier ce point.

Les autres emportèrent le corps de Sacha. Il n'aurait plus jamais son air suffisant. Son beau costume était trempé de sang. Les sanglots de Tatiana résonnaient dans la pièce ; Jenna berçait sa fille comme un nourrisson. Lydia regarda autour d'elle avec stupéfaction ; en ouvrant l'enveloppe dans son bureau, elle avait déclenché une série d'événements qui avaient abouti à cette scène. Comme un aimant, les ténèbres les avaient tous réunis ici.

Elle s'approcha de la fillette afin de lui dire qu'elle avait bien agi. Elle voulait lui dire qu'ils étaient sains et saufs et que tout allait s'arranger – même si elle se demandait si c'était la vérité.

34

À présent, il faisait nuit dans ce quartier paisible. Depuis des heures qu'il attendait dans sa voiture, il n'avait vu passer personne dans la rue, ni piétons ni automobilistes. Certes, il avait un peu roupillé après ses beignets, mais il avait surtout regardé les lumières s'éteindre l'une après l'autre dans la maison de David et Eleanor Strong. Il n'avait pas vu de mouvement à l'intérieur ni d'ombres aux fenêtres, mais n'avait pas voulu prendre le risque d'aller regarder par les carreaux. La banlieue, il connaissait ; à l'heure où l'on croit tout le monde douillettement endormi, il y a toujours un insomniaque à sa fenêtre qui guette l'occasion d'ameuter les populations.

Malgré ses gants et ses grosses godasses, il avait froid et s'ankylosait. Il avait dû couper le moteur ; les gens remarquent cela aujourd'hui, quelqu'un qui attend dans une voiture dont le moteur tourne pendant des heures. Aussi s'était-il installé discrètement sur la banquette arrière, derrière les vitres teintées.

Il se rappelait quand il avait fait le guet devant le domicile de Marion Strong, non loin de là. C'était différent à l'époque ; il ne savait pas vraiment ce qu'il fabriquait. Tout ce qu'il savait, c'était qu'il y avait cette pulsion en lui qui le poussait à commettre un acte qui, une fois commis, lui apporterait un apaisement provisoire. Tant d'études, de livres avaient été écrits sur la question. Les gens sont fascinés par ce qui anime le fou, ce qui le rend différent – pour sa part, il pensait que ce n'était pas les différences le plus fascinant, mais les similitudes.

Il se rappelait avec clarté le jour où il avait découvert sa passion. Il avait douze ans. Un an, presque jour pour jour, qu'il vivait chez oncle Bill et tante Mary. Un an qu'il avait vu son propre père assassiner maman dans la cuisine, l'égorgeant sous ses yeux avec un couperet. Elle était morte lentement, saignée à blanc, en faisant de drôles de bruits avec sa gorge tranchée. Choqué, Jed avait tenté jusqu'au bout de stopper l'hémorragie en rapprochant les bords de la plaie. Son père pleurait, et Jed aussi avait pleuré. Pour la dernière fois.

Il avait été envoyé en prison et l'enfant placé chez son oncle et sa tante. De braves gens ; ce n'était pas comme dans ces histoires à vous tirer les larmes où le gamin se retrouve brutalisé, par-dessus le marché. C'étaient seulement des gens simples, sans grande imagination. Il était logé, nourri, blanchi et on surveillait ses devoirs. On le traitait comme un objet précieux ; le souvenir de ce qu'il avait vécu était tel qu'ils n'osaient pas le gronder. Certainement, il avait été normal avant la mort de sa mère. Il allait chez les Éclaireurs, jouait au base-ball ; mais qui sait ? peut-être qu'il était un assassin-né, que c'était une question d'hérédité.

Il descendait du car de ramassage scolaire quand la voisine l'avait attiré dans son garage.

– Viens voir !

C'était une jeune et jolie mère de famille qui venait d'avoir un enfant. Cheryl avait des cheveux blonds soyeux et une peau veloutée. Le nourrisson dormait à poings fermés contre sa poitrine.

– Regarde !

Une chatte angora était lovée sous l'établi, au milieu de sa portée qui tétait.

– C'est pas merveilleux ?

– Cool..., avait-il répondu, avec la réserve propre à l'adolescence.

– Peut-être que Bill et Mary accepteront que je t'en donne un ?

– Ouais, je demanderai...

Cette scène avait réveillé ses bas instincts. Jusqu'au soir, il n'avait pu s'ôter cette image de la tête. La fébrilité le gagnait ; il était rongé par une angoisse violente. Le jeune homme était monté dans sa chambre pour n'en redescendre qu'à l'heure du repas. Après ses devoirs, il avait essayé de dormir, en vain. S'étant tourné et retourné dans son lit, il s'était levé en pleine nuit et était sorti de la maison en prenant un couteau de cuisine.

Il était trop jeune, alors, pour comprendre ses intentions en entrant dans ce garage par la petite porte. Les chatons miaulaient faiblement – petites boules toutes chaudes nichées contre leur mère. Leurs yeux étaient mi-clos et ils gigotaient lentement avec un air d'innocence et de béatitude. Il aurait voulu les écraser l'un après l'autre comme des balles de tennis. Sentant sa présence, la chatte émit un sourd feulement. Une grosse bête. D'une main il la saisit par la peau du cou, la souleva et lui trancha la gorge. Il la tint à bout de bras jusqu'à ce qu'elle ne bouge plus, puis la reposa sous l'établi, auprès des chatons qui continuaient à miauler doucement.

La sensation libératrice ne pouvait se comparer qu'à l'orgasme, sans rien de sexuel toutefois. Il se sentait... mieux, comme un enfant normal. Comme quand il vivait avec ses parents et, pendant plusieurs mois, il avait retrouvé son intérêt pour le base-ball et la musique. Intellectuellement, il savait qu'il avait mal agi, mais c'était ainsi.

Il avait été le premier à entendre crier la voisine le lendemain matin.

– Mon Dieu, Rick !

Ses clameurs portaient dans le paisible quartier ensoleillé.

– Qui a pu faire cela ? Quel monstre... ?

Seul lui connaissait la réponse à cette question. Seul lui savait réellement qu'il était un monstre – mais ce n'était pas aussi romantique. Ce n'était pas comme s'il avait un programme préétabli. Non, il était tombé par hasard sur quelque chose qui le soulageait – comme la bouteille pour un alcoolique ou la drogue pour un toxicomane.

Bien entendu, ça n'en était pas resté là. Comme un drogué, il avait besoin d'augmenter la dose afin de retrouver la sensation initiale. Lorsqu'il avait assassiné Marion Strong, il n'analysait pas les choses ainsi, mais il avait mûri. Il n'avait plus besoin de tuer pour se sentir lui-même. Il s'était accepté. Aujourd'hui, il était capable de réfréner ses pulsions... la plupart d'entre elles, mais ce n'était pas cela qui sauverait David et Eleanor Strong.

Il faisait complètement nuit maintenant et tout était éteint dans la maison. Attrapant son sac à dos, il se glissa à l'extérieur, laissant la portière entrouverte – très légèrement, de façon à ce que la lumière reste tout de même éteinte. Puis il se faufila avec précaution entre les arbres qui cernaient le jardin.

Comme il arrivait au niveau de la véranda, un capteur fit jaillir une lueur ambrée. Il se plaqua contre le revêtement en aluminium, mais rien ne bougeait dans la maison. Après avoir retenu son souffle pendant un bon moment, il continua à avancer vers la porte de service. Les arbres, d'une espèce indéfinie, étaient assez touffus pour le protéger des regards indiscrets. Il gravit les trois petites marches de la terrasse jonchée de feuilles mortes et crocheta sans difficulté la serrure. Les imbéciles qui ne mettent pas de portes blindées méritent ce qui leur arrive.

La porte ouvrait sur une buanderie qui sentait l'assouplissant, une odeur associée pour lui à la liberté. En prison, on n'utilisait pas d'assouplissant, mais le détergent le meilleur marché ; les tenues n'avaient jamais l'air propre et le tissu irritait sa peau sensible. Rien que d'y penser, ça le contrariait.

La buanderie communiquait avec la cuisine, qui était éclairée par une veilleuse rose, près du grille-pain. Il glissa sur le lino vert et blanc et remarqua la suspension modern style au-dessus de la table bistro. Sur le plan de travail, il y avait des paniers à rubans, un affreux porte-serviettes en forme de canard et tout un tas de babioles kitsch. Le mauvais goût aussi l'irritait au plus haut point. À quoi pensaient les gens ? De son sac à dos, il sortit un rouleau de scotch extrafort et un grand couteau de chasse. Jed McIntyre n'aimait pas les armes à feu, les jugeant trop bruyantes et imprévisibles, et puis c'était pour les paresseux. Tirer sur quelqu'un était à la portée de n'importe qui. Tuer au couteau demandait adresse, vitesse et agilité. Il ôta sa parka et la déposa à terre, sur son sac à dos.

Les marches étaient tapissées d'une moquette épaisse et il lui fut donc plus facile que prévu de monter sans éveiller l'attention. Il enroula le ruban adhésif autour de son poignet comme un bracelet et glissa le couteau à sa ceinture. Plus de veilleuse – heureusement, car cela dessinait des ombres. Il s'imaginait en spectre, se confondant avec la nuit et progressant lentement vers la chambre principale, qui devait être la première à droite. Il entendit une respiration laborieuse en débouchant sur le palier.

Lorsqu'il entra dans la pièce, les chiffres fluo de la pendulette – qui indiquaient 1 : 33 du matin – éclairaient faiblement deux formes endormies, l'une assez volumineuse, l'autre nettement moins. En liquidant David Strong en premier, il pourrait prendre son temps avec Eleanor. Il tira la lame recourbée, à dents de scie, et approcha lentement. Le pas léger, retenant son souffle, il se dirigea vers le lit.

Il était trop tard lorsqu'il remarqua ce qui aurait dû le frapper depuis le seuil – une seule des formes respirait. Comme sa main se tendait vers la couverture, la silhouette noire bondit telle une panthère et il se retrouva cloué au sol, le souffle coupé, une arme pointée sur le front.

Une voix gaie, à l'accent australien, l'accueillit dans la pénombre :

– Alors, mon grand, on se promène ?

Elle avait fini par s'endormir, mais inconfortablement, en essayant régulièrement de se mettre en chien de fusil, comme à la maison. Malgré l'afflux d'adrénaline, l'anxiété qu'il ressentait toujours en avion, il se sentait plus détendu maintenant qu'elle dormait. Elle semblait toute petite et si lasse ; il toucha son front, qui était frais et sec.

– Je suis désolé, murmura-t-il, sans savoir très bien ce qu'il avait à se faire pardonner.

Tatiana était saine et sauve, mais ils étaient repartis, abandonnant combien de malheureuses à leur sort... Lydia avait compris qu'ils avaient échoué. Son visage exprimait une résignation qui ne lui ressemblait pas et il avait regretté sur le moment qu'elle ait perdu sa combativité. Mais il fallait choisir : ou se faire tuer ou bien survivre. Au moins Sacha Fitore avait-il eu ce qu'il méritait et la partie n'était pas terminée : il y avait encore Nathan Quinn et Jed McIntyre dans la nature.

Elle n'avait pas dit grand-chose depuis qu'ils avaient pris congé de Tatiana. Lydia s'était éloignée de Jacob sans un mot à l'aéroport ; mais Jeffrey ne le haïssait pas autant qu'elle. À sa manière, sans doute, Jacob était dans le camp du Bien ; il livrait un combat qui ne pouvait être gagné, choisissant de s'attaquer à moins forte partie, se félicitant de petites victoires. Ils lui devaient certainement la vie ; mais, bien entendu, leur association professionnelle devait prendre fin. Il y avait trop de secrets, trop de combines derrière son dos. Jeffrey avait besoin de mener ses combats sur un terrain solide, de pouvoir distinguer ses ennemis de ses alliés.

Il appuya sur une touche du fauteuil et décrocha le téléphone, glissa sa carte de crédit dans la fente et composa le numéro.

– Oui ? répondit Dax Chicago.

– Comment ça se passe ?

– Tu avais à cent pour cent raison : il est bien venu. Maintenant... je le tiens au chaud, répondit l'Australien, la bouche pleine.

– Comme convenu...

– Oui. Ça s'est passé en douceur...

– Reste sur tes gardes. Il n'est pas aussi bête qu'il en a l'air.

– Pas de souci ! T'es toujours trop inquiet...

– Et toi, jamais assez.

– J'ai la situation bien en main.

– Bon, alors on se rappelle.

Il raccrocha avec un soupir en se demandant s'il n'avait pas réagi trop vite en plongeant l'Australien dans une situation déjà explosive ; mais lorsqu'on se trouvait dans une situation extraordinaire, il fallait parfois s'allier à des hommes extraordinaires. Dax était qualifié pour cela. En outre, rien n'était joué et il serait sans doute très utile pour la suite des opérations...

Il regarda Lydia, qui était bien réveillée et le dévisageait de ses grands yeux gris.

– Jeffrey, dit-elle, le front plissé par le doute, tu pourrais m'expliquer... ?

36

Elle parut prête à exploser dès que la porte de l'ascenseur se fut refermée derrière eux. Il s'y attendait depuis qu'il lui avait parlé de Dax dans l'avion. Elle avait pâli et ses lèvres avaient pris un pli dur. Il crut se faire engueuler sur-le-champ, mais elle alla en fait directement à la salle de bains. À son retour, elle avait l'air presque normal. Elle s'assit auprès de lui et lui adressa un sourire froid.

– Lydia...

– Stop ! Je ne souhaite pas en discuter maintenant...

Lydia était une femme courageuse, forte, mais au bout du rouleau ; ça se voyait à la tension de ses épaules, à ses traits tirés, son regard éteint. Il la connaissait si bien qu'il devinait quelle tempête faisait rage en elle. La dépression la guettait depuis qu'elle avait quitté l'Albanie et appris que ses grands-parents avaient été en péril. Jusqu'à l'atterrissage, elle était restée raide comme un piquet, l'œil vague, muette. Idem dans le taxi. Ses tentatives pour faire la conversation avaient été douchées par un regard glacial.

– Qu'est-ce que tu as foutu ?

– Je ne comprends pas pourquoi tu es si contrariée... tu m'as demandé toi-même de m'occuper de lui. Ce que j'ai fait.

– Je n'avais pas dit de te servir de mes grands-parents comme appât !

– Je ne les ai pas utilisés comme appât et tu le sais très bien ! J'avais prévu qu'il irait là-bas et on l'a reçu comme il convenait... Il n'y avait pas d'autre moyen de le retrouver... Ce n'est pas le Petit Poucet, tu sais... il ne sème pas des miettes de pain sur son passage...

– Et maintenant ? Tu vas le garder bouclé quelque part ? Pour quoi faire ? Pourquoi ton copain ne l'a-t-il pas livré à la police pour tentative de cambriolage ?

– Sachant ce qu'on sait, tu crois que ça servirait à quelque chose ? Si Quinn veut le faire relâcher une seconde fois, il réussira. Tu ne comprends pas à qui on a affaire ? Ta vie est en danger, on ne peut pas se permettre de respecter les règles du jeu. Et je ferai tout pour te protéger... que ça te plaise ou non !

– Je ne suis plus une gamine, Jeffrey. Je n'ai pas besoin qu'on me protège... Tu aurais dû me consulter...

Elle s'assit sur le divan et se prit la tête dans les mains.

– Si on fait équipe ensemble, il ne faut pas me materner...

Il n'avait pas envie de se disputer avec elle, ni de lui demander pardon alors qu'il avait le sentiment d'avoir bien agi et qu'il recommencerait au besoin.

Il s'assit auprès d'elle.

– Qu'est-ce qu'on va faire de lui ? dit-elle, sans le regarder.

– On va s'en débarrasser...

– Qu'est-ce que ça signifie ?

– Prends-le comme tu veux...

Elle leva les yeux et secoua lentement la tête.

– Toi, si attaché aux droits du citoyen...

– Certains ne méritent pas d'avoir des droits.

– Et c'est à nous d'en juger ?

Personne ne disputerait à Jed McIntyre le droit de vivre, surtout pas Lydia. C'était un être dépravé, qui avait été injustement remis en liberté par un plus grand criminel encore, si une telle comparaison était possible, quelqu'un qui avait le pouvoir de tourner les lois à son avantage. Elle était tout prête à reconnaître qu'en suivant les principes de la morale en vigueur, ils risquaient de perdre cette bataille mais, sur un plan supérieur, qu'était-elle pour décider du sort d'un être humain ? Même Jed McIntyre, qui avait semé l'horreur et la mort sur son passage... son existence avait peut-être un sens, en fin de compte... Mais qu'en savait-elle ? Qui était-elle pour juger de la valeur d'une vie ? Elle posa la main sur son ventre.

– Avant de décider de ce qu'il faut faire de Jed McIntyre, Jeffrey, j'ai quelque chose à te dire...

Il la regarda, et dans ses yeux elle vit tout ce qu'elle aimait en lui : la force, la compassion, le sens de l'honneur et la bonté pétillaient dans les paillettes ambre et vert de ses yeux noisette. Elle eut soudain honte d'avoir crié sur lui, de lui en vouloir de la protéger. Car c'était bien pour cela qu'elle l'avait choisi, et qu'il ferait le plus merveilleux des pères.

– Je tenais à vous dire que vous aviez convenable-
ment agi, inspecteur...

– Je le savais déjà, Lydia. J'ai fait tout mon possible...

L'inspecteur Ignacio avait une voix plus sereine,
celle d'un homme reposé.

– Et je voulais vous dire qu'elle est sauvée...

– Tatiana ?

– Oui. Je ne puis en dire plus, mais elle est bien
vivante et nous avons tous été menés en bateau...

Il soupira au bout de la ligne, manifestant ainsi sa
colère ou son soulagement – peut-être les deux.

– Vous m'aviez dit de suivre la piste de l'argent, et
cela m'a conduite jusqu'à elle..., dit-elle en jetant un
coup d'œil à Jeffrey, qui opina.

– Espérons pour Mme Quinn que son mari n'en
fera pas autant...

– Comment cela ?

– Vous l'ignorez peut-être, mais elle lui a pompé
une centaine de millions de dollars... Les bénéfices
de Quinn Enterprises se sont retrouvés injectés dans
American Equities. Lorsqu'elle a disparu, l'argent est
parti avec elle.

– Ah bon ?

– C'est drôle, en un sens. Un homme si puissant qu'il en est intouchable, grugé par sa propre épouse...

– Il y a encore mieux... Je vous raconterai le reste la prochaine fois que je serai à Miami. Pas au téléphone...

Il y eut un silence, puis Manny reprit :

– Ce n'est donc pas encore terminé ?

– Vous êtes un malin, inspecteur.

– Et vous, une maligne. Alors, soyez prudente.

– Comptez sur moi. Aujourd'hui, je comprends mieux la décision que vous aviez prise, vous savez... !

Il eut un petit rire.

– Alors soyez doublement prudente...

Elle raccrocha et garda la main sur le combiné. Assis en face d'elle dans la cuisine, Jeffrey la couvait du regard avec un mélange d'amour et d'adoration qu'elle ne lui connaissait pas. À croire qu'elle était en cristal.

– Je ne suis pas à cent pour cent rassuré là-dessus, dit-il en endossant son vieux blouson de cuir. Il y a trop d'impondérables...

– Je sais, mais je crois que c'est le seul moyen.

– Non, ce n'est pas le seul...

– C'est le seul compatible avec la voix de ma conscience...

Il hocha la tête et la prit dans ses bras.

– Surtout, fais attention à toi. C'est ta priorité ce soir...

Elle se serra contre lui, sentant contre sa joue la raideur du gilet pare-balles et les contours de son arme.

– Toi aussi...

– Rendez-vous à Van Cortlandt Park, derrière le musée, à minuit...

Ils se séparèrent à regret et Jeffrey alla à l'ascenseur.

– N'oublie pas de mettre ton gilet ! fit-il en se frappant la poitrine, au moment où la porte se refermait sur lui.

– Ah, merde..., murmura Lydia, dévorée d'anxiété.

Elle se demandait si son idée était aussi brillante que cela.

Jeffrey descendit au pas de course au parking souterrain où était garée la Mercedes Kompressor – la voiture que conduisait Lydia lorsqu'elle habitait Santa Fe. À cause de son gilet pare-balles et de la température singulièrement clémente pour la saison, il transpirait abondamment en se mettant au volant. Il sortit sur Houston Street et prit vers West Side Highway. Le soleil rasant enveloppait New York d'une lueur rose orangé tandis qu'il se traînait dans les habituels embouteillages du centre-ville. Cela faisait quinze ans qu'on avait entrepris des travaux de restructuration sur le pont Henry-Hudson et ils étaient apparemment loin d'être achevés. Une fois passée la 23e Rue, la circulation se fluidifia et il accéléra en direction du domicile de Dax Chicago.

Son esprit était la proie d'une foule d'émotions et il dut résister à l'envie de retourner supplier Lydia d'abandonner ce plan, parce qu'il ne pouvait supporter l'idée de risquer sa vie, et celle de leur enfant. L'idée d'être père grâce à elle l'emplissait d'un sentiment d'amour et de gratitude inconnu jusqu'alors, et il avait d'autant plus peur de ce qui pouvait arriver. Il aurait voulu l'enfermer dans une chambre capitonnée, afin de la préserver du moindre pépin, mais c'était impossible : elle n'était pas femme à se plier à ses désirs, même dictés par de bonnes intentions. Leur parfaite entente reposait sur la parfaite connaissance qu'ils avaient l'un de l'autre, de leurs petits et grands défauts. Et c'était bien cela qui coûtait le plus à Jeffrey : c'était dans sa nature à lui de la protéger, et dans sa nature à elle de ruer dans les brancards. Elle n'en faisait qu'à sa tête. Il avait fini par s'y habituer. Mais cet enfant ajouterait une nouvelle dimension à ce conflit de volontés : tout allait changer... Il serra son volant en passant devant le grand mur des Cloîtres, et espéra qu'ils avaient fait le bon choix.

Riverdale était l'un des derniers quartiers agréables du Bronx. Laissant derrière lui le dépôt des trains, Jeffrey remonta une petite route sinueuse et pénétra dans un îlot de rues arborées qui abritaient de belles demeures. Les gens fortunés qui avaient une famille mais ne désiraient pas s'éloigner de la ville vivaient là ; leurs enfants fréquentaient la crème des établissements scolaires privés. Il se demanda ce qu'ils auraient pensé s'ils avaient su que Dax Chicago était l'un de leurs voisins et qui il hébergeait.

Sa maison était la plus isolée du coin, et comme Jeffrey remontait la longue allée, la porte du garage s'ouvrit toute seule. Il se gara près de la Land-Rover aux vitres teintées et se présenta à la porte blindée, levant les yeux vers la caméra. La porte émit un fort bourdonnement et il la poussa.

– Dax ?

– Ici, mon pote...

Mais la voix rendait un son étrange et Jeffrey tira son arme, un Magnum Desert Eagle. Mais quand il tourna à l'angle du corridor, il découvrit que Dax était assis dans la cuisine, en train de dévorer un sandwich encore plus gros que son bras.

Il poussa un juron en voyant cet énorme flingue.

– Tu es parano ? Qu'est-ce qui te prend ?

Jeffrey soupira et prit un siège, posant son arme sur la table.

– J'en ai par-dessus la tête, en ce moment.

– Ah, l'amour... ! C'est ça qui te met la tête à l'envers... très peu pour moi, tu peux me croire...

– Où est-il ?

– Aux oubliettes ! fit Dax avec un regard malicieux.

– Il est vivant ?

– Qui sait ? Il l'était hier ! dit-il en essuyant son menton maculé de moutarde.

Il tripota la souris de son ordinateur portable qui se trouvait près de la machine à café. Une petite image apparut au coin de l'écran et Jeffrey vit McIntyre dans une cellule sans fenêtre, attaché au même type de table qu'il avait vu dans les lieux où étaient exécutés les condamnés à mort. Il n'y avait pas le son, mais sa bouche était ouverte et il donnait des coups de tête comme un homme qui hurle.

– Ouais... il est vivant.

– Qu'est-ce qu'il a ?

– J'imagine qu'il est pas content... On peut pas lui donner tort. J'aurais pu finir le boulot l'autre nuit. On n'y penserait plus. Pourquoi tu le gardes au frais ?

– Lydia ne veut pas avoir sa mort sur la conscience.

– Il a tué sa mère !

– Deux crimes ne font pas une bonne action... enfin, c'est l'idée générale..., dit Jeffrey.

Il n'était pas très sûr d'être d'accord avec cette maxime.

– Qu'est-ce que vous allez faire de lui ? Je ne peux pas l'héberger éternellement, tu sais. J'ai d'autres clients.

Jeffrey lui raconta son plan – à minuit, à Van Cortlandt Park. À la fin, Dax baissa la tête et dit, après quelques secondes de réflexion :

– Comme plan, on ne fait pas plus nul...

38

Lydia était sûre d'avoir été suivie quand elle descendit de la rame au terminus. Il y avait un monde surprenant compte tenu de l'heure, et une quarantaine de personnes sortirent avec elle pour emprunter l'escalier reliant la ligne aérienne à la chaussée. À sa gauche, le parc Van Cortlandt ouvrait un espace complètement obscur, tandis qu'à sa droite les voitures filaient sur Broadway. Arrivée en bas, elle s'immobilisa et vit du coin de l'œil une silhouette en haut de l'escalier. Elle ne se retourna pas franchement, mais prit le chemin qui la menait au cœur des ténèbres. Le sang bourdonnait à ses oreilles et son ventre se contracta.

Mains dans les poches et baissant la tête, elle pria pour ne pas s'être complètement trompée... jusque-là son plan se déroulait à merveille. On n'entendait plus que le bruit de ses talons sur le béton et celui, assourdi, de la circulation. Elle regarda autour d'elle mais ne vit personne.

L'appel à l'inspecteur Ignacio était un leurre – elle avait parié sur le fait que l'une ou l'autre des lignes avait été mise sur écoute par quelqu'un aux ordres de Nathan Quinn. Le téléphone avait sonné cinq minutes après le départ de Jeffrey.

– J'ai un marché à vous proposer, mademoiselle Strong, avait lancé Quinn.

Lydia en avait frissonné.

– Je m'attendais plutôt à une visite de vos sbires en limousine – quelque chose de plus théâtral...

– Il me semble que nous n'en sommes plus là, je me trompe ?

– Que voulez-vous ?

– Vous le savez très bien. La question est : qu'est-ce que vous voulez, vous ?

– Je veux que Jed McIntyre soit remis derrière les verrous. Et qu'il y reste...

– Je ne sais pas où il est.

– Moi, si...

– En ce cas, pourquoi ne pas lui régler son compte ?

– Parce que je ne suis pas Dieu, Quinn. Je veux seulement qu'il retourne en prison...

– Et vous me direz où se trouve Tatiana ?

– Et qui l'a emmenée. Et pourquoi...

– Comment savoir si vous me dites la vérité ?

– Vous pourriez toujours faire libérer de nouveau McIntyre, dans ce cas...

– Vous voyez que j'avais raison, mademoiselle Strong...

– À quel sujet ?

– Tôt ou tard, chacun veut être payé. J'ai deviné votre prix.

– Et moi le vôtre...

Il rit, mais c'était un rire faux et méchant, comme enregistré dans quelque train fantôme.

– Quand et où ? dit-il.

Si l'appel que Jeffrey devait passer de son portable donnait d'aussi bons résultats, la soirée allait être chaude.

Avec ses six cent dix hectares dans le Bronx, Van Cortlandt Park est le troisième parc de New York par la taille. Terre des Indiens Weckquasgeeks, il fut « vendu » à la Compagnie des Indes occidentales en 1639, puis passa entre plusieurs mains avant d'être donné à Jacobus Van Cortlandt, futur maire de New York. En 1748, son fils, Frederick, fit bâtir Van Cortlandt Mansion, une majestueuse gentilhommière qu'on aurait dite tirée d'un livre d'histoire, avec son beau mobilier hollandais et ses becs de gaz en façade. C'est la plus ancienne demeure du Bronx.

La nuit, les espaces verts new-yorkais perdaient de leur charme pour devenir effrayants. Pour Lydia, la préservation de ces vastes ténèbres au cœur du Bronx n'était pas une bonne idée, mais ce soir-là, leur existence servait parfaitement ses desseins.

Quittant le chemin asphalté, elle approcha de Van Cortlandt Mansion par un sentier caillouteux. Les spots, qui d'ordinaire éclairaient ce bâtiment historique, étaient éteints, ainsi que les lumières à l'intérieur. Jeffrey et Dax devaient y être pour quelque chose – du moins elle l'espérait. Tout près de la maison, un grand escalier aux marches envahies par la végétation menait à l'aire de pique-nique. Si tout marchait comme prévu, c'était là que se trouvaient les deux hommes. Elle se demanda si ce n'était pas une imprudence : les idées qu'elle avait sur le coup de la colère ou de la peur ne se révélaient pas toujours bien inspirées. Il aurait peut-être mieux valu laisser Jeffrey disposer de McIntyre à sa guise et ne plus y penser. En entendant des pas dans son dos, elle comprit qu'il était trop tard.

– Qu'est-ce que vous faites là ? lui demanda Jacob Hanley.

Le souffle court, le cœur battant, elle fit volte-face.

– Jacob... comme on se retrouve ! Je pourrais vous poser la même question...

– J'ai appris que vous étiez sur le point de nous vendre à Nathan Quinn. Je suis venu vous en dissuader..., dit-il, sortant ce qui ressemblait au Glock qu'on lui avait confisqué en Albanie.

C'est alors qu'elle vit à sa main droite la chevalière que portaient Quinn ainsi que les hommes qui figuraient sur le DVD. Elle cilla. Depuis sa conversation avec l'inspecteur Ignacio, elle avait réfléchi à tout cet argent prétendument volé par Jenna – et se rappelait avoir entendu Sacha dire à Jacob que les termes de leur accord avaient changé.

– Je n'avais jamais vu cette chevalière, avant...

Elle fut surprise d'entendre sa propre voix trembler.

– Je ne la porte que dans les grandes occasions, comme ce soir...

– Vous êtes des leurs ?

– Non, je ne fais pas partie du Conseil. Pas exactement. Sinon, je serais bien plus riche, comme vous l'imaginez. Mais nous faisions partie de la même fraternité étudiante. J'accomplis des missions pour eux, si vous voyez ce que je veux dire...

– Non, je ne vois pas !

– Ceux du Conseil qui s'opposent à Nathan Quinn avaient besoin de quelqu'un qui puisse se salir les mains avec le FBI et Sacha Fitore. Quelqu'un qui pourrait les aider à alpaguer Quinn et à sauver Tatiana...

Elle eut un petit rire.

– Parce qu'il s'agit encore de Tatiana, évidemment ! Sauver Tatiana et écarter Quinn. Et les cent millions de dollars que Jenna a volés à Quinn... ? Quelle part vous êtes-vous appropriée ?

Un vent froid souleva les feuilles mortes et un peu

de poussière. La température avait chuté et elle ressentit un frisson dans tout le corps.

– Qu'est-ce que vous racontez ?

– Je dois reconnaître que vous m'aviez presque convaincue... Je croyais presque que vous étiez du bon côté, quoique dans une situation particulièrement délicate... puis je me suis mise à réfléchir aux paroles de Sacha avant sa mort. Et ce soir, lorsque l'inspecteur Ignacio m'a reparlé de l'argent, tout s'est éclairé : pour vous, il ne s'agissait pas seulement d'abattre Quinn, mais de lui piquer son fric. Voilà le fond de l'affaire...

« Jenna et Sacha ne pouvaient pas assassiner Nathan Quinn. Jenna ne pouvait pas divorcer de lui. Dans les deux cas, ils risquaient de ne pas avoir l'argent. Ils ne pouvaient pas se contenter de filer après avoir siphonné tout l'argent de Quinn Enterprises par le biais d'American Equities, car elle savait qu'il serait allé la chercher jusqu'au bout du monde, à cause de Tatiana. Ils étaient coincés. Lorsque le FBI l'a contactée, ce fut sa chance : avec l'aide des fédéraux, elle a mis en scène l'enlèvement et le meurtre de Tatiana, tout en leur fournissant les renseignements qu'ils désiraient. Quinn se retrouverait en prison, s'y "suiciderait" et Jenna coulerait ensuite des jours heureux... Tout le monde aurait eu sa part, n'est-ce pas ? Et si je n'avais pas été alertée par Valentina, personne n'aurait jamais rien soupçonné...

– C'est ridicule ! J'ai toujours su que vous étiez cinglée, mais ça passe les bornes !

Malgré l'obscurité, elle voyait qu'il était fébrile.

Jeffrey sortit de l'ombre pour venir se placer au côté de Lydia.

– Voilà pourquoi tu ne voulais pas me laisser voir les comptes, et pourquoi tu ne voulais pas d'elle comme associée. Depuis combien de temps es-tu dans ces combines, Jacob ?

De sa cachette, il avait tout écouté et enfin ouvert les yeux sur la vérité – une vérité qu'il n'avait jamais envisagée – ou s'était interdit d'envisager. Mais peut-être avait-il compris depuis un certain soir, dans une chambre d'hôtel... L'amitié est une drôle de chose : on refuse de voir les gens comme ils sont, parce qu'on les a idéalisés.

– Alors, Jacob ? répéta-t-il.

Jacob ne devait jamais avoir la possibilité de répondre à cette question. Juste avant que sa tête n'explose, crachant un geyser de sang et de cervelle, il avait eu sur le visage une expression de honte et de résignation que Jeffrey n'oublierait jamais.

Un tir nourri s'ensuivit, et il se coucha sur Lydia. On entendait les projectiles toucher les arbres et la terre tout autour d'eux. Puis il se sentit traîné en même temps qu'elle dans l'escalier montant à l'aire de pique-nique. Dax, cent trente kilos, recouvert de la tête aux pieds d'une tenue de protection noire, cagoule comprise, les remorqua jusqu'au premier palier et resta couché au-dessus d'eux en bouclier humain. Le tir de barrage continua pendant une éternité, après quoi le silence retomba.

Ils attendirent, dans un silence tendu. Puis, au bout d'un moment, Dax roula sur lui-même et remonta les marches en rampant, braquant le fusil d'assaut qu'il avait en bandoulière.

– Bon sang..., chuchota Jeffrey.

Il rampa derrière lui, suivi de Lydia.

– Tu as vu qui c'était ?

– Il y avait un véhicule tout-terrain... il est reparti, maintenant, dit l'autre, d'une voix étouffée par sa cagoule.

– Mais qui était-ce ? Qui voulait la mort de Jacob ?

– Peut-être que Jenna ne voulait pas partager ses millions avec lui ? suggéra Lydia. Ou peut-être que le Conseil jugeait qu'il en savait trop...

Jeffrey contempla le cadavre ensanglanté, gisant dans la poussière au milieu des impacts de balles, et éprouva une immense tristesse et, plus que tout, le sentiment d'un énorme gâchis. Il songea à son épouse, ses enfants, et à leur réaction lorsqu'ils apprendraient la nouvelle. La main de Lydia se posa sur son épaule.

– Tu n'y pouvais rien, tu sais...

Il se demanda si elle avait raison et si cela, d'ailleurs, avait la moindre importance. Il aurait toujours cette mort sur la conscience, même s'il n'était pas coupable.

– Et maintenant ? dit Dax, imperturbable.

– J'ai rendez-vous avec Quinn à Croton Woods dans vingt minutes, répondit Lydia. Il va falloir marcher. L'entrée est...

– Pas de souci... j'ai la Rover.

– Où est McIntyre ? dit Lydia, une question qu'elle avait espéré ne jamais avoir à poser de sa vie, et espérait ne pas avoir à reposer après cette soirée.

– Aux oubliettes !

– Je croyais que vous deviez l'amener avec vous... ?

– Trop risqué... Je pouvais pas avoir l'œil à la fois sur lui et sur vous deux, hein ?

Il lui adressa un clin d'œil et un sourire parfaitement incongrus. Elle se demanda s'il n'avait pas une case en moins.

– Allez le chercher et attendez-moi à l'entrée de Croton Woods.

– Je vais avec toi..., dit Jeffrey.

– Nathan Quinn ne me fera aucun mal : je suis la seule à pouvoir lui dire où trouver Tatiana.

– Pas question. C'est toujours quand on se sépare qu'il arrive des bricoles. Je ne te quitte pas. Dax s'occupera de McIntyre.

– Et Jacob ?

– On reviendra plus tard, dit Jeffrey.

Il semblait calme et détaché, mais évitait de regarder le cadavre. Lydia avait de plus en plus l'impression de se trouver dans un jeu vidéo, où tous ceux qui apparaissaient à l'écran finissaient par mourir de façon horrible.

La vieille voie de chemin de fer avait cessé d'être utilisée en 1958 et formait à présent un corridor qui traversait les marécages et divisait le parcours de golf. Charmant sentier le jour, c'était un endroit mystérieux la nuit, mais ce fut ce chemin qu'ils empruntèrent pour se rendre à Croton Woods plutôt que le trottoir qui bordait le parc, préférant ne pas attirer l'attention. Il faisait froid, les ténèbres grouillaient d'une vie invisible, le vent sifflait dans la ramure des chênes et des érables déjà très dépouillés de leurs feuilles. Elle entendit un petit animal détaler dans les fourrés et sortit sa mini-lampe torche.

– Non..., dit Jeffrey.

Elle la remit sans un mot dans sa poche.

– Pourquoi ne m'as-tu pas dit le fond de ta pensée ? dit-il à mi-voix.

– Franchement, je n'ai tout compris qu'au moment de parler.

– Tu parles !

Elle lui saisit le bras sans cesser d'avancer.

– C'est vrai, tu sais ! Je ne te cache jamais rien...

Un sentier menait à l'aqueduc et ils s'enfoncèrent dans le bois, qui était coincé entre le pont Henry-Hudson et la route paysagée, et traversé par l'autoroute. Ils entendaient passer les voitures sous leurs pieds.

— On est censés se rencontrer ici, dit-elle en désignant un ouvrage imposant.

La portion du chemin où ils se trouvaient faisait partie de l'aqueduc de soixante kilomètres bâti dans les années 1830 pour approvisionner la ville en eau. La grosse construction en pierre vers laquelle ils se dirigeaient était une écluse servant seulement à réguler le flux et à contrôler la pression d'air. Il était à présent désaffecté. Même les clochards ne se risquaient pas dans ces parages isolés.

— Comment as-tu fait pour le convaincre de venir ici ?

— Il serait allé n'importe où. Il est désespéré.

— Qu'espères-tu de lui ?

— Il est censé avoir les moyens de remettre McIntyre en prison. Et moi je lui dirai où se trouve Tatiana.

Jeffrey chercha dans sa poche le mobile qu'elle n'avait pas entendu sonner.

— Jeff..., dit Dax d'une voix essoufflée. Il s'est barré. Je l'ai perdu !

— Quoi ?

— Quelqu'un l'a libéré. Vous êtes en grand danger. Où êtes-vous ?

— Près de l'écluse..., répondit Jeff en regardant autour de lui.

Mais la ligne venait d'être coupée, et il se demanda si Dax avait entendu.

— Tirons-nous... on a été piégés, dit-il en sortant son arme. Qu'as-tu sur toi ?

— Le Sig. Qu'y a-t-il ?

— McIntyre est en cavale. Allons-y...

– Quoi ?

Le cerveau de Lydia refusait d'enregistrer cette information.

– Où allez-vous, mademoiselle Strong ? Je croyais que nous avions conclu un accord..., dit Nathan Quinn, sortant de l'ombre.

– Ce parc est vraiment comme une maison des horreurs..., dit-elle.

En fait, sa gorge était complètement desséchée et elle avait les jambes molles.

– Il n'y a pas d'accord qui tienne, dit Jeffrey.

– C'est bien ce que je pensais... n'est-ce pas, Lydia ? Vous n'aviez pas l'intention de me dire où est Tatiana. Vous aviez l'intention de mentir en espérant que le FBI m'aurait ensuite avant que je puisse faire relâcher McIntyre une seconde fois.

Elle haussa les épaules.

– Vous n'en saurez rien...

Elle ne pouvait s'empêcher de jeter des regards furtifs autour d'elle. McIntyre était-il tapi dans la pénombre, à l'attendre ? Elle se sentait plus ahurie que fatiguée ; les événements de la soirée avaient quelque chose d'irréel.

– Mais il ne faut pas juger trop hâtivement..., dit Quinn en s'approchant.

Il s'arrêta en voyant Jeffrey pointer son arme sur sa tête.

– Je n'étais pas satisfait de la donne... Je ne voyais pas comment je pouvais gagner, McIntyre étant sous votre garde. Si je ne faisais pas ce que vous souhaitiez, il ne vous restait plus qu'à le tuer. À présent, il est sous ma garde. Si vous ne me dites pas ce qui m'intéresse, je le lâcherai à vos trousses, Lydia. Les termes du contrat n'ont pas changé. Vous avez ce que vous voulez – l'assassin de votre mère sous les verrous – et je récupère Tatiana...

– Qu'est-ce qui m'empêche de vous descendre ? lança Jeffrey.

– Si vous me tuez, McIntyre est dans la nature. Vous pouvez l'attraper ; mais il peut aussi attraper Lydia. Est-ce un risque que vous voulez courir ?

– Pourquoi voulez-vous la récupérer à tout prix, Nathan ? demanda brusquement Lydia. Vous avez un million de filles à votre disposition. Des filles que vous pouvez violer, mutiler, assassiner. Nous avons vu le film. Nous savons ce que vous êtes, ce que vous faites... mais pourquoi Tatiana ?

Nathan Quinn s'assit sur les marches de pierre de l'écluse. Il portait un long manteau de laine noir ceinturé : les trois boutons du haut étaient défaits, révélant le col d'une chemise blanche. Il était parfaitement détendu, comme s'il n'était pas menacé par l'arme de Jeffrey, comme s'il se croyait immortel. Ainsi appuyé sur les coudes, il avait tout d'un mannequin, d'une gravure de mode. « La plus grande ruse du Malin est de nous faire croire qu'il n'existe pas », songea Lydia.

– La plupart des gens apprennent à connaître leurs limites, déclara-t-il, pensif. À s'inscrire dans un certain cadre. Pour moi, enfant extrêmement privilégié, les limites étaient moins présentes. Mes parents, pour être franc, n'étaient ni très pieux ni très à cheval sur les principes. Eux-mêmes avaient grandi dans un milieu très favorisé où la richesse matérielle, le plaisir et les loisirs primaient la valeur humaine. J'étais beau et riche, on cherchait ma compagnie et à me plaire – à tout prix. Mes bêtises, étant enfant, et ensuite mes erreurs de jeunesse n'eurent aucune conséquence grave pour moi. J'en suis arrivé assez jeune à la conclusion que la conscience morale est une chose acquise, et non innée, car j'en suis dépourvu.

« J'ai toujours aimé les femmes... ou plutôt, j'ai toujours eu pour elles un appétit féroce. Et j'avais du succès ! Quand on est riche et charmant, on obtient tout d'elles. Du moins, de celles que j'ai rencontrées. Cette expérience précoce fit de moi un adulte blasé par les pratiques sexuelles ordinaires. Je savais qu'il y avait autre chose – des domaines à explorer interdits au commun des mortels... Je me demandais quels degrés de jouissance existaient derrière les barrières des lois et de la morale.

« Et j'ai commencé à repousser ces limites... Une fois qu'on a commencé, c'est l'escalade. J'ai poursuivi sur cette voie, pour découvrir qu'il n'y avait pas de véritables limites, seulement celles que s'imaginent les médiocres. Je n'ai pas été long à trouver dans mon milieu des hommes qui comprenaient mes appétits. J'ai appris que de grands esprits m'avaient précédé sur ce terrain-là, des hommes qui cherchaient le nirvana, l'illumination à travers la débauche. Ils ne trouvaient cela qu'une fois franchies ces limites... Seul le vulgaire voit dans le Kurtz de *Au cœur des ténèbres*, le roman de Joseph Conrad, un fou. En fait, plus il s'enfonce au cœur du Congo, plus grande est sa lucidité. C'est le reste de l'humanité qui est devenue folle, elle qui s'aliène à la société en échange de quelques misérables satisfactions, alors que le véritable plaisir, notre seul but sur terre, est à notre portée dès lors qu'on ose s'aventurer au-delà des bornes de la décence.

« Tatiana est la seule dont j'ai dû conquérir l'affection. Ni mon apparence ni ma fortune ne l'intéressaient. Elle m'a fui dès que j'ai épousé sa mère. Toutes mes petites ruses de séduction ne donnaient rien avec elle. Son amour ne pouvait ni s'acheter ni être dérobé.

Je ne pouvais pas la manipuler en lui faisant du charme... Bien sûr, elle vivait sous mon toit ; j'aurais pu la violer, m'emparer de son corps, mais je ne pouvais l'avoir corps et âme que si elle le voulait bien... Tatiana était l'ultime frontière...

C'était donc cela, la raison. Lydia suffoqua, sous la puissance de cette révélation. Ce n'était pas la gravité de sa folie le plus troublant, mais son absence complète de scrupules, sa décontraction évidente. C'était un monstre dont le masque était si parfaitement réussi que personne ne pouvait se douter de ce qu'il dissimulait. C'était écœurant.

— Vous êtes... vraiment totalement dépravé, dit Lydia d'une voix un peu tremblante parce qu'elle le pensait.

Un sourire hypocrite se répandit sur ses traits.

— Alors, qu'en dites-vous ? Marché conclu ?

— Jamais de la vie !

Il se releva et lui sourit, tira un téléphone de sa poche.

— Votre vie ? je n'en donnerais pas cher...

Il y eut un moment très long ; ils étaient figés sur place. Chaque seconde était comme un univers gros de possibilités, de décisions à prendre. Puis, Jeffrey parla :

— Tatiana a été enlevée par le FBI, en accord avec votre épouse et Sacha Fitore. Elle est en Albanie, à Vlorë, dans un genre de forteresse.

Le regard que lui lança Lydia le blessa profondément. Elle ne parvenait pas à croire à sa trahison.

— Non ! dit-elle, inutilement.

— Je regrette, Lydia, dit Jeffrey en abaissant le canon de son arme. Je ne peux pas laisser McIntyre en liberté. Si quelque chose t'arrivait...

Nathan Quinn se releva et laissa échapper un gros rire.

Ce rire parut modifier quelque chose en Lydia. Son visage se durcit et elle porta la main à sa taille, sortit le Sig. Jeffrey tenta de s'interposer. Le visage de Quinn passa de la satisfaction béate à l'incertitude, tandis qu'il reculait en direction des arbres. Lydia le visa, mais avant que Jeffrey ne réagisse, elle laissa retomber son bras. En un instant, elle avait choisi la vie, sa vie avec Jeffrey, la vie de son enfant – aux dépens de Tatiana.

Soudain, un coutelas parut descendre du ciel. Quinn eut l'air surpris et sa tête se renversa, comme tirée violemment en arrière. Puis la lame ouvrit une épaisse ligne rouge dans sa gorge et il s'écroula en se tenant convulsivement le cou, tout agité de soubresauts. McIntyre sortit de l'ombre, un rictus aux lèvres.

– Enchanté de vous revoir, Lydia...

Par-derrière, Dax tira sur lui. Le silence fut déchiré par un miaulement et le projectile alla se loger dans un arbre, trop à droite, projetant des copeaux de bois. Mais McIntyre était reparti comme il était venu.

39

« Les obsèques de Jacob Hanley, détective privé, l'un des deux hommes retrouvés morts la semaine dernière dans le parc Van-Cortlandt, ont été célébrées ce soir, annonça le présentateur parfaitement coiffé de sa voix de baryton. Il s'agirait d'une opération de police ayant mal tourné. D'après la police et le FBI, la deuxième victime serait Nathan Quinn, richissime homme d'affaires de Miami. Est recherché, pour être entendu sur ce double meurtre, Jed McIntyre, l'"Assassin de Sleepy Hollow", récemment relâché d'un hôpital de haute sécurité à la suite d'une bavure informatique... Cet individu, coupable de treize meurtres de femmes, y compris la mère du célèbre auteur de bestsellers, Lydia Strong, purgeait plusieurs peines de prison à vie pour chacune de ses victimes. Strong n'a pas souhaité faire de commentaire.

« Les enquêteurs recommandent à la population d'être sur le qui-vive, cet homme étant armé et extrêmement dangereux.

« Les obsèques de Hanley, ancien agent du FBI et diplômé de West Point, ont eu lieu dans le Queens. Une cérémonie en l'honneur de Nathan Quinn se déroulera demain à Miami.

« Jenna, son épouse, mère de Tatiana Quinn qui s'était enfuie de chez elle et a été retrouvée morte récemment, a disparu. Elle aurait détourné presque cent millions de dollars appartenant à son mari et aurait des liens avec la pègre albanaise... Mme Quinn est elle aussi recherchée pour être entendue sur ce double meurtre. »

Jeffrey quitta son fauteuil et s'approcha de la fenêtre, toujours vêtu du costume gris Armani qu'il portait aux obsèques. Lydia était couchée sur le divan, dans une simple robe noire. Ils étaient tous deux épuisés d'avoir consolé l'épouse de Jacob, qu'ils avaient trouvée pâle et tremblante – la douleur de ce deuil s'ajoutant à son cancer du poumon, qui avait été diagnostiqué un an plus tôt, et dont Jacob avait choisi de ne rien dire à Jeffrey.

– C'est peut-être pour cela qu'il avait besoin d'argent, avait suggéré Lydia dans la limousine qui les ramenait, tâchant de sauver un peu de la réputation de cet homme.

– Peut-être... (Jeffrey avait haussé les épaules.) Je n'ai pas envie d'en parler.

Elle lui avait posé la main sur le genou, et l'avait laissé regarder par sa portière l'océan de stèles du cimetière.

Il s'approcha d'elle, et elle souleva sa tête pour lui permettre de s'asseoir, puis la reposa sur ses genoux. Il lui caressa distraitement les cheveux en suivant les nouvelles, puis lui mit la main sur le ventre et lui sourit. C'était un sourire triste, mais un sourire tout de même. Elle sourit aussi, sans chercher à dissimuler ni à essuyer la larme qui roulait sur sa joue.

– J'ai peur, dit-elle.

– Moi aussi, répondit-il doucement, d'une voix étranglée.

– Il est là, dehors...

– On l'attrapera...

Il semblait sûr de lui, et elle le crut.

Un examen approfondi des comptes des cinq dernières années – non au vu du document fourni par Jacob, qui avait été falsifié, mais d'après les fichiers d'ordinateur auxquels Jeffrey n'avait jamais pu accéder – avait fait apparaître que presque un million de dollars provenant de sources inconnues avait été versé à l'agence. Une enquête dans les finances personnelles de Jacob, menée en secret par Craig, avait révélé de gros dépôts au cours de ces cinq années, correspondant à l'argent versé sur le compte de l'agence, et qui s'élevaient aussi à un million. Lydia, Jeffrey et Craig, s'étaient mis d'accord pour garder cela pour eux ; ce n'était pas la peine d'ajouter à la douleur de l'épouse de Jacob.

Craig allait devoir tenter d'associer chaque versement douteux à une facture. Tous les montants qu'on ne pourrait attribuer à des clients seraient retirés du compte de l'agence et alimenteraient un fonds d'aide aux prostituées repenties. Tous les droits du livre qu'elle écrirait, et qui s'intitulerait *Tatiana*, iraient aussi à ce fonds. Lydia espérait que cette publicité encouragerait les femmes en difficulté à chercher assistance et attirerait l'attention de la communauté internationale sur le sort des victimes d'esclavage sexuel.

– Pourras-tu me pardonner un jour ? lui demanda Jeffrey, si doucement qu'elle crut avoir mal entendu.

Ils n'avaient pas parlé de la nuit à Van Cortlandt Park. C'était comme si ces moments existaient seulement sous un globe en verre, une boule à neige. Dax s'était lancé sur les traces de McIntyre comme une panthère, avec une agilité incroyable de la part d'un gaillard pareil. Ils avaient entendu trois autres coups de feu, puis un miaulement lointain de sirène. Un instant plus tard, Dax réapparaissait.

– Ne restez pas plantés là comme des bûches, vous deux ! Tirons-nous !

– Vous l'avez eu ? lui avait demandé Lydia d'une voix que la peur rendait minuscule.

Il l'avait regardée d'un air penaud.

– Il s'est enfui. Désolé, Lydia. On le trouvera... c'est promis...

La Land-Rover était garée de l'autre côté du sentier. Ils coupèrent par le terrain de manœuvre, phares éteints, et le lourd véhicule grimpa facilement la pente jusqu'à la rue. Dax prit à gauche sur Broadway. Au moment où les voitures de patrouille passaient en trombe, ce n'était plus qu'un véhicule parmi d'autres. Lydia se renversa sur la banquette arrière, encore étourdie par ces événements, incapable de croire qu'elle avait vu McIntyre en chair et en os et qu'elle était encore en vie. Et pourtant, elle se sentait relativement normale, étant donné les circonstances.

Le lendemain, ils étaient repassés à l'action, s'occupant des obsèques de Jacob à la place de sa femme et collaborant avec la police de New York qui recherchait McIntyre, tout en jouant les idiots avec le FBI à propos de tout le reste. Ils savaient d'expérience qu'il valait mieux agir ainsi avec le FBI – en attendant d'affronter la prochaine manche.

Lydia se redressa sur son séant.

– Te pardonner quoi ?

– D'avoir livré Tatiana à Quinn...

Il avait l'air rongé par le doute.

– Pour avoir choisi ma vie, et la vie de notre enfant de préférence à celle d'une fille que tu connais à peine ? dit-elle en mettant la main sur son épaule. Pour avoir choisi de ne pas passer ton temps à t'inquiéter à tout bout de champ pour nous, à craindre que McIntyre ne surgisse avec son couteau ? Oui, Jeffrey, je te pardonne. N'oublie pas que j'ai fait le même choix : je n'ai pas tiré sur Quinn quand j'en avais l'occasion...

Il se pencha pour l'embrasser sur la bouche, soulagé.

– J'ai une idée pour la prochaine agence...

– Ah oui ?

– Que dirais-tu de : Mark, Mark & Striker ?

– Pas question, je tiens à garder mon nom. Ça devrait donc être Strong, Mark & Striker. Ma notoriété est plus grande que la tienne...

– Est-ce un oui ?

– Quelle était la question ? dit-elle avec une feinte innocence.

– Et si on montait, que je te fasse un dessin... ?

Elle se serra contre lui et l'embrassa dans le cou, sentant le parfum de son eau de Cologne. Il la baisa à pleine bouche et elle ressentit la familière secousse de désir, cette impression de sécurité et de confort qu'elle connaissait seulement dans ses bras.

– Enfermons-nous d'abord..., dit-elle.

– Évidemment ! Le mode d'emploi de la nouvelle alarme doit être dans la cuisine...

Comme elle se levait pour éteindre la télévision, quelque chose à l'écran retint son attention.

– Regarde !

La caméra avait zoomé sur le célèbre présentateur aux cheveux poivre et sel et aux yeux bleus. Il arborait la fameuse chevalière en or à la main droite.

Ils échangèrent un regard en coupant la télé. Ils n'avaient guère reparlé de ce qu'ils avaient appris sur la façon dont le monde était gouverné – peut-être parce qu'ils se sentaient incapables de le changer. Pour le moment, en tout cas... Et ils avaient un monstre bien plus présent à combattre que ces forces obscures, nébuleuses, qui tiraient en secret les ficelles. Si les membres du Conseil étaient les maîtres du monde, Jed McIntyre représentait le chaos. Un chaos à enchaîner.

Lydia espérait sincèrement que, depuis que Quinn et Sacha Fitore étaient allés rôtir en enfer, elle avait un peu contribué à sauver certaines de leurs victimes. Malgré tout, elle savait qu'elle n'avait fait qu'érafler la surface des choses, et qu'il y aurait bien d'autres combats à mener.

Tandis qu'elle allait chercher le mode d'emploi, Jeffrey ferma les grilles de sécurité qu'ils avaient fait poser aux fenêtres et devant la porte de l'ascenseur. Ils s'approchèrent du nouveau clavier à touches ; Jeffrey composa le code conformément aux instructions, attendit le bip confirmant que le système était enclenché et qu'en cas d'intrusion, la police, une agence de sécurité privée et Dax seraient alertés. Seules les accointances de Jeffrey avec le FBI lui avaient permis d'accéder à ce système sophistiqué, normalement réservé aux personnages officiels, aux diplomates et autres chefs d'État.

Lydia contempla ces barreaux avec désarroi avant d'éteindre les lumières. Ils étaient si vilains dans ce contexte raffiné.

– Je me sens en prison, dit-elle.

– On les peindra...

– Ça ne changera pas grand-chose !

– Ce n'est pas définitif...

Comme il lui prenait la main pour l'emmener à l'étage, elle repoussa en pensée les griffes noires du désespoir qui se tendaient vers elle, en espérant qu'il existait un endroit au monde où ils se retrouveraient tous les trois... ensemble.

NOTE DE L'AUTEUR

Si les circonstances, les personnages, les lieux et événements de ce livre sont entièrement le fruit de mon imagination, ils s'appuient néanmoins sur la réalité. Ma connaissance de l'Albanie, de ses conflits et difficultés, se fonde sur l'étude de documents divers.

J'ai obtenu une mine d'informations grâce à plusieurs sources Internet : les archives du *New York Times* (www.nytimes.com) ; ABCNEWS.com ; Albanian.com ; BBC News Online (news. bbc. co.uk) ; le site des Friends of Van Cortlandt Park Web (www. vancortlandt.org) ; The World Sex Guide (www.world sexguide. org... pour ceux que ça intéresse) et de nombreux autres sites.

Si ce livre est une fiction, il reste que l'Albanie est un pays en crise. Le Comité international de la Croix-Rouge (www.helpicrc.org/help) s'emploie à soulager les populations de cette région et partout dans le monde. Ceux qui veulent s'engager pourront commencer par entrer en contact avec cet organisme. Le trafic d'êtres humains est un fait bien réel qui concerne toute la planète. Le Global Fund for Women (www.globalfundforwomen.org) ou Amnesty International Women's Pages (www2.amnesty. se/wom.nsf) offrent d'excellentes informations à tous ceux qui souhaitent lutter pour la défense des droits de la femme.

Je n'ai pas eu l'intention de discréditer le peuple albanais à travers ce roman. Tous les personnages, bons ou mauvais, sont des êtres de fiction et n'ont rien de réel.

Lisa MISCIONE.

www.lisamiscione.com

REMERCIEMENTS

On écrit dans la solitude, mais nul livre ne saurait être achevé et publié sans le soutien et les encouragements de tout un réseau. Je remercie tout particulièrement :

Mon merveilleux époux, Jeffrey Unger, lecteur infatigable, pour son enthousiasme indéfectible et sa patience sans limites. Je le remercie d'avoir conçu et d'animer mon site Web – et surtout, de son amour. Sans lui je ne serais que la moitié de moi-même.

Mon agent littéraire, Elaine Markson, pour sa sagesse, son optimisme, sa patience, et son assistant, Gary Johnson, pour ses remarques toujours faites avec personnalité et humour.

Kelley Ragland, directrice littéraire talentueuse et inspirante, qui a su voir à travers les lacunes de mon manuscrit et m'aider à l'améliorer. Et tous ceux de St. Martin's Press, pour avoir transformé ce manuscrit en véritable livre et l'avoir lancé dans le monde ! Tout spécialement les fantastiques graphistes – qui ont donné un visage à ce corps.

Mes parents, Virginia et Joseph Miscione, qui ont toujours fait ma promotion sans vergogne.

Mon formidable réseau d'amis et parents, en premier lieu mon frère, Joey Miscione, ma cousine Frankie Benvenuto, Marion Chartoff, Heather Mikesell, Tara Popick et Judy

Wong, dont le soutien m'a été tout particulièrement utile dans les moments difficiles.

Mes amis et voisins : Joan et Carroll Lovett, Marty Donovan, Kimberly Beamer, et JoAnna Siskin, dont l'aide au quotidien m'a énormément apporté.

Mention spéciale à Pembe Bekiri pour ses conseils avisés sur la culture albanaise.

 **www.livredepoche.com**

- le **catalogue** en ligne et les dernières parutions
- des **suggestions de lecture** par des libraires
- une **actualité éditoriale permanente** : interviews d'auteurs, extraits audio et vidéo, dépêches…
- **votre carnet de lecture** personnalisable
- des **espaces professionnels** dédiés aux journalistes, aux enseignants et aux documentalistes

Composition réalisée par NORD COMPO

Achevé d'imprimer en avril 2009 en Espagne par
LITOGRAFIA ROSÉS S.A.
08850 Gava
Dépôt légal 1re publication : mai 2009
LIBRAIRIE GÉNÉRALE FRANÇAISE – 31, rue de Fleurus – 75278 Paris Cedex 06

31/2723/0